中公文庫

雨上がり月霞む夜

西條奈加

中央公論新社

目次

雨上がり月霞む夜

紅蓮白峯《ぐれんしらみね》

蕭々《しょうしょう》と落ちていた雨は、少し前にあがった。

空はまだらに晴れていたが、大気はいまだ雨を含む。

雲間から覗《のぞ》いた丸い月は、朦朧《もうろう》と霞《かす》んでいた。

「何とも、風情《ふぜい》のある宵《よい》だな……」

朧《おぼろ》な月を見上げて、独《ひと》り言《ご》ちたつもりが、こたえる声があった。

「まことに、趣《おもむき》のある宵でございますな」

ふと横を向くと、大きな白い兎《うさぎ》が、やはり月を見上げていた。

「ほう、これはめずらしい。おまえは兎の妖《あやか》しかい？」

後脚で立った姿は、五つくらいの子供ほどもあろう。大きさもさることながら、明らかに並みの兎ではなかった。表情があるのである。

　人のように白目の勝った大きな目をもち、瞳は赤い。鼻だけはちんまりしているものの、口は狐のように大きく裂けていた。あまりに人くさく、兎とは似て非なるものだ。

「おまえとよく似た姿を、見たことがある……『鳥獣戯画《ちょうじゅうぎが》』だ。あの絵に描かれた兎に似ているが、顔は戯画よりももっと豊かだ」

　そう告げると、兎は嬉しそうに、にんまりと口を横に広げた。

「あの絵は我らを写しとったもの。似るのも道理でございますよ。当時は我らの姿を目に留める者も多くおりました故――大方は僧や聖《ひじり》でありましたが――あの者らが我らの姿を描き、後の世に遺《のこ》したのです」

「あの絵が描かれて、すでに五百年は経とう。そのころから在《あ》るとは、たいそうな大妖《だいよう》であるのだな」

　素直な褒《ほ》め言葉に、兎は両耳を誇らしげに立て、まんざらでもなさそうに目を細めた。

「古《いにしえ》の戯画の兎に出会えるとは、心がはずむ。他に仲間はいないのか？」

　ぴん、と立ち上がった耳の先が、力なく折れた。人を騙《だま》すという狐狸《こり》を彷彿《ほうふつ》させる小生意気な顔が、そのときだけはしょんぼりと陰った。

「もう、誰も……犬も猿も、獅子も麒麟《きりん》も、何百年も前に絶えてしまいました。最後に残った数匹の蛙《かえる》さえ、ひとり減りふたり減り……とうとう私だけが遺されました」

「そうか……」

「この国のどこかに、遺された仲間が彷徨《さまよ》うているのではないかと、この百年ほど旅をしておりますが……誰も……」

すん、と兎が鼻を鳴らした。

「それは寂しいな」と、膝をつく。しゃがむとちょうど、顔が同じ高さになる。潤んだようにも見える赤い目に向かって、たずねた。

「おまえの名は？」

「遊戯《ゆうぎ》、と申します」

「遊戯か……おまえに似合いの、良い名だな」

折れていた両耳の先が、ふたたびぴんと立った。墨で落書きしたような、見ようによっては小狡《こずる》そうな顔なのだが、妙に愛嬌《あいきょう》がある。自《おの》ずとその誘いが、口からこぼれた。

「なあ、遊戯。旅をしているのなら、しばし私の庵《いおり》で草鞋《わらじ》を脱いでいかぬか？」

「……よろしいのですか？」

「もちろんだ。私は滅多《めった》に庵を出ず、世捨て人に近い暮らしぶりでね。昔の仲間や、旅の話など語ってもらえるなら、たいそう慰めになる」

と、思い出したようにつけ加えた。

「いまはひとり、居候《いそうろう》がいるのだが……私とは幼なじみの気のいい男だ。障《さわ》りはなかろう」

「それではお言葉に甘えて、ご厄介になりまする」

ぺこりと、兎は律儀に頭を下げた。思わず微笑んで、名を告げた。

「申し遅れたな。私は、雨月《うげつ》だ」

「雨月とは、今宵に相応《ふさわ》しいお名ですね」

本来は雨夜の月をさすが、たしかに今日のように夜気が雨を吸い、朧にかかる月はことさらに趣深い。ただ、雨月は秋の季語だから、時節は外れている。自身は句をたしなむ俳人で、この名も号だと遊戯に語った。

「いまは晩春、弥生半ば――しかし、申し分のない豊かな宵だ」

ほぼ満月に近い月は、銀砂を上から降らせたように、輪郭をにじませながら空にまどろんでいる。

ひとりと一匹は、しばし並んで月を愛《め》でていたが、ふいに遊戯の耳が鋭くとがった。

「お気をつけなされませ。かような晩を好むのは、粋人だけとは限りませぬ……悪霊《あくれい》にとっても、まことに相応しき湿り具合……」

「うん、どうやらそのようだね……私にもわかるよ。あれは、良くないものだね」

この地には、加島明神《かしまみょうじん》が祀《まつ》られ、鎮守の杜《もり》に守られている。腐臭を思わせる強烈な気配は、その外れからただよってくる。

「たぶん、万華寺《まんげじ》の方角だ。寺の裏手に墓地があってね、おそらく、そこからだろう」

未《いま》だ成仏できぬ霊が、彷徨い出《い》でてきたものか。見過ごしにもできず、惹かれるように歩を進めた。両の耳を尖《とが》らせたまま、遊戯も後に続く。

「いまさらですが、怖くはありませぬか？」

「生きる者の業《ごう》にくらべれば、死者なぞ可愛いものさ」

「なるほど。うがっておりまするな」

「ただ、これほどの怨念《おんねん》は、ただ事ではない」

「強い怨念は、現世《うつしよ》にすら災いを招くと、言われておりますからな」

ひと足ごとに、邪気が強まってくる。林を歩きながら、遊戯が顔をしかめた。この妖し兎は跳ねることとすらせず、人のように後ろ足で立って歩く。

「これはひどい……鼻が曲がりそうだ」

墓地に辿《たど》り着くと、遊戯は両の前足で鼻をおおい、耳を後ろに向けた。兎の妖したる遊戯には、邪気が音やにおいとして感じられるようだ。

悪気に気圧《けお》されるように、いつのまにか月も雲間に隠れてしまった。真っ暗な闇の中で、さらに深い闇が、黒い虫を万匹も集めたように、うぞろうぞろと蠢《うごめ》いている。その中に、ぼんやりとした白い影が浮かんだ。

『冷たい……寒い……痛い……痛い……』

痩せて背の高い、老人の姿だった。着物の色模様すらはっきりせぬが、辛《かろ》うじて商人の風体だとわかる。異様なのはその老人が、まるで海から上がってきたばかりのように、全身濡れ鼠《ねずみ》であることだ。白い髷《まげ》は無残にひしゃげ、ほつれた髪が頬や首に、木の根のようなまだらの筋を描いていた。濡れた着物はぺたりと張りつき、骨ばったからだを浮き上がらせる。背を丸め、両腕をかき抱くようにして、老人の霊は寒さに震えているのである。

「どうやら、土左衛門《どざえもん》になって死んだ輩《やから》のようですね」

「鉄砲水に流されたか、あるいは川か堀に嵌《は》まったか」

ひそひそ声で話していたつもりが、白い老人が、ぐるうりとこちらを向いた。遊戯がびくりとし、雨月もごくりと唾《つば》を呑《の》む。

瞳の抜けた老人の目が、そこだけ血を流しているように真っ赤だったからだ。

と、老人の首が、あらぬ方向に曲がった。ごぎりと、骨の折れる音がきこえそうだ。きゃっ、と遊戯が悲鳴をあげた。次いで腕が、そして足が、ついには背骨までもが、ごぎごぎと折れていき、裂けた皮膚と赤い両の目から血があふれ出す。

血にまみれてのたうちまわるさまは、まるで業火《ごうか》に焼かれてでもいるように、凄惨を極めた。

『痛い……冷たい……苦しい……誰か……助けてくれ……そこにおるのだろう？』

誰か、と言われてぎくりとしたが、そのとき老人の霊の背後に、何か別のものが見えた。老人よりもさらに輪郭がはっきりしないが、若い女のようにも見える。この老人のつれ合いか、あるいは母か娘かもしれない。その弱々しい影は、ひどく悲しそうにも見える。

助けてあげられぬことが、悲しいのだろうか——。そうもとれたが、苦しむ老人を前に立ち尽くす姿は、何故だか雨月の背筋を凍らせた。

『このような摩訶鉢特摩《まかはどま》に堕《おと》されるとは……うらめしくてならぬ……』

「摩訶鉢特摩とは……たしか八寒《はちかん》地獄のひとつでしたね？」と、遊戯が雨月を仰《あお》ぐ。

酷寒を誇る八寒地獄の中でも、もっとも熾烈《しれつ》を極めるのが摩訶鉢特摩だ。あまりの寒さに骨すら折れ、破れた皮膚から血が流れ、その姿が紅《あか》い蓮《はす》の花に似るために、紅蓮地獄とも称される。紅蓮から炎を連想し、火炙《ひあぶ》りの刑と思いがちだが、実は真逆の酷寒地獄なのである。凍え死ぬ者は、あついあついと言いながら死んでゆくときく。もしかすると、そのさまを写した地獄なのかもしれない。

『よもや身内に殺《あや》められようとは……ために無限の責め苦を負わされた……許せぬ……許せぬ……』

紅い燐《りん》と化した死霊から、呪詛《じゅそ》がとうとうと吐き出される。

『呪うてやる……祟《たた》ってやる……白峯屋《しらみねや》の——を……』

凄《すさ》まじい怨念が、烈風となって吹きつけた。目を開けていることさえ辛《つら》いのに、自らが流す紅蓮に包まれた壮絶な姿から、目を逸《そ》らすことすらできない。その禍々《まがまが》しい紅《あか》に呑み込まれそうな錯覚を覚えたとき、声がきこえた。

「雨月！　雨月！　どこにいる！」

はっと我に返り、夢から覚めたように、思わず遊戯と顔を見合わせる。ここだ、とこたえると、ほどなく草を踏み分ける大きな足音とともに、林から人影が出てきた。

「なんだ、雨月。こんなところにいたのか、探したぞ」

「秋成《しゅうせい》……」

そのとたん、濃い闇も恐ろしい死霊も、たちまちのうちにかき消えた。

邪気が去っても、その気配を恐れるように、月は雲の合間からようすを窺《うかが》っていた。

「この墓は、白峯屋のものだ。ひと月半ほど前になるか、正月の末に先代の主人が亡くなられてな。万華寺で葬儀が行われ、おれも参列した」

手にした提灯《ちょうちん》をさしかけ、墓石を改める。そういえば、そんな話をしていたなと、雨月は思い出した。

「秋成が、あの亡霊と繋《つな》がりがあったとは」

「別に亡者《もうじゃ》に見知りがいるわけではないわ。いまの主人が、同じ堂島《どうじま》に育った悪童仲間でな。十二、三のころ、よくつるんでは悪さをしていた。つき合いの長さは、おまえにはおよばんがな」

友の名は、上田《うえだ》秋成という。秋成もやはり号であるが、世間には「あきなり」で通っている。雨月だけは昔から、音のやさしさを好んで「しゅうせい」と呼んでいた。ふたりはごく幼いころからの馴染《なじ》みで、誰よりも気心の知れた相手であった。

「白峯屋の先祖が、となり村の出自だそうでな。店は堂島にあるのだが、いまも神崎川《かんざきがわ》のほとりに寮がある。先代はそこで亡くなったそうだ」

「病だったのか？」

「いや、寮の裏手の川に嵌まったそうだ……夜半に落ちたようでな、酔って川風にあたっていたときに、足をすべらせたのではないかと、寮にいた奉公人は話していたそうだ」

神崎川は淀川《よどがわ》の支流にあたり、枝とはいえ川幅は一町半にもおよぶ。加島村の辺りで猪名川《いながわ》と合流し、さらに川幅は広がるのだが、仏はその手前の船着場の棒杭に引っかかっていたという。

「おれは幽霊のたぐいは信じぬが……おまえの見たものが、ずぶ濡れだったというなら、先代の朔兵衛《さくべえ》殿かもしれん」

「あの亡者は、たしかに身内に殺されたと訴えていた。だとすると、あやまって落ちたのではなく……」

「白峯屋の誰かに、突き落とされたということか？」

「あの怨《うら》みようは、尋常ではなかった」

雨月の言葉に、秋成が嫌そうに顔をしかめる。霊だの呪いだの、およそ信じぬ男だが、他にも何か心当たりがある――そんな表情がよぎった。

「ちょうど四十九日の法要が、二日後に万華寺でとり行われる。その後にでも宗吉《そうきち》と――白峯屋の当代と、話ができるだろう」

どちらかと言えば、せっかちな男だ。語りながら大股で墓から離れ、その折に、ぎゃっ！　と叫び声があがった。ふいに向きを変えた秋成が、足許《あしもと》にいた遊戯をしたたかに蹴り上げたのだ。ころりと地面にころがった遊戯を、雨月が慌てて助け起こす。その姿を、秋成は怪訝《けげん》な顔で見下ろしている。

「雨月、おまえ……ひとりで何をしている？」

「このがさつめが！　人を蹴とばしておきながら、あやまりもせぬとは！」

「ごめんよ、遊戯。秋成には、おまえたちの姿は見えないんだ」

雨月は懸命になだめたが、白い兎の妖しは、腹いせに秋成のすねをぽかぽかと蹴り上げる。むろん当人は何も気づかず、業を煮やした遊戯は、ぴょん、とひと跳ねし、正面から秋成の顔面にしがみついた。髪を引っ張り、頬を殴りとやりたい放題だが、やはりいっこうに効き目がない。

「無駄だよ、遊戯。秋成は幽玄の者たちとの相《しょう》が、とても悪いんだ」

「たとえ無粋者《ぶすいもの》とて、こうまでされれば、かゆいだの息苦しいだの感じるものだというのに……鈍にもほどがありましょう」

「秋成の鈍感は、筋金入りだよ。間が悪いし雨男だし、虫の知らせとも胸騒ぎとも無縁でね」

「おい、雨月！　さっきからおまえの独り言は、おれの悪口にしかきこえんぞ！」

「嫌だな、秋成。遊戯と話をしているだけだよ」

「化け物だか死霊だか知らんが、ほどほどにしておけよ」

「私を死霊と一緒にするとは！　何たる無礼！」

遊戯が、くわっと口をあけ、目の前にある額に噛《か》みついた。やはり当の秋成は動じぬままだが、さすがに見かねて、雨月は白兎のからだを友の顔から引き剝《は》がした。

「こらこら遊戯、その辺にしておあげ。これからしばらく、同じ屋根の下で暮らすのだから、いちいち目くじらを立てていては身がもたないよ」

「雨月さま、もしや……居候というのは……」

「この男だよ。年明け早々、火事に見舞われてね。いまはうちの食客なんだ」

秋成もまた、堂島に嶋屋《しまや》という店をもつ商人であったが、今年の正月初め、堂島で大きな火事があった。堂島は米相場で有名な町で、名のとおり東西にゆるく孤を描く細長い島だった。その東半分が大きな被害を受け、嶋屋の一切も灰燼《かいじん》に帰した。

ひとまず母と妻を、妻の実家に預け、故あって秋成だけは加島村の常盤木《ときわぎ》家——雨月の家に厄介になっていた。

経緯《いきさつ》をきいても、遊戯は同情する気はないようだ。耳をだらりと下げて、じっとりと秋成を見遣《みや》る。

「せっかくのお誘いなれど、私、かようながさつ者とは、とても一緒に暮らせませぬ。ところかまわず蹴とばされるのが落ちですから」

「その心配は、なきにしもあらずだが……それでも、頼むよ遊戯」

雨月は抱いていた兎を下ろし、その耳に口を寄せた。

「おまえのような者を、長く待ち望んでいたんだ。妖力が強く、しかも頭が良い。妖しは数多《あまた》あれど、そのような輩はごく限られている」

「まあ、仰《おっしゃ》ることはごもっとも……力の強い者は、概《おおむ》ねものを考えぬ乱暴者ですから」

兎は得意そうに、ちんまりした鼻をうごめかす。と、遊戯はふと気づいた顔になった。

「もしや雨月さまは、何事か成し遂げたいことがおありなのですか？」

「さすが遊戯だ、勘がいいね。私には、どうしても成し得たい本願がある。それを手伝ってほしいのだ」

雨月の真剣な目を、じっと受けとめて、遊戯はうなずいた。

「承知いたしました。あなたさまほどのお方もまた、人には稀《まれ》な者。お役に立てれば、本望にございます」

「ありがとう、遊戯！　恩に着るよ」

「とはいえ、毎度蹴り上げられては、私の尻がもちませぬ。仕方ない、しばしお待ちを」

そう言い置いて、遊戯はいったん藪《やぶ》の中に消えた。

「晩春とはいえ、いつまでも墓場にしゃがみ込んでいては尻が冷えるぞ。おまえの母も心配しておるし、そろそろ帰るぞ」

促す秋成を引きとめて、しばし待った。やがてカサカサと草を震わせる小さな音が響き、ぴょん、とその姿が、藪からとび出てきた。

黒っぽい濃茶の毛皮の兎で、まだ子供のようだ。

「これでいかがでしょう、雨月さま」

「たいしたものだよ、遊戯。生きた兎に憑《つ》いたのかい？」

この辺りの藪に住まう、子兎のからだを借りたようだ。まだ子供故、中身が育っておらず憑きやすく、またからだが小さい分、操るのにさほどの妖力も必要ない。

小さな声で遊戯は説いたが、後ろからいきなり耳を摑《つか》まれて、ぎゃっと叫んだ。

「ほう、兎か。これは旨そうだ。さっそく兎鍋に……」

「このがさつめが！　さっさと耳を離さんか！」

耳を摑まれたまま、秋成の顔の前で、子兎がじたばたする。それまでと違い、その声は耳にはっきりと届く。秋成がにわかに、目をぱちぱちさせた。

「……気のせいか？　いまこいつが何か申したような……」

「こいつではない、私は遊戯だ！　いい加減離さぬか、大馬鹿者が！」

「ぎゃーっ！　兎がしゃべった！」

叫びざま、手から放り出された子兎は、くるりと一回転して地面に着地する。慌てふためく秋成を仰ぎ、満足そうに黒い鼻をうごめかした。


「これは夢か幻か……兎がしゃべるなんて、兎がしゃべるなんて」

香具波志庵《かぐはしあん》に着いてからも、青い顔でぶつぶつと呟《つぶや》き続ける。

加島神社は別名、香具波志神社という。名をそのままいただいて、雨月は己の暮らす常盤木家の離れを、香具波志庵と呼んでいた。常盤木家はこの加島村で、代々庄屋を務める裕福な家だった。

「秋成も往生際の悪い。認めた方が楽になるよ」

「いやいやいや、雨月、認めてはいかんだろう。言葉を話し、酒を呑み、鮑《あわび》を食らう兎など、この世にいるはずがない！」

「これ、がさつ。言うておくが我ら兎はな、人よりずっと舌が肥えておるのだぞ」

「気味が悪い上に、腹が立つ！　どうして雨月がさまで、おれが畜生より下なんだ」

「霊力の差に決まってておろうが。一滴たりとも霊力のないおまえなぞ、虫にも劣るわ。どうして雨月さまほどのお方が、かようながさつとお見知りなのですか」

「父親同士が、古い馴染みでね。物心がつくより前に、秋成と引き合わされた」

ちょうど十年前に亡くなった秋成の父は、加島神社を深く信仰していた。その縁で、加島村の庄屋である雨月の父と、親交を結んだのである。雨月の父もまた、二年前に他界したが、常盤木家を継いだのは、養子に入った雨月の従兄《いとこ》である。

雨月はもともと、からだが丈夫ではなく、また家長にも向かない性分だ。雨月の母が、ことに長男のからだを気遣って、早々に養子をとった。いまはその義兄が家を継ぎ、雨月はこの離れで、俳句や書や和歌を相手に暮らしていた。

「こう見えて、秋成もやはり俳人でね。俳号はまた別で、無腸《むちょう》というのだ。無腸とは蟹のことで、私なぞより、よほど名が売れているのだよ」

「このがさつが、風流を詠《よ》むとは。とても信じられませぬ」

じろりと兎をにらみつけ、もくもくと箸《はし》を動かす。秋成は酒だけは一滴も呑めず、かわりに甘いものが好きだった。

「俳句だけでなく、歌や茶道もたしなむし、国学にも詳しいんだよ。国学はわかるかい？」

「『古事記』『万葉集』『源氏物語』……この国の古い書物をひもといて、床しい心を詳《つまび》らかにせんとする学問ですな」

「遊戯はすごいね。本当に賢いんだね」にこにこと、兎の頭をなでる。

膳を挟んで向き合う秋成は、けっ、とわざとらしく吐き捨てた。

「兎に古典がわかるものか。書物の名だけをききかじり、うそぶくだけなら子供だってできる」

「この阿呆《あほう》が。私をいくつだと思うておる。私にくらべれば、おまえなぞひよっこ以下だ」

「たしかに、人としてはいい歳なんだが、何百年も経た遊戯にしてみれば、ひよっこかもしれないね」

「ちなみに、雨月さまのお歳は？」

「三十八だよ。秋成も同じでね」

ひえっ、と酒をすすっていた遊戯が、しゃっくりみたいな声を出す。

「どう見ても雨月さまの方が、十は若く見えまする」

「言っておくが、おれは歳相応だぞ。雨月の方がおかしいんだ。二十代の終わりから、まるで時が止まったかのように、ちっとも変わらぬわ」

「やはりもともとの見目《みめ》の良さもありますが、品の良さといいたおやかさといい、雨月さまは抜きん出ておりますな。それにくらべておまえときたら、がさつの上に辛気《しんき》くさい。かような鈍《なまく》らのひねくれ者が、いったいどんな俳句をひねると……」

酒が入ったためか、遊戯の口はいっそう容赦がない。あまりの雑言に、秋成の堪忍袋の緒が切れた。

「この化け物兎が！　やはり鍋にして食ろうてやる！」

膳を蹴倒さんばかりの勢いで摑みかかったが、子兎はひらりと逃げる。どたばたと子供じみた追いかけっこがしばし続いたが、それを制したのはやさしい声だった。

「まあまあ、にぎやかだこと。やっぱり仙次郎《せんじろう》さんがいると、正太郎《しょうたろう》も楽しそうね」

「母さん……ああ、おたねもすまないね」

仙次郎は秋成の名で、雨月は正太郎という。

襖《ふすま》をあけて入ってきたのは、雨月の母の八百《やお》と、女中のおたねであった。

八百はすでに還暦を超えていて、髪こそ白髪が多かったが、生まれもった品の良さがあり、どこかはかなげな美しさを未だに留めている。雨月はこの母に、よく似ていた。

「おばさん、いいところへ。この兎がですね……」

「あら、まあ、可愛らしいこと」

八百は子兎の姿に、はずんだ声をあげたが、おたねは汁椀を膳に載せながら露骨に顔をしかめる。

「座敷に獣を入れるのは、感心しませんね。あちこちに糞《ふん》をばらまかれては、かないませんよ」

五十半ばのおたねは、四十年も常盤木家に奉公している古株の女中だ。からだつきは、ぽっちゃりというよりたくましく、子供のころから知っている気安さもあって、坊ちゃまの客たる秋成にも遠慮がない。

八百が両手を伸ばすと、さっきまでの暴れようが嘘のように、子兎は大人しく膝に載った。

「こんなに可愛らしいのに、邪険にしてはかわいそうですよ……まあ、ふわふわで気持ちのいいこと」

「おばさん、無闇にそいつに触れると祟られますよ。そいつは兎なぞではなく物《もの》の怪《け》ですから。おまけに奇怪《きっかい》なことに、人の言葉を話すのです」

「物の怪ですって？」

「兎が、しゃべるというんですか？」

八百とおたねがびっくりして、目を丸くする。次いでころころと笑い出した。

「冗談ではありません。ほれ、兎、さっきのように生意気な口を叩いてみろ」

秋成がどんなに発破をかけても、兎はまるで借りてきた猫のように、八百の膝の上でだんまりを続けている。おかしそうに、雨月が助け船を出した。

「秋成はさっき、猪口《ちょこ》の酒を舐《な》めただけで、酔ってしまったみたいで」

「おれは酔ってなどいないぞ！　やい、兎、何とか言ってみろ！　阿呆のとんちんかん、すっとこどっこいのひょうろくだま！」

秋成は子兎に向かって悪態をくり返したが、女たちの笑いを誘うばかりで、遊戯はとうとう一言も発しなかった。

腹立ちまぎれに饅頭《まんじゅう》や葛餅《くずもち》をひたすら詰め込み、あとはふて寝を決め込んだ。

翌朝、目覚めると、枕元にいた兎ははっきりと言葉を発した。

「誰が、とんちんかんのひょうろくだまだ」

秋成が言うところの悪夢は、それから先も当分のあいだ覚めなかった。


その翌日、秋成はひとりで万華寺に出かけた。白峯屋の先代の法事に出席し、昼過ぎにいったん香具波志庵に戻ってきて、着替えを済ませふたたび出かけた。

行先はとなり村にある白峯屋の寮であり、当代の宗吉に約束をとりつけたようだ。今度は雨月と遊戯も一緒だったが、法事から帰ってからずっと、秋成はひどく疲れた顔をしている。

「大丈夫か、秋成。法事で、何かあったのか?」

「ああ、気にするな。久しぶりに堂島の者たちに会《お》うて、少々気疲れしただけだ。知った顔ぶれも多かったからな……いまさらだが、やはりおれには商人は向かぬようだ」

無理に作った笑顔が、かえって痛々しい。秋成の心情がわかるだけに、雨月は笑顔を返せなかった。

「まだ、気にしているのか? 火事のことは、おまえには非はないよ」

「だが、火事の憂き目に遭っても、もち直した店はいくらもある……その中に嶋屋が入らなかったのは、おれのせいだ」

もともと商《あきな》いが捗々《はかばか》しくなかったところに、火事ですべてを失い、紙油問屋であった嶋屋の暖簾《のれん》は潰《つい》えた。

自分には、商いの才がない――。

秋成にはもとよりわかっていた。だからこそ、いつまでも胸を苛《さいな》み続ける。

「おれはともかく、亡くなった親父に済まなくてな……嶋屋を継がせるために、おれをもらい受けて、育ててくれたというのに……」

秋成のため息が鼻先まで届いたように、雨月に抱えられた遊戯が不平をこぼす。

「まったく辛気くさい男だな。せっかくの春の日がだいなしになろう」

「悪かったな！」

すかさず返しながらも、おかげで気鬱《きうつ》もとんだようだ。

桜もとうに散って、風はすでに春の終わりを告げ、夏の気配を忍ばせている。まだ日は高く、遠出にはもってこいの日和《ひより》であった。

雨月は話題を変えて、白峯屋について秋成にたずねた。

「白峯屋は、紙問屋でな。白峯の屋号も、紙の白さからくる。もとは扇の地紙だけを扱《あつこ》うていたが、先々代、宗吉のじいさまのころからさまざまな紙を商うようになり、構えも大きくなったときく。宗吉はじいさま譲りで、商いの才には恵まれていたが……」と、秋成が言いよどむ。「何というか……身内とは、揉《も》めていたかもしれん」

白兎の姿にくらべ、半分ほどに短くなった耳を、遊戯がぴんと立てた。

「身内に殺されたと、あの亡者は言っていた。心当たりがあるのか？」

「あいつが、宗吉が、人殺しなぞするはずがない！　ましてや父親を殺めるなぞ……」

「宗吉とは、おまえの昔なじみだったな……つまり、秋成。宗吉と先代のあいだにはしこりがあったと……そういうことかい？」

こたえの代わりに、秋成は唇を噛んだ。雨月はそれ以上、深追いはせず、やがて白峯屋の寮に辿り着いた。常盤木家の本宅に勝るとも劣らない大きな構えだが、玄関先で、今度は雨月が顔をしかめる。察したように、遊戯が呟いた。

「これはまた、何とも禍々しき気配でございますな……においがひどうて、鼻がもげそうです」

「やはり亡者の怨念が、白峯屋にとりついているというのか？」

「亡者には、それほどの力はないよ。ただ冥府《めいふ》から、恨み言を唱えるだけだ」

雨月はそう応じたが、口許を押さえて低く呻《うめ》いた。

「駄目だ、気持ち悪い……この屋の内までは、とても入っていけそうにない」

「おい、しっかりしろ、雨月。中で休ませてもらってはどうだ？」

「馬鹿者が。この屋の邪気に当てられているというのに、中で安穏とできるはずがなかろうが。雨月さまはおまえと違《ちご》うてひときわ敏《さと》い故、悪気が障りとなるのだ」

「しかし、どうしたら……いったんここを離れるべきか……」

兎に罵倒されたことすら気づかず、秋成がおろおろする。

「すまないが、秋成、ひとりで行ってくれ」

「宗吉と会って、話をきくだけだからな、それは構わんが」

「頼むよ……私はその辺で待っているから。遊戯、私のかわりに、秋成を頼めるかい？」

「雨月さまの仰せとあらば、やぶさかではございませんが」

「この兎を連れて、白峯屋を訪《おとな》えというのか！　冗談ではないわ」

「私とて、本当ならがさつの供なぞご免こうむるわ」

ぷい、と遊戯はそっぽを向いたが、雨月は手の中の兎を、大事そうに友に預けた。

「秋成、おまえに見えぬものも、遊戯はきっと嗅《か》ぎ分けてくれる。護符だと思って、連れていってくれ」

青い顔で訴えられて、それ以上、固辞できなかったのだろう。仏頂面のまま、仕方ないなと呟く。雨月が川の方角へ向かうのを見送って、手の中の兎を見下ろした。

黒い鼻先は、秋成の右手の中指の先を、くんくんと嗅いでいる。

「欠けた指が、そんなにめずらしいか？」

右手の中指と、左手の人差し指には、爪がない。爪一枚分、短くなっているのだった。

「五歳のときに、疱瘡《ほうそう》にかかってな。幸い命はとりとめたが、崩れた指の先は戻らなかった……若いころは、あばたの跡もひどくてな。雨月のような男前に生まれていればと、やっかんだりもしていた」

「別に、何もきいておらんわ」

むっつりとした返事に、つい苦笑がもれた。

「ひとつ言うておくが、おまえの爪のない指からは、良いにおいがする。私はそれを嗅いでいただけだ」

「良いにおい、だと？　それはどんな、何のにおいだ？」

「何かと言われても、おまえには説きようがないわ。人の言葉とは、いたって貧しいものだからな。我らが感じる事々の、それこそ爪先ほどしか語れぬわ」

ふっと秋成が、遠い目をした。寮の屋根の向こうに広がる、暮れた空を仰ぎながら、その目はもっと遠くに注がれている。

「おれが疱瘡で苦しんでいたとき、親父が加島明神に祈願してな。六十八歳まで永らえさせるとの、夢告げを得たそうだ」

おかげで大事な跡取りの命が助かったと、父親はたいそう感謝して、十年前に身罷《みまか》るまで、加島神社を熱心に崇《あが》めていた。

「欠けた指をからかわれて泣いていた折に、親父が言ってくれた……指二本で命が助かったのだから、これは加島明神の恩恵そのものだ。誰に何を言われようと、恥じることなぞない、とな」

ほう、と遊戯は、首をまわし秋成を見上げた。

「おまえの嗅いだものとは、もしかすると神仏の加護か……あるいは、親の情かもしれんな」

こちらを見詰める黒い目に言って、秋成は子兎をそっと懐に入れた。

「先ほどの法要では、世話になったな、仙次郎。さ、遠慮せず、あがってくれ」

白峯屋の主人は喜んで迎えてくれたが、逆に秋成は、宗吉の変わりように法事のときから気づいていた。たったひと月半余のあいだに、げっそりとやつれている。

主人だけではない。法事を仕切っていた奉公人たちも、軒並み冴えない顔つきで、他の参列者たちは、いくら仏事とはいえあまりに暗いとささやき合っていた。

「お実《さね》さんも、加減がよくなさそうだな。客とはいえ、おれに気遣いは無用だから、奥で休んできてはどうだ」

「歳のせいですかねえ。仙次郎さまに労《いたわ》られるようでは、いよいよ危のうございますね」

軽口を返したが、座敷に案内してくれた女中頭のお実も、豊かな腰回りが削《そ》げていた。お実は、ちょうど常盤木家のおたねと同じくらいの歳頃で、宗吉が生まれる前から白峯屋に奉公しており、秋成もよく見知っていた。

長々しい挨拶《あいさつ》や、実のない会話は苦手なたちだ。客間に向かい合うと、秋成はせっかちにわけをたずねた。

「実は……親父が亡くなってからというもの、頻々《ひんぴん》と妙なことばかり続いてな」

「妙なこと、というと？」

「この半月ばかりのあいだにも、納戸にしまってあった家宝の皿が、いつのまにか割れていたり、飼っていた猫が死んだり、昨日はとうとう小火《ぼや》騒ぎまで……」

「小火だと？」

火事ときいて、秋成がつい身を乗り出す。堂島の西側にある白峯屋も、難を免れたとはいえ同じ堂島の内だ。家人はやはり、火元には重々気をつけていたという。

「火が出たのは……仏壇だ」

「灯明《とうみょう》の消し忘れか？」

「毎日、仏壇の始末をしていたのは女中頭のお実だ。粗相《そそう》などまずしない」

「お実が消したと言うなら、間違いはなかろうな」と、秋成もうなずく。

その火の気のない仏壇から、炎があがった。幸いすぐに気づいて、燃え広がる前に消しとめられたが、火元が仏壇であったことから、それまで奉公人のあいだでささやかれていた噂が、真実味を帯びた。

「これはきっと、親父の祟りだ……おれが跡を継ぐのを、快く思わぬ親父の怨念だ」

顔をゆがめ、うっすらと涙さえ浮かべている。立派な問屋の主《あるじ》たる威厳はどこにもなく、一緒に遊び呆《ほう》けていたころの、十二、三の姿が重なった。

「昔、たった一度、おまえがもらしたことがある……『おれは親父の子ではなく、じいさまの子だ』、と」

潤んだ目が、はっと見開かれ、けれどすぐに重そうにまぶたを閉じた。

「そうか、覚えていたのか……あれは、本当の話だ。少なくとも、親父はそう信じていた。おれに告げたのは、他ならぬ親父だからな」

祖父は宗吉が物心つく前に他界し、母もその七年後に亡くなった。確かめる術《すべ》もないのだが、それでも宗吉にとっては、父の仕打ちだけで十分に得心できた。

「おれはとにかく親父に疎《うと》まれた……いや、心底憎まれていた。どんなに努めても叱られるばかりで、虫けらのようにあつかわれた……いちばんひどかったのは十二、三のころでな。あのころは、おまえがうらやましかったよ、仙次郎」

「おれとてあの時分は、荒れていた。もらわれっ子だということを、引け目に感じてな」

「それでもおまえの養い親は、おまえを大事にしていたろう？　同じなさぬ仲でも、雲泥の差だ」

不義の子だからこそ憎まれたのだろうが、そんな父の心境に思い至ったのは大人になってからだ。当時の宗吉は、はちきれんばかりに鬱憤《うっぷん》を抱えていた。

「おまえたちと憂さ晴らしができたから、どうにか凌《しの》ぐことができた」

「あのころは、よく遊んだな。ずいぶんと無茶もやらかしたが」
五、六人で色街にくり出して、朝帰りもめずらしくなかった。博奕《ばくち》の真似事をしたり下世話な話に興じたりと、やっていることは他愛なかったが、羽目を外すことに甲斐を感じていた。堂島には、任俠《にんきょう》の気風がある。年頃の若者の放蕩《ほうとう》は、いわば通過儀礼のようなものだった。

「阿呆ばかりやらかしていたが……あれがなければ、親父を殺めていたかもしれない」

「宗吉、おまえ、まさか……親父殿を、川に突き落としたりは……」

昔の思い出に浸っていた宗吉が、え、と夢から覚めたような顔をした。

「突き落とす、とはどういうことだ？　よもやそんな噂が、流れているのか？」

「いや、何というか……言葉のあやで」

しどろもどろで弁解したが、その場を言い逃れるという芸当ができない性分だ。途中であきらめて、秋成は腹をくくった。

「宗吉、無礼を承知でたずねるが、おまえが親父殿を手にかけたわけではないのだな？」

「あたりまえだ。昔はともかく、いまの私には店がある。番頭も手代たちも、私を頼りにしてくれる。生前より隠居同然だった親父に、報いる謂《いわ》れなぞあるものか」

ぴんと背筋を伸ばし、おれではなく私と言った。宗吉の覚悟が見てとれて、秋成は大きく安堵《あんど》の息をついた。子供時分には、ただぐれることしかできなかったが、幸いにも宗吉は、祖父の商才を受け継いでいた。表の店を仕切る者たちは、いち早くそれに気づき、商売のいろはを仕込んでくれた。自分が白峯屋に必要とされている——その自負が宗吉を救い、父の呪縛から解き放ってくれたのだ。

「すまぬ、宗吉。このとおりだ！」その経緯を改めて語られ、秋成は即座に詫《わ》びた。

「親父殿の身内といえば、おまえと二人のお子たちだけだ。そのう……親父殿が身内に害をなされたとの戯言《たわごと》を耳にしたもので、おまえしかおらぬのではないかと気になってな」

「身内に……」

ふいに宗吉が、口をつぐんだ。それまでとは違う屈託が浮いている。

「どうした、宗吉？」

「いや……親父が死んでから、倅《せがれ》の、諭吉《ゆきち》のようすがおかしいんだ。ずっとふさぎ込んでいて、かと思えば時折、焼き栗が爆《は》ぜるように暴れ出す。わけをたずねてもだんまりで」

諭吉は十歳。その下にふたりの妹がいるが腹違いで、どちらも宗吉が外に作った娘だった。諭吉の母親が死んでから、宗吉は後添いを娶《めと》らなかった。諭吉と、それぞれ三歳で白峯屋に入った娘たちの養育や、奥向きの一切は、先代の姉である伯母が見ていた。

「そういえば、伯母上がいたのであったな……葬式にも今日の法事にも、顔を見ておらんが」

「伯母は、正月の火事に巻き込まれてな。たまたまあの日、堂島の東寄りにある知り合いの家に出かけていたんだ」

　幸い命に別状はなかったが、肩を打ち、背中に火傷を負った。宗吉のふたりの幼い娘を連れて、火傷に良いという土佐の湯治場《とうじば》で養生していた。場所が遠地だけに、弟の訃報に接してもおいそれと戻ることもできず、いまも土佐にいると宗吉はこたえた。

「では倅の諭吉は、ひとりきりで寂しい思いをしているのではないか？」

「おれも気にはかけていたのだが……諭吉にはお実がいるからな。女房を亡くしてからは、乳母以上に諭吉を慈しんでくれる」

　そのお実でさえも、昨今の諭吉には手を焼いており、跡取り息子の急な変わりようは、やはり先代の祟りではないかと、女中たちは怖がっているという。さらに言えば、家宝の皿も猫も、仏壇の小火も、諭吉の仕業ではないかとの疑いも、宗吉は抱いていたようだ。

「まさかとは思うが……おれも似たような年頃に、親父を殺してやりたいと何べんも考えた。もしや、諭吉が親父を……」

「馬鹿を言うな。諭吉はまだ十歳だろう」

　急いでさえぎったが、宗吉の屈託は消えない。その顔をじっとながめ、秋成は言った。

「諭吉に、会わせてくれぬか？　もしかすると、父親に言えないわだかまりが、何かあるのかもしれん」

すがるような目で秋成を見返して、宗吉は承知した。

「おじさん、誰？　おれに何か用？」

ひねたきつい目を向けられて、苦笑いがもれた。まるで子供のころの、自分と対峙《たいじ》しているようだ。

諭吉の部屋で、ふたりきりで向かい合ったものの、どう切り出していいものやらわからない。妻のたまとは、連れそって十一年が経つが、子には恵まれなかった。子供のあつかい方など知りようもない。

そのとき、ふいに懐がもそりと動き、ひょい、と遊戯が顔を出した。

「あ、兎！」

しかめ面がたちまちほどけ、思いがけず幼い表情がのぞく。着物の胸元から這《は》い出して畳に下りた子兎を、諭吉は大喜びで抱き上げる。

「これ、おじさんの？」

「うー、まあ、そうか……名は遊戯と言ってな」

「へえ、おかしな名だね。うわあ、ふかふかだ」

少々乱暴に頬ずりされても、遊戯は鼻をひくひくさせながら黙って抱かれている。

内心でほっと息をつき、それから諭吉にたずねた。

「なあ、諭吉。おまえ何か、隠し事をしていないか？」

遊戯を抱いた小さな手が、ぴくりと動いた。

「親父殿には、言えないことか？　よかったら、おれに話してみないか？」

「どうして、おじさんに？」

不審の勝った眼差《まなざ》しが、じっと注がれる。己がいま試されているような、そんな心地がした。上っ面だけの言葉では、この子に通じない。腹を割って、本音で語らなければ、何も届かない。

けれどそれは、治りかけた傷の上からふたたび切りつけるようなものだ。秋成にとって、はなはだ恐ろしく怖いことだった。

四十近い、いい歳をした大の男が、なけなしの勇気をふり絞らねばならぬとは――。己の小心に、いまさらながら呆《あき》れる思いがする。いま自分は、ひどく情けない顔をしているに違いない。自覚しながら、秋成は諭吉に告げた。

「おれは、産みの母に捨てられた。四歳のときだ」

え、と子兎の毛皮に埋まっていた、子供の顔が上がった。

「実の父も、誰かわからない。母ひとりでは、育て切れなかったんだろう。おれを嶋屋に養子に出した」

決して、捨てられたわけではない。ただ、うっすらと覚えている母と、ある日を境に引き離され、どんなに乞《こ》うても二度と母は戻らなかった。その強烈な寂しさは、幼い脳裏には、「捨てられた」という記憶としか残らなかった。大人になったいまですら、胸がうずき、冷や汗が出る。まるで鉈《なた》で割られたような、大きな傷として、秋成の中に穿《うが》たれていた。

十代で荒れたのも、それ故だ。自分は両親や姉とは血の繋がらない、もらわれ子だ――それは言い訳に過ぎず、本当は養家には何の不満もなかった。嶋屋の実子である姉とも分け隔てなく育てられ、姉も新しくできた弟をよく構ってくれた。

鬱屈の根っこにあるものは、すでに表情すら判然としない、自分を捨てた母の顔だった。

「三年前、その実の母が死んでな。何というか、言いようのない心地がした」

「よく、わからないよ」

「そうだな、おれにもわからん……というか、言葉では表しようがない。誰かさんが言うたとおりだ」

ふうん、と諭吉は、両手で抱えていた遊戯を膝に置いた。意味をなさなくとも、秋成の思いは何がしか伝わったのかもしれない。膝の上の兎をながめ、ぽつりと言った。

「……おれも、父さんの子じゃないかもしれない」

ぎょっとして、まじまじと子供を見詰めた。

「何を馬鹿なことを……いったい誰が、そんな世迷言《よまいごと》を」

「……おじいさま」

うつむいた諭吉の目から、ぽたぽたと滴《しずく》が落ちて遊戯にかかる。毛が濡れるのを厭《いと》うように、兎は迷惑そうに身じろぎした。

「おじいさまが、言ったんだ。『おまえは父さんの子じゃなく、わしの子だ』、って」

祖父が死ぬ、三日前だという。諭吉が荒れていたのもうなずける。

真偽のほどはともかく、このような子供に、何という情けのないことを！　腹の底から沸々と怒りがわいてきて仕方がない。熱した頭では、うまい慰めすら思いつかなかったが、ひとつの声が、子供の嗚咽《おえつ》を止めた。

「坊主は間違いなく、あの父親の子だ」

子供が泣くのをやめて、兎を見下ろす。声を発したのは遊戯だった。そろりと顔を上げ、秋成にきく。

「いまの声、おじさん？」

「え！　あ、ああ、そ、そうだ！　実はいま、声真似を修練していてな。ほれ、寄席などであるだろうが」

秋成の不器用なとりつくろいを、諭吉は鵜呑《うの》みにしてくれた。へえ、と素直に感心する。

「ね、もう一回やって」

「案じずとも、おまえは宗吉の子よ。においでわかる」

遊戯がふたたびしゃべり出し、秋成は必死で、それに合わせてもごもご口を動かす。

「においなんて、おれにはわからないよ」と、諭吉は兎に向かってこたえる。

「やれやれ、人というのは不憫《ふびん》なものよ。目に見えることしか判じられぬのだからな。ほれ、この座敷にも証しがあるではないか。おまえたちが親子だという、目に見える証しが」

遊戯の声につられ、秋成が座敷をぐるりと見渡す。と、壁に貼られた一枚の紙が、目にとび込んできた。

「あれか！」

朱で押された、大小の手形であった。おそらく七五三の祝いに、親子で押したのだろう。諭吉三歳と、傍《かたわ》らに記されている。大小の違いはあれど、ふたつの手形は驚くほどによく似ていた。手の形、指の長さ、掌《てのひら》に浮いた手相に至るまで、そっくりだ。

「そうだ、諭吉！　この手形が、その証しだ。見てみろ、おまえと宗吉の手は、うりふたつではないか。紛れもなくおまえは、宗吉の子だ」

「ほんとう？　おじさんも、ほんとうにそう思う？」

「このこわっぱが、私の鼻を侮《あなど》るつもりか。嘘偽りなく、おまえたちは親子だ」

秋成のこたえをさらい、遊戯がしかと応じる。諭吉は顔をくしゃくしゃにして、遊戯を抱きしめた。

「お実も、そう言って、くれたけど……おれ、信用、できなくて……でも、父さんにはきけなくて……」

「おまえは宗吉を、悲しませたくなかったのだな」

秋成は、まだ前髪の残る頭に手をおいた。

「もうひとつ、たずねたいことがある。白峯屋の祟りは、おまえがやったのか？」

「違う！　おれじゃない……お皿も小火も、おれじゃない、けど……」

抗《あらが》う声が尻すぼみになり、諭吉はひとつだけ白状した。

「決して意地悪のつもりじゃなかったんだ……なのにあんなことになって……」と、また新たに涙をこぼす。

「ああ、わかったわかった。ねんごろに弔《とむら》ってやったのだろ？　向こうも許してくれよう」

こくりと諭吉が神妙にうなずいて、秋成はその話を切り上げた。

壁から手形を外し、諭吉にさし出す。

「諭吉、これをもって、親父にたしかめてこい。いまの話を、洗いざらい語るんだ。宗吉はきっと、請け合ってくれるぞ」

　うん、と遊戯を秋成に返し、手形を受けとる。

「この手形、お実が貼ってくれたんだ」

「そうだったのか」

「おじいちゃんに言われたことが頭から離れなくて……布団の中で泣いていたら、お実が入ってきて」

「それでお実さんにだけは、わけを明かしたんだな」

「これを見せながら、おれは父さんの子供だって、力をこめて説いてくれた。それから、このことは金輪際《こんりんざい》口にしてはいけないって。お実も忘れるから、おれにも忘れろと……」

　と、何か気づいたように、諭吉が怪訝な顔をした。

「なのにどうして、お実はこの話を蒸し返したんだろう……？」

「蒸し返した？　それは、いつのことだ？」

「おじさんが来る前、お実がここに来たんだ」

『諭吉坊ちゃまは、旦那さまのお子に相違ありません。大旦那さまの戯言《ざれごと》などにとらわれず、どうぞ健やかにお過ごしください。お実の願いは、それだけです』

　妙に改まって、そのようなことを言ったという。

「思い返すと、少し変だったな……何だか、別れを告げられているみたいで……」

何かが、秋成の中で、どくりと脈を打った。それが何なのか摑めぬまま、どくりどくりと不安だけが鼓動する。

ひとまず諭吉を、宗吉の許へと送り出し、入れ違いに、廊下に面した庭に人影が走り込んできた。

「雨月ではないか！　いったい、どうした。もう具合はよいのか？」

「秋成、お実さんを止めるんだ！　早くしろ、間に合わない！」

「止めるって、何を？　だいたいどうしておまえが、お実を知っている？　白峯屋は初めてのはずだろう？」

いつもおっとりとした雨月が、ひどく焦っている。呑気《のんき》な秋成に苛立《いらだ》ち、雨月が叫んだ。

「大旦那を、川に突き落としたのは、お実さんだ！　あの女中は罪を悔いて、己の命を絶とうとしている！」

どくん、と不安がはっきりと形を成して、浮かび上がった。

「そうか……身内だ。商人にとって暖簾の内にいる者は、すべて身内……番頭も手代も女中もすべて……死んだ大旦那からしたら、お実もまた身内なんだ！」

秋成が立ち上がると同時に、雨月は走り出した。その背中を追って、裸足のまま庭に下り、遊戯も身軽についてくる。庭を突っ切り、寮の裏手に出た。眼前いっぱいに神崎川が広がり、流れの中に、ざぶざぶと入っていく女の姿があった。

「お実、よせ！　引き返すんだ！」

雨月を追い越して、流れに阻《はば》まれながら夢中で追った。お実が腰まで水に浸かったところで、どうにか追いついたが、釣り上げられた大魚のようにお実が暴れる。

「後生ですから、このまま逝かせてください！　あたしは、あたしは……とんでもない罪を……死んでお詫びするしかないんです！」

「お実、おまえは……諭吉を守るために、罪を犯したのだろう？　おまえが死ねば、諭吉の傷になる。祖父とおまえが死んだ責めを、あの子に負わせるつもりか！」

茫然と両目が見開かれ、抗っていたからだから力が抜ける。泣きじゃくるお実を抱えるようにして、秋成は雨月と遊戯の待つ岸へと、大股で川を漕《こ》いでいった。

「白峯屋で起きた災いは、祟りでも何でもない。お実さんがしでかした、ただの不始末だ」

泣きながら岸辺でうずくまるお実の前で、まるで見てきたように雨月は語った。

家宝の皿は、翌日の催しのために、椀や瀬戸物を改めていた折にあやまって割ってしまった。仏壇の小火も、単なる灯明の消し忘れである。

大旦那を手にかけて、平気でいられるはずもない。面《おもて》には出さずとも心ここにあらずのありさまで、しくじりをくり返した。しっかり者で通っていた上に、朔兵衛を殺めたやましさもある。お実は己の粗相を、誰にも告げられなかった。

「猫の件だけは、諭吉が白状した。悪気があったわけではないが、猫によくないものを与えたんだ」

諭吉が猫に食べさせたのは、スルメである。いつも猫まんまでは飽きるだろうと考えたそうだが、食べ終えてまもなく、ようすがおかしくなった。ゲッ、ゲッ、と盛んにえずきながら苦しみ出した。乾き物のスルメは、腹の中で十倍にもふくらむ。吐くこともできず、喉《のど》にでも詰まらせたのか、猫は助からなかった。諭吉は涙をこぼしながら、秋成に語った。

「お実さん、話してくれんか。白峯屋には、どんな因果がある？　どうして何代にもわたって、親子のあいだで不義の呪いに苛《さいな》まれる？」

「因果なぞではございません……すべては大旦那の朔兵衛さまの、妄念に過ぎません」

「……妄念」

紅蓮地獄に落ちた、凄まじい姿を思い出したのか、雨月が息を吞む。

先々代、つまり朔兵衛の父親と、嫁にあたる朔兵衛の妻は、決してやましい間柄なぞではなかったと、お実は断言した。たしかに睦まじい舅《しゅうと》と嫁ではあったが、もしも邪《よこしま》な仲なら、絶えず傍《そば》にいる女中たちが気づかぬはずはない。男女の間柄には、老若の別なく女は鼻が利く。宗吉が不義の子なぞと、女中たちの誰も疑ってはいなかった。

「大旦那が、宗吉さまにそのような疑いをかけたのは、ただの嫉妬に過ぎません。ご自身は、姿形もお人柄も……何より商いの才を、お父上から受け継がなかった。それが恨まれてならなかったんです」

鼻柱をこつりと叩かれたように、秋成が顔をしかめた。商才のなさで、嶋屋を潰《つぶ》してしまった負い目があるからだ。ちらりと雨月はふり返ったが、何も言わなかった。

朔兵衛が継げなかったすべてを、宗吉はもって生まれてきた。あらゆる幸運が、己の代では笊《ざる》のように流れ、みな宗吉に横取りされたように、朔兵衛には思えたのかもしれない。父が亡くなると、その妄執はいっそうひどくなった。矛を向けた先は、倅だけではない。宗吉の亡くなった妻、妙《たえ》である。

「もしや、お妙さんは、大旦那に手籠《てご》めに……」

お実は目をきつく閉じ、唇を噛みしめて、秋成の問いにうなずいた。舅に辱《はずかし》めを受け、呆然自失の体《てい》でいた妙を見つけたのは、お実だった。決して他言はしないと誓い、ふたりだけの胸の裡《うち》にしまい込んだという。

「その後は、あたしが絶えずお傍についていて目を配っておりましたから、一度きりのはずです……ただ、それから三月ほどして、お腹にややがいるとわかってからというもの、お妙さまは尋常ではない苦しみようで……」

もしかすると、舅の子かもしれない――。その不安はお妙を苛み続け、いっそ堕《おろ》してしまった方がと、お実に訴えたことも一度や二度ではない。若内儀を励ましながら、どうにか産み月を迎えたが、お妙はすでに精も根も尽きていた。生まれた諭吉に、どうか舅の災いが降りませんようにと祈りながら、産後わずかひと月で息をひきとった。

乳飲み子を抱え、宗吉にはすぐにも後妻が必要だったが、そうしなかったのは、やはりお実の計らいだった。

「あたしは、旦那さまに嘘をつきました……『外に妾を囲うのは構わないから、後添いは迎えないでほしい』……それがお妙さまの切なる願いだったと、嘘を告げました」

次に来る嫁も、朔兵衛の餌食《えじき》にされるかもしれない――。お妙の苦しみを、ずっと間近で見てきたお実は、これ以上の愁嘆《しゅうたん》はくり返してはならないと肝に銘じていたのだろう。夫を亡くしてひとり住まいをしていた伯母のお安《やす》を招いてはどうかと進言し、若くして身罷《みまか》った妻の遺言と受けとめた宗吉も、承諾したのである。

「お安さまの目があれば、大旦那さまも滅多な真似はできません。諭吉坊ちゃまも十を迎えて、少しは亡くなられたお妙さまも浮かばれようかと、気を抜いた矢先にあのような……」

それまで、どこかぼんやりとした眼差しで、昔を思い返していた瞳が、にわかに険を帯びた。

「まさか諭吉坊ちゃまにまで、あんな世迷言を吹き込むなんて……あたしには許せませんでした！」

「おそらく大旦那は、諭吉の中にも、先々代の片鱗を見たのだろうな」

と、雨月が呟いた。父親たる先々代は、とうにこの世を去ったというのに、朔兵衛は自らを縛《いまし》める呪縛の縄目を、己自身でふたたび締めあげた。

「まるで、崇徳院《すとくいん》の呪いのようだな」と秋成が、やるせないため息をつく。

崇徳院は、父親の鳥羽院《とばいん》の子ではなく、祖父の白河院《しらかわいん》の子であると、『古事談』には記されている。鳥羽院は崇徳院を、「叔父子《おじご》」と呼んで疎んじた。後の保元の乱は、この親子の確執が大本にあるとも言われ、乱に負けた崇徳院には怨霊伝説がつきまとった。

朔兵衛の呪縛に、諭吉をからめとられてはなるまいと、お実は因果の大本を断ち切る手段をえらんだのだ。朔兵衛は、強くはないが酒を好む。酔ったところで、少し風に当たった方がいいと川べりに誘い出した。そして、川に長く張り出した船着場から、突き落としたのである。春とはいえ、梅が終わったばかりのころだ。川の冷たさは真冬と変わりなく、また昼前まで降っていた雨で増水していた。朔兵衛は、真っ暗な濁流にあっという間に呑み込まれ、すぐに見えなくなったと、妙に乾いた声でお実は語った。

「祟られていたのは、白峯屋ではなくあたしです……小火まで出してしまって、これ以上厄介はかけられません。せめて先に逝って、大旦那に詫びてこようと……」

すでに土壇場にさらされてでもいるような哀れな姿に、雨月はやさしく語りかけた。

「祟りなぞでは、ないいんだよ。死者と生者の世界は、かっきりと隔てられているからね。どんなに恨もうと、死人はこの世では、何もなすことはできないんだ」

祟りとは、この世の人間の生み出したものだ。不安、悔悟、恐れ——そして妄執。そういう生者の念が、世にあり得べからざる、さまざまな不思議を引き起こす。

「生者の祟りこそ、厄介な代物《しろもの》でね。人の力では、祓《はら》うには手にあまるものもある。だからこそ、人は神仏にすがろうとするのだろうね」

雨月の声をききながら、秋成は、はたとひらめいた。

主人殺しの罪は、何よりの大罪だ。奉行所に届ければ、死罪は免れない。だが、お実の罪が明るみに出れば、白峯屋の暖簾に傷がつき、何よりも諭吉の心に深い影を落とす。

「お実、これ以上白峯屋には留まれぬと、そう言ったな。決心に変わりないか？」

「はい」

「それならいっそ、仏門に入ってはどうだ？　京のさる尼寺に、伝手《つて》があってな。頼めばきっと、迎え入れてくれよう」

意外な申し出だったのだろう。お実はひどく驚いて、とまどい顔を秋成に向けた。

「いまのおまえには、命を絶つ方が楽に思えるかもしれない。それでも、宗吉と諭吉のために――あの親子のために、生きてはくれんか？」

白峯屋の寮から、子供の高い笑い声がした。諭吉の声に相違なく、一緒にいるのはたぶん宗吉だろう。ふっとお実の口許に、淡い笑みがわいた。

「仰るとおりにいたします。どうぞよしなにお願いします」

石ころだらけの地面に手をついて、お実は深々と頭を下げた。


「雨月さま、気づいておられましたか？　この前見た亡者の後ろに、もうひとり女人の霊が立っていたことを」

寮へと戻ってゆく、秋成とお実を見送りながら、遊戯が言った。

「ああ、私にも見えていたよ。たぶんあれが、お妙さんなのだろうね」

「それこそ仇《かたき》に等しい憎い舅と、同じ墓に入らねばならぬとは……人とはさても厄介な。墓の下でおちおちと、眠ることすらできなかったのでしょうが……」

本当に恐ろしかったのは、紅蓮地獄で苦しむ朔兵衛の姿ではない。そのさまを黙ってながめていた、女の亡霊のほうだった。

「あの男が地獄に落ちたのは、決して殺められたためではない。地獄とは、己の犯した罪で、落とされる場所だからね。あの男の生前の業こそが、紅蓮地獄を招いたんだ」

どれほど菩提《ぼだい》を弔っても、朔兵衛の魂は未来永劫《えいごう》、浮かばれることはないかもしれない。けれどお実が心をこめて幸を祈るなら、白峯屋の先行きは明るいものに思えた。

「雨月さま、もうひとつよろしいですか？」

「何だい、遊戯」

「あのがさつめは、雨月さまの正体に、何も気づいてはおらぬのですか？」

だいぶ小さくなった秋成の背中に目を当てたまま、雨月は、ふっと微笑んだ。

「ああ、何も……秋成は私を、あたりまえの人だと思っているんだ」

ぶう、と黒い鼻から、呆れたため息がもれた。

「ぼんくらにも、ほどがありますな」

「だからこそ、長く一緒にいられたんだ……いままではね」

遊戯は先を問うように見上げたが、雨月からは何も返らなかった。

菊女《きくじょ》の約《ちぎり》

開け放した襖《ふすま》から秋風が忍びより、秋成《しゅうせい》の頬をかすめてゆく。
仰向けに寝転がったまま、何となくその詩が口をついた。

樹を種《うゆ》るに楊柳《ようりゅう》の枝を種ることなかれ
交《まじわ》りを結ぶに軽薄児《けいはくじ》と結ぶことなかれ
楊柳は秋風の吹くに耐えず
軽薄は結び易《やす》くまた離れ易し

春に芽吹く柳は、秋には散りやすい。同様に、軽薄な者と親交を結んでも、すぐに離れてゆくものだ――。なかなかにうがった格言であるのだが、縁側からは、ぶーっと不服そうな鼻息が返る。

「何をあたりまえのことを。人というものはどうして、言わずもがなの理《ことわり》をもっともらしくうそぶくのか」

「悪かったな！　おれが言ったわけではないわ。文句なら唐の文人に言ってくれ」

「学があると思うておる輩《やから》に限って、ようやらかすものよ」

と、鰹節《かつおぶし》のかけらを、ポリポリと音立てて食《は》む。鰹節を好むのは猫と相場が決まっているが、両の前足で器用にはさみながら咀嚼《そしゃく》しているのは兎《うさぎ》である。

「遊戯《ゆうぎ》は本当に、鰹節が好きだねえ」

「お言葉ですが、雨月《うげつ》さま。好きというよりも、要に迫られてにございます。なにせ放っておくと、前歯がすぐに伸びてしまいますから。やすり代わりに、鰹節は実に具合よく」

秋成に背を向けて、縁側に座る友は、なごやかに兎と言葉を交わす。その奇異な絵面《えづら》も、すでに日常の風景と化していた。

「からだはちっとも育っておらんくせに、歯だけは一人前に伸びるのか」

「霊力のないおまえには説くだけ無駄だがな、生きるものを操るには、まことに多くの妖力《ちから》を要する。からだが大きければ、使う妖力もそれだけ嵩《かさ》むからな、小さいままの方が都合がよいのだ」

「それでは憑《つ》かれた子兎が、あまりに可哀そうではないか！　もう半年も経っているというのに、一寸も大きくなっていないのだぞ」

きき捨てならんと、秋成は起き上がるなり兎に詰め寄る。

「この子の親も、さぞかし心配しておろう。そろそろ帰してやってはどうか」

「兎が半年ものあいだ、覚えておるものか。とっくに忘れておるわ。この子兎には、もとより帰るところなぞない。仲間とはぐれたか、あるいは親が死んだか、竹藪《たけやぶ》の中で当のこやつも半分死にかけておった。いわば私のおかげで、命拾いしたようなものだ」

兎の妖《あやか》したる遊戯は、いまは現身《うつしみ》の姿を借りている。食べたものの大半は霊力に費やされ、器にまではまわらぬようだ。焦茶色の子兎は、半年ものあいだ一寸も育っていない。この香具波志庵《かぐはしあん》に出入りする雨月の母や女中のおたねも不思議がっており、もともと小柄な種ではないかと、雨月は苦しい言い訳をしていた。

「私が離れるころには、こやつも丈夫になっていよう。からだもそのうち大きくなる」

遊戯はそう述べたが、秋成の肩は落ちたままだ。

「では、この子兎は、すでに親も帰る家も、ないということか……」

「ええい、いつまでもうっとうしい！」

とうとう兎が癇癪《かんしゃく》を起こし、鰹節を放り出して後ろ足で床を蹴りつける。ダン、とびっくりするほど大きな音が出た。負けじと秋成がいきり立つ。

「化け物にはわからんだろうがな、親子の情というのは、何より尊いものなのだ」

「ふん、親子の情だと？　そんなものを後生大事に、死ぬまで抱えておる方がどうかしておるわ」

「親が子を思い、子が親を労《いたわ》ることの何が悪い！」

「子をひとり立ちさせることこそが、親の務め。なのに人間ときたら、情だの義理だの些末《さまつ》なものに囚われて、いつまでもべたべたと離れようとせん。いい歳をして子が親に甘え、老いた親は子を頼る。これでは本末転倒だ」

巣の外で生き抜く力こそが、生を左右する。育て上げたらさっさと巣から追い出し、また次の子を儲《もう》けるのが自然の慣《なら》わしだ。けれども人間だけは、その轍《てつ》から外れている。

「おまえたちが情と呼ぶものは、我らには枷《かせ》にしか見えぬわ。子の一本立ちを妨げ、老いの始末までつけさせる。それこそが、親子の情とやらの正体ではないのか？」

姿は兎でも、五百年はゆうに経ている大妖《だいよう》だ。まるで哲学問答に似て、悔しいことにぐうの音も出ない。言いたいことは山ほどあるのに、うまい切り返しの文句が見つからない。秋成の焦りをそっとすくうように、兎の傍らからやさしい声が言った。

「それでもね、遊戯、人は一本だけでは生きられないんだ」

「雨月さま……」

「一本だと倒れてしまうから、まわりにたくさんの支えがいる。中でもいちばん太くて頼もしい支えが、親であり子供なんだ」

秋成に対しては大上段からこっぴどく打ち据えるくせに、雨月を相手にすると、とたんにしおらしくなる。兎は黒くうるんだ目を向けて、なるほどと小さくうなずいた。

「こう見えて秋成は、涙もろいところがあってね。ことに親子の情には弱いんだ」

「雨月、それはよけいだ」

すかさず文句をつけるが、雨月は肩越しにふり向いて、ちらりと微笑する。

「『死《し》生《せい》交《のまじわり》』でも、『汝が母は即《すなわ》ち吾が母なり』のくだりを、ことに好んでいたじゃないか」

「雨月さま、それは？」と、兎が興味深げに髭を立てる。

「さっき秋成が口ずさんでいた、詩の文句だよ。あれは白話《はくわ》のひとつでね」

白話とは唐で書かれた小説で、漢文ではなく、よりやさしい口語で書かれたものを白話と呼ぶ。この小説には八つの漢字が連なる長ったらしい題がついているのだが、最後の三文字をとって『死生交』で世に通っていた。

白話の冒頭にはよく詩が用いられる。秋成が詠んだのも『結交行《けつこうこう》』という詩の一節で、『死生交』という小説はこの句からはじまっていた。

「少々、理が勝ち過ぎて、言葉が硬いと思うていましたが、なるほど漢詩でありましたか」

「おまえは明清《みんしん》の偉大な文人にまで、文句をつけるつもりか」

秋成は兎をじろりとにらんだが、雨月は少し考える顔をした。

「いや……たしかに遊戯の言うとおりかもしれない。せっかく柳があるのだから、もう少し季語を表に出して、春秋を際立たせた方が美しいものになる」

と、雨月は、目を閉じた。唇から、たおやかな声が朗々と吟《ぎん》じる。

青々《せいせい》たる春の柳　家園《みその》に種《うゆ》ることなかれ
交りは軽薄の人と結ぶことなかれ
楊柳茂りやすくとも　秋の初風の吹《ふく》に耐《たへ》めや
軽薄の人は交りやすくして亦速《またすみ》なり
楊柳いくたび春に染《そむ》れども　軽薄の人は絶《たえ》て訪《とむら》ふ日なし

美文は、言霊《ことだま》をもつ。霊気のもつ香りに包まれでもしたように、遊戯はうっとりとき惚《ほ》れる。青々とした春の柳が目に浮かぶからこそ、秋の翳《かげ》りが際立ち、軽薄な者の薄ら寒さもよけいに身に沁みる。

秋成もひととき、雨月の紡《つむ》いだ詩の中に深く埋没していた。やがて夢から覚めでもしたように顔を上げる。

「雨月、かねがね思うていたのだが……おまえには才がある。俳句や詩歌だけではなしに、長文の読み物を手がけてはどうか？」

「いやだな、秋成。世俗に疎《うと》い私に、滑稽本《こっけいぼん》や草双紙《くさぞうし》が書けるものか」

「だったら、読本《よみほん》はどうだ？　白話をもとにした読本なら、すでに世に出ている。決して数は多くはないものの、巷《ちまた》にあふれた洒落本《しゃれ》なぞより格上とされて、一目置かれている。慰みでもよいから、書いてみるのも一興と……」

「それなら、秋成、おまえが書けばいい」

おっとりとした雨月にはめずらしい、切口上でさえぎられた。兎の耳が、ぴくりとする。

「秋成はすでに、『世間狙《せけんざる》』や『世間 妾形気《てかけかたぎ》』を世に出している。和訳太郎《わやくたろう》の名は、伊達ではなかろう？」

「あの二冊は、気質物《かたぎもの》だ……読本には遠くおよばない」

まるで叱られた子供のように、秋成は悄然《しょうぜん》とうなだれた。

庶民のあいだで広く読まれているのは、会話が多く平易な文章で書かれた草双紙だった。浮世の風俗を物語に仕立てた浮世草紙が大半で、中でも笑いに主眼をおいた滑稽本や洒落本のたぐいはことに人気がある。気質物もまた浮世草紙のひとつで、秋成は和訳太郎の筆名で二冊手がけた。極端にあくの強い、すなわち「気質」に染まった人物の、奇行・愚業を誇張して描いたのが気質物だ。

一方の読本は、同じ娯楽物とはいえ草双紙とは一線を画す。

読本とは、伝奇小説のことだ。唐の時代に生まれた文語体の短編小説をさし、その中身が不思議や珍奇な伝えに満ち満ちていた故に、そのようなものをひっくるめて伝奇と称されるようになった。文語調の文章に、漢語や漢詩も頻出して文学性が高いとされる。

もともとは白話をより身近で楽しむために、翻訳をしたのがはじまりだった。そのうち忠実な翻訳だけでは飽き足らず、白話を種本にして自由な発想で書かれた小説も登場する。それが読本であった。

「私に勧めるくらいなら、己で書いた方が早かろう」

「おれには、無理だ……」

噛《か》みしめた歯のあいだから、秋成が絞り出す。雨月は相変わらず、友には背中を向けたまま、樹木や池を配した庭に視線を預けていた。

「書きもしないうちから無理などと……どうせなら試してから……」

「試したさ！　二冊目の『妾形気』を終えてすぐに、一年がかりで書き上げた。仕上げたのは三年も前になるが、何ともひどい出来栄えだった」

書き手としては素人でも、白話も読本もひととおり読んできた。他人の評を待つまでもなく、己の筆の稚拙《ちせつ》さを、秋成は誰よりも理解した。

「私には、読ませてくれなかったな」

「あんなものを、他人に見せるなどおこがましい……たとえ竹馬《ちくば》の友のおまえでもな」

遊戯が耳をくるりと返した。声の中に、何か混じっていたからだ。が、めずらしく口を挟むことはせず、黙って成り行きを見守った。

「先生には、相談してみたのか？　せっかく身近によい手本があるのだから、教えを乞《こ》うてはどうだ？」

「いかに優れた師匠とて、凡愚《ぼんぐ》な弟子は育てようがない……この手の才は、生まれつきのものだからな」

いっそう苦い顔で畳を見詰め、ふっと自嘲《じちょう》した。

「だがな、己に才がないと、知れただけでも幸いだった。国学だけは続けるつもりだが、いっそのこと歌も俳句もやめにして、商いに精進しようと心に決めた……その矢先に、火事で店を失うとは皮肉なものだ」

雨月は応えず、黙って藪椿《やぶつばき》の梢《こずえ》を仰ぐ。椿とは思えぬほどの大きな木で、人の背丈の三倍ほどもある。九月のいまは、丸い実が裂けたように割れて、黒い大きな種が露《あら》わになっていた。

沈黙に、先に耐えきれなくなったのは秋成だ。顔を上げ、何か言いかけたが、外から響いてきた明るい声に先を越された。

「ごめんなさいね、朝餉《あさげ》が遅くなってしまって」

それぞれ箱膳を手にして、雨月の母の八百《やお》と、女中のおたねが庭伝いに現れた。こうして日に三度、母屋から離れへと食事を運んでくるのが、ふたりの日課となっていた。甘く煮た人参の匂いにいち早く気づいたのか、遊戯が後ろ足で立って、鼻をひくひくさせた。

「さっき大きな声がしたけれど、何かあって？　もしかして、喧嘩でもしていたの？」

おっとりと母にたずねられ、雨月はただ苦笑いを返す。代わりに秋成が言い訳した。

「いや、怒鳴っていたのは、この兎にです。こいつときたら、粗相《そそう》ばかりしでかして」

濡れ衣もはなはだしいが、女たちの前では遊戯は決して口を利《き》かない。

「仙次郎《せんじろう》さんは、今日も先生のところへ行くのでしょう？」

「はい。朝餉を終えたら出かけます」

「毎日のように、ご苦労さまね」

「いえ、一日も早く、生計《たっき》の道をつけねばなりませんから。いつまでも母や妻を、妻の実家《さと》に預けておくわけには……おい、兎！　それはおれの煮物だぞ！」

腹いせのつもりだろう。おたねが整えた秋成の膳の脇で、遊戯は当然のように口をもぐもぐさせていた。

「今日は私も行こうかな。遊戯も、たまには遠出をしたいだろう？」

朝餉を終えて出仕度を済ませると、仲直りのつもりか、めずらしく雨月が言った。

一里半ほどの道程だ。遠出というほどでもないが、からだの丈夫ではない雨月は、滅多に香具波志庵から出ることがない。

「お供いたします」と兎は嬉しそうに、雨月に抱きとられた。

「それなら、今日こそ先生にお引き合わせしよう。先生は書や絵もたしなまれ、篆刻家《てんこくか》としても高名だ。きっと話も合うだろう」

「うーん、やっぱり遠慮しておくよ」

「またそれか。若い娘でもあるまいに、引っ込み思案もたいがいにしろ」

秋成が苦言を呈しても、薄い笑みを返されるだけだ。雨月はとにかく人が苦手で、常盤木《ときわぎ》家の母屋にすら、ほとんど顔を出さない。気軽に話を交わすのは、八百とおたね、秋成くらいのものだ。

ましてや初顔ともなれば、気づまりでならぬようだ。自身は知己に事欠かない秋成としては、ときにやきもきもするのだが、それも友のらしさだと長年のつきあいから学んでいた。

何よりも、当の雨月はちっとも寂しくなさそうだ。

鳥や花、風や草木と睦《むつ》まじく、ちょうど先刻のように、その親しさはときに美しい句となって流れ出す。

人とは交わらないかわりに、人には見えぬ人ならざるものたちと、しごく仲がいい。妖しや死霊など、人によっては薄気味悪く思えるだろうが、なにせ秋成はさっぱりその気《け》がない。見えも感じもしなければ怖がりようもなく、だからこそ雨月の異なところも、生まれもった気質《たち》のひとつだと単純にとらえていた。

「なのにこの歳になって、このような化け物兎に出くわすとは……一生の不覚」

つらつらと思い返していた友のあれこれを抜きにして、いきなり兎に文句をつける。見物人がいなければ、この兎はまことによくしゃべる。すぐさま反撃に転じた。

「ふん、私とて、おまえのようながさつと共に暮らすなぞ、末代までの恥」

「子をなさぬ妖しが、どうやって末代まで続くというのだ！」

「嬉しいなあ。ふたりとも、すっかり仲良くなってくれて」

「どこがだ！」

秋成と遊戯がいつもの漫才をくり広げていたせいか、一里半の道程も思いのほか短かった。

加島《かしま》村を出て大坂の街の方角へと向かい、やがて天満《てんま》の外れに行き着いた。この辺りは淀川《よどがわ》が暴れても水に没することがない。大坂天満宮が置かれたのもそのためだ。徳川の御代になって早々に青物市場が立ったためにいまでも八百屋が多く、また大坂町奉行所の役人の組屋敷もこの地に置かれた。西隣は秋成が暮らしていた堂島《どうじま》で、天満宮のまわりは人の絶えることのないにぎやかな土地だが、北東の外れにあたるこの辺は未だにひなびていて、景色は加島村とたいして変わらない。

ふたりは、一軒の百姓家の前で足を止めた。門柱がわりの木の杭に、『繁堂《しげしげどう》』と書かれた雲形の板が張ってある。

「本当にこのまま帰るのか？　せめて挨拶だけでもしてはどうだ？　先生はいたって気さくなお方だから、気負うことはないのだぞ」

秋成は引き止めたが、雨月はあさっての方角をながめながら生返事をする。

「うん、でも……いまはお客さまがいらしているし」

「客だと？　中に入りもせずに、どうして……」

開いたままの入口障子の向こうから、男の笑い声が響いてきた。馴染《なじ》んだ師の声とは、別のものだ。なるほどと得心したが、雨月が気にしているのは違うもののようだ。雲形の門標から、十歩ほど外れた辺りにじっと目を凝《こ》らしている。

「おまえ、さっきから何を見ている？　特に変わったものはなさそうだが」

「うん……秋成の目には見えない者だよ」

「なんだ、そっちのたぐいか」

たとえ幽霊だと言われても、清々《すがすが》しい秋晴れの空のもとでは、怖がる気にさえなれない。それでも雨月は、緊張した面持ちを解くことなく、腕に抱かれた兎までもが同じ場所に黒い瞳を据えている。

「あれは、良くない死に方をした魂魄《こんぱく》ですな。成仏できず、さまよっておるのでしょう」

「おまえまで脅かすな。良くないとは悪霊の類か？　放っておいては、この繁堂に障りがあるのか？」

「いや、憑いているのは家ではない。この家《や》に入れぬからこそ、あそこに佇《たたず》んでおるのだ」

遊戯が、片手で鼻を押さえながらこたえる。どうやら、あまり嗅《か》ぎたくないにおいのようだ。

「佇むとは、人か？」

「女だ。女の死霊《しにだま》がふたり、肩を寄せ合うように佇んでいる」

まるで家の戸口を見張るようにして、女の幽霊が立っている。しかも、ふたりも――。

そうきいて、さすがの秋成も肌が粟立った。

「案じずとも、おまえには害はない。おまえは霊にとっては、鮒鮨《ふなずし》のようなものだからな。どんなにしつこい悪霊であっても、がさつの前は避けて通るわ」

「その言われようは、面白くないな」

むっつりと秋成が兎に返し、雨月にたずねた。

「だが、先生にはどうなのだ？　もしや、先生が祟《たた》られているのではなかろうな？」

「たぶん、おまえの先生にも障りはないよ。この家の気《き》が清いからこそ、中には入れないんだ。ちょうど結界みたいにね。先生のご仁徳と、生業《なりわい》のためだろう」

「しかし、真っ昼間から入口を見張っているとは、穏やかではなかろう」

「言ったろう？　どんなに怨《うら》んでいても、死霊には何もできない。それに、どうやら怨むというよりも、悲しんでいるようだ」

同情するように、わずかに眉を曇らせた。

「心配なら、遊戯を連れていくといい。遊戯、私の代わりに、中を確かめてきてくれるかい？」

「そればかりは、ご免こうむるぞ。兎を抱えて教えを乞うては、先生に申し訳が立たぬ。だいたい、こいつを入れておくと、懐が糞《ふん》まみれになってかなわん」

「生き物なのだから、食って放《ひ》るのはあたりまえだ」

「おまえは明らかに食い過ぎだ！」

秋成が怒鳴っても、兎はしれっとしたままだ。ぴょん、と身軽に雨月の手から、秋成の肩にとび乗った。

「雨月さまの命とあらば、仕方ありませんな。使えぬがさつに代わって、耳目《じもく》の役目を果たして参りまする」

「うん、頼んだよ、遊戯」

「おれを除いて、勝手に話を進めるな！」

秋成の抗《あらが》いなど、遊戯はきく耳をもたない。さっさと懐にもぐり込み、具合よく収まった。


「おお、来たか、秋成」

百姓家であるから、戸口を入ると広い土間があり、左手に炉を切った板間がある。医師と客は、その奥の座敷に向かい合っていた。秋成を認めると、気軽なようすで手招きする。板間には薬研《やげん》を使う者がふたりいて、入口からまっすぐ行った土間の奥にある台所からは、煎《せん》じ薬のにおいがただよってくる。

先生のご仁徳と、この家の生業のためだろう――。

すでに鼻に馴染んだにおいを嗅ぎながら、雨月の言葉を思い出した。

家のまわりは薬草畑で、摘《つ》んだ薬草を手に、別の男たちが入ってきた。

いずれも住み込みの弟子であり、秋成にとっては兄弟子にあたる。挨拶を交わしてから、師の招きに応じて座敷に上がった。

「支部《はせべ》殿、この男は通いの弟子でしてな。医者としてはまだ駆け出しですが、文人としては、すでになかなかのものです。きっと良い話し相手になりましょう」

丸い頰に浮かぶ笑みは、いたって福々しい。

師の都賀庭鐘《つがていしょう》は、医者であった。

上方の医者は慈姑頭《くわいあたま》と相場が決まっているが、庭鐘は若いころから頭髪が頼りなく、四十を迎える前には、江戸の医者さながらに坊主頭にしてしまった。

儒学者、また漢学者としても高名で、さきほど雨月に語ったように、書や画、篆刻にも優れている。しかし庭鐘の名をもっとも世間に知らしめたのは、読本作者の肩書であろう。

二十代で最初に書いた『英草紙《はなぶさぞうし》』を皮切りに、何十編もの読本を世に送り出した。

庭鐘は五十四歳。いまから二十数年前というと、白話の翻訳はちらほら出はじめていたが、まだ読本という呼び名すら定まってはいないころだ。都賀庭鐘は紛れもなく読本にかけては先駆者であり、当代一の書き手であった。

ことに秋成が傾倒したのは、庭鐘が五年前に上梓した『繁野話《しげしげやわ》』だ。

庭鐘自身、納得のいく出来栄えだったのか、己の診療所も繁堂と名付けた。

『繁野話』が刊行されたのは、秋成が『世間狙』を出したのと同じ年だった。月並みな浮世草紙たる己の作とは大きく隔たる。文学の色濃い豊かな作風に、秋成は深く感じ入り、同時に打ちのめされた。すでに版元に約していた『世間妾形気』を終えて、すぐに読本を書いてみたのもそのためだ。結果は散々だった。自身の筆の至らなさを嫌というほど思い知らされただけだった。以来、読本はもちろん、浮世草紙すら書く気が失せた。

ただ、庭鐘への尊敬の念だけは、前にも増して強くなった。

もともと文人同士、知己にはあったのだが、堂島で営んでいた紙油問屋の『嶋屋《しまや》』を火事で失ったとき、医者になろうと決めたのは、庭鐘の存在が大きかった。三十も下り坂になって商人から医者になるなど、まず無謀だと誰もが考える。それでも文人仲間はかえって面白がってくれたし、庭鐘も快く医術の師を引き受けてくれた。

一朝一夕に運ばぬくらいは、秋成とて承知している。一人前の医者になるには何年もかかろう。繁堂は、妻の実家から通うには遠過ぎる。妻と母を残し、自らは常盤木家に厄介になった。

そのあたりの事情はあえて語らず、庭鐘はただ、秋成の文人としての履歴のみを披露した。客の目が、たちまち嬉しそうに輝き出す。

「秋成、こちらは支部左門《さもん》殿だ。この近くの女夫町《めおとちょう》にお住まいでな、国学や漢学にまことに造詣が深いお方だ」

「いえ、私など、独学で細々と続けていただけですから、都賀先生の足元にもおよびません。先生のご高名はかねがね存じておりました。ぜひお説を拝聴したいと、先日のお礼がてら、厚かましく上がり込んだしだいです」

「礼とは？」

「三日前、この近くで、ふたりの女人に出くわしてな。それが支部殿の母上とご妻女であったのだ」

妻女の方が加減を悪くして、道端で往生していた。ちょうど往診の帰りだった庭鐘が通りがかり、繁堂に連れてきて看《み》てやったようだ。

「なるほど、さようなご縁でありましたか」

「ちょうどいい。おまえなら、支部殿の話し相手も務まろう。私の代わりに、しばらくお相手してさしあげなさい。せっかくお出《い》でいただいたというのに、慌ただしくて申し訳ありませんな、支部殿。なにせ本業は医者ですので、病人《やまいにん》は待ってはくれませんでな」

愛想のいい笑顔を浮かべながらも、いつになくそそくさと腰を上げる。少々不審に思いながらも後ろ姿を見送って、師匠がいた席に腰を下ろした。

「改めまして、よろしくお見知りおきを。日頃はもっぱら家に籠《こ》もって、ひたすら書物と向《む》き合《お》うておりまする故、学問を語り合う機にもなかなか恵まれません。都賀先生ばかりか、ご高弟と談議できるとは嬉しい限りです」

無精髭の伸びた細面をほころばせる。秋成とははぼ同年代になるそうだが、雨月ほどではないにせよ、かなり若く見える。鼻梁はすっきりと高く、目許《めもと》は涼やかだ。髭をあたれば、なかなかの男前だ。

「晴耕雨読と申しますが、私の場合は晴読雨読でございましてな」

「それはうらやましい」

心の底からの賛辞ではあったが、内心で首をひねった。相手がどう見ても、金持ちには見えなかったからだ。身なりはいたって貧しく、月代《さかやき》も剃《そ》っていないが、妻と母の世話が行き届いているのか、粗末な着物にはていねいに継ぎが施されていた。

「卒爾《そつじ》ながら、生業《なりわい》は何を？」

「いえ、何も」

「……と、仰《おっしゃ》いますと？」

「学問を究めんとする私の志を、母や妻は尊んでくれましてな。女子の身ながら、生計《たっき》を立てております」

「それは……」と言ったきり、後が続かない。

秋成もまた、母と妻をもつ身だ。しかしいくら窮しようと、女たちに働かせて、自身はのらくらしているわけにもいかない。商人の才はないが、他に生計の道を立てようと秋成なりに考えた上でのことだ。いかに突飛だろうと、医者修業には真面目に励んでいる。

考えがそのまま、顔に出てしまう方だ。ただ、相手も敏《さと》い男ではないらしく、気づかぬふうに話を続ける。

「何もかも、母のおかげです。孟母三遷《もうぼさんせん》、孟母断機《だんき》などと申しますが、まさに母は孟母の化身のような女子でして」

孟母とは、孟子の母。賢母の代名詞とされる。孟母三遷の教え、孟母断機の教えは、いずれもその賢母ぶりを表した諺《ことわざ》だ。孟子の学問のために三度も住まいを変え、孟子が遊学半ばで帰ってこようものなら、織りかけの布を断って中途で諦《あきら》めるものではないと戒《いまし》めた。孟子が思想家として大成したのは、この母の存在が大きかった。

支部の母も同様に、息子がつつがなく学問に精進できるよう、自らが賃仕事などを引き受けて、細々とながら家計を賄《まかな》っている。嫁いだ妻もまた姑に倣い、針仕事をしながら夫を支えているという。

「それはまた、何ともできた母上とご妻女ですな」

「とはいえ、母はだいぶ老いておりますし、近頃は妻頼みで……加減が悪くなったのも、おそらく疲れが出たのでしょう。せめて学問に打ち込まねば、罰《ばち》が当たります。いっそうの精進を誓い、日々がむしゃらに書物を漁《あさ》っておりまする」

「文人として、身を立てるということですか」

「いえ……それは少し違います」

少し考えて、支部はこたえた。

「生計の道具にすれば、どうしても学問に曲がりが出ます。私も若いころは立身を夢見たり、我が名を世に留めんとしたこともありますが、それでは学問の清らかさは保てず、本末転倒となりましょう」

主《あるじ》をもてば、意に染まぬ命にも従わねばならないし、句集や読本を著すにも版元とのつきあいがある。それらはすべて浮世の垢《あか》であり、一切を遠ざけてこそ学問の極楽に到達できる。支部は本気でそう信じているようだ。

「清貧を憩《あまな》いて、友とする書の外は、すべて調度の煩《わずら》わしきを厭《いと》う。口腹《こうふく》のために人を煩わさんや――。私は、さように心掛けております」

調度は家財、口腹は食事のことだ。清貧を旨として、書物以外には金をかけず、たとえ衣食に困っても他人に厄介の尻をもち込まない――。

それはたしかにひとつの理想だ。秋成とて、そうできればどんなに幸せかと、何度も願った。家業も商家も煩わしくてならず、すべて投げうって好きな句を詠《よ》み、書物を読みふけることができれば、どんなに楽かと切実に望んだ。ある意味、支部の暮らしぶりは、秋成の理想とも一致している。

なのに何故か、身を乗り出して賛同することができない。どこかおかしい、大切な何かが欠落していると、思えてならない。ただ、それが何なのか、いまひとつ正体がつかめない。

と、ひとつの声がこたえをくれた。

「お主がしているのは、ただの死に学問だ」

え、と支部に見詰められ、とっさに口を片手で覆った。とはいえ声の主は、秋成ではない。秋成の懐からだ。

「死に学問とは、きき捨てなりませぬ。詳しくおきかせ願えませぬか」

きっと抗うような視線を向けられて、秋成が往生する。しかし懐にいる眞の声の主は、実に饒舌《じょうぜつ》だ。

「清い学問なぞ、詭弁《きべん》に過ぎぬわ。世に広め、世に役立ててこその学問であろう。お主ひとりの身の内から出んかぎり価《あたい》なぞない。馬の糞にも劣るわ」

遊戯の声をききながら、ああ、そうか、と秋成も気がついた。

理想だからこそ、脆《もろ》いのだ。地に足のついていない考えは、泥にまみれることがないかわり、シャボン玉ほどに儚《はかな》い。虹色に輝いたのち、はじけて消える。

「だいたい、生計のすべてを母と妻に任せきりにして、何が人を煩わさんやだ！　お主がよけて通る泥を、頭からかぶっておるのは家人ではないか」

遊戯の言うとおりだ。支部の清浄な世界を、懸命に支えているのは母と妻だ。衣食住など厭わしいと、支部は言った。けれど食べなければ生きてはいけない。身を包む着物も、雨風を凌《しの》ぐ屋根も、やはり欠かせぬものだ。

現実とは、生の営みだ。一切から目を背けているこの男は、清貧を履《は》き違えている。老いた母と具合の悪い妻では、支えるにも限りがあろう。なのに支部は、それすら見ていない。秋成の、もとい遊戯の注進すら、応えていないのがその証しだ。

「わざわざ作り声なぞで愚弄《ぐろう》するとは……無礼にもほどがありましょう」

怒りのあまり唇がわなわなと震え、顔色は青ざめていた。

さすがにこれ以上はまずい。急いであいた手で懐を押さえつけ、兎を黙らせた。だが、時すでに遅しで、支部がすっくと立ち上がる。

「せっかく学問仲間を得られたと思うたのに、残念にございます。私はこれにて。都賀先生には、どうぞよろしくお伝えください」

止める間もなく、憤然と座敷を出てゆく。となりの間にいた弟子たちに会釈すらせずに、支部は去った。

さすがに師匠の客を、このまま帰すわけにもいかない。慌てて後を追おうとしたが、秋成を止める者があった。ほかならぬ庭鐘である。

「よいよい、放っておけ。あれには良い薬だ」

「先生！　いや、しかし……」

「話し相手がおらず寂しいのだろうとつき合うていたが、さすがに三日続けてとなると、しんどくてな」

「三日というと……では、一昨日から毎日ですか？」

庭鐘は、渋い顔でうなずいた。秋成は、五日のうち三日の割合でここに通っており、昨日と一昨日は来ていない。そのあいだ庭鐘は、否応なしに支部の相手をさせられていたようだ。

「とはいえ、あの男の学問とやらは窮屈な上に面白みに欠ける。おまけに長口舌《ちょうこうぜつ》でな、持論ばかりを長々と語る。あれでは話し相手に事欠くのも道理だ。正直なところ、辟易《へきえき》しておったのだ」

庭鐘も決して暇な身ではないし、常軌を逸した懐きようは、弟子たちの目にも奇異に映った。けれども人あたりの好《よ》い庭鐘は、無下《むげ》に帰すこともできない。

「いや、おまえが来てくれて助かった。おまえならきっと、無礼のひとつやふたつ働いてくれようと思ってな。見事に目論見《もくろみ》が当たったわい」

「師匠……それでは私ひとりに、憎まれ役を押しつけたということですか？」

「おまえは口は悪くとも、腹の中は嫌味がない。だからこそ多少ひねくれていても、まわりに仲間が多いのだろうが」

「師匠、さっぱり褒められている気がしませんが」

「まあまあ、終わり良ければすべて良しだ。これであの男も、しばらくは足が遠のくだろうて」

上機嫌の庭鐘が、ふっと顔を曇らせた。

「それに、あの男には別にもうひとつ、気になることがあってな」

「気になること、とは？」

「支部左門のご妻女だ。実は妻女を介抱した折に、少しようすがおかしかった。おまけに弟子の中に妻女の顔を見覚えている者が二、三おってな。女夫池の端《はた》のさる家から出てくる姿を、幾度も見ているというのだ」

庭鐘が、声をひそめて仔細《しさい》を語る。きいた秋成の目が、たちまち大きく広がった。

「まさか！　では、支部殿のご妻女は……」

地声が大きい秋成の叫びを、しいっ、と口に指を立てて庭鐘が制する。

「まあ、あくまで当て推量に過ぎぬが……どうやらこの辺りでは、ぽつりぽつりと同じ噂が出はじめておるようだ」

「さようですか」

もしも本当なら、妻女の身の上は、何とも悲しくやるせない。それまでの疲れが、どっと肩にのしかかってくるようで、急にからだが重くなる。庭鐘は察してくれたのか、今日はこのまま帰るよう秋成に促した。

繁堂を出ると、懐がもぞりと動き、子兎が顔を出した。ふうっと息をつく。

「師匠はああ言ってくれたが、こっちはひやひやさせられた。おまえはあくまで兎なのだからな、無闇に口を利《き》くのは慎《つつし》んで……」

「あ、雨月さま、お待たせしました」

「人の話をきけ！」

兎はまったく意に介さず、ぴょん、と懐から身軽くとび出ると、門の外にいた雨月に向かってまっしぐらに走っていった。

「先に帰ったものと思っていたが、ずっと外で待っていたのか？」

秋も深まったいまの時節では、長く戸外にいると風邪を引きかねない。丈夫ではない雨月を、絶えず気遣う八百の顔が浮かび、つい咎《とが》め口調になった。

「今日は天気が良いから大丈夫だよ。ちょっと、気になることもあったしね」

「おまえが言っていた、ふたりの女の幽霊か？　そういえば、あれはどうなった？」

「あの家からは、いなくなったよ」

そうか、とほっと息をつく。そのまま加島村に帰るつもりでいたが、雨月は違う方角へ向かう。

「秋成、少し寄り道をしていかないか？　遠くはないから、たいして回り道にはならない」

「どこへ行くつもりだ？」

「ついてくればわかるよ」

行先は明かさずに、さくさくと道を往《ゆ》く。加島村への道とは反対の方向だが、いくらも行かぬうちに池が見えてきた。

瓢簞《ひょうたん》形のくびれのところに、小さな橋がかかっている。町名の由来ともなっている、女夫池だった。大小ふたつの池が瓢簞の形を成しており、片方が妻を、もう片方が夫を表すそうだが、この池には悲しい伝説があり、それ故の名だとも言われる。

「秋成も、池にまつわる言い伝えはきいているだろう？」

「まあな。浪速者《なにわもの》のあいだでは、存外知られているからな」

昔この辺りに、貧しくも仲の良い夫婦がいた。しかし暮らしに詰まり、「三年で必ず戻る」と約束し、夫は遠い土地に出稼ぎに行った。妻は夫を待ち続けたが、三年の月日を得ても帰らず、嘆き悲しんだ妻は池に身を投げてしまう。その後に夫が戻り、妻の後を追ってやはり池に身投げした。ふたりの死を悼《いた》んで、女夫池と名付けられたとの伝説が残っている。

何とも救いのない哀れな話だと、秋成は長いため息をついた。

「夫婦とは、不思議なものだね。『交りは軽薄の人と結ぶことなかれ』。友なら離れることもかなうのに、夫婦となるとなかなかそうはいかない」

「女夫池の夫婦は、決して軽薄ではなかろう」

「いや、別の夫婦の話だよ」

雨月はさらりと告げて、池の向こう側に視線を移した。秋成も倣うと、池の端の一軒の家から女がふたり出てくる。ここからは少し遠いが、妙齢の女と、もうひとりはその老母らしき年恰好だ。

若い方は、ひどく加減が悪いらしく足許が覚束《おぼつか》ない。それを小柄な老女が、小さなからだで支えるように歩いている。自《おの》ずと目が離せなくなり、秋成と雨月は池の岸から見守っていたが、女はほどなく崩れるようにしゃがみ込んだ。

秋成が走り出し小橋を渡り、女たちに声をかけた。

「おい、どうした？　癪《しゃく》でも起こしたか？」

「嫁が急に、腹が痛むと訴えて……お袖《そで》、お袖、しっかりなさい！」

女は片手で腹を押さえながら、苦しそうに肩で息をする。顔色は真っ青で、額には脂汗が滲《にじ》んでいる。これはただ事ではない。

「秋成……血が……」

雨月の声で、女の足許に目を向ける。薄柿色の着物が、腰から下だけ見る間に色を変える。

「もしや……子が、流れたのか？」

秋成の呟きに、嫁と姑が、はっと目を見合わせる。何故かその表情には、落胆や悲しみではなく、希望に近いものが透けていた。

「とにかく、急ぎ都賀先生のところに運ばねば」

「都賀先生を、ご存知なのですか？」と、老母がたずねる。

「私は先生のお弟子でな。庭鐘先生にかかりつけの者か？」

「いいえ……三日前、やはり嫁が難儀していたところを、助けていただきました」

髪は真っ白で、腰は縮こまるように曲がっていたが、言葉は意外なほどに明瞭だった。

「三日前、というと……もしや、支部左門殿の？」

「息子を、ご存知でしたか。申し遅れました、私は母の菊《きく》と申します。これは左門が妻の、袖にございます」

なにせ支部を立腹させたのは、ついさっきのことだ。さようでしたか、と応じたものの後が続かない。間の悪さを繕うように、友の姿を探した。

「あれ、雨月はどこに行った？」

気づけば傍らにいたはずの姿がなく、ぐるりに目をやると、女たちがやって来た道の途中で、遊戯と一緒に屈《かが》み込んでいる。

「おーい、雨月、何をしている？」

「落とし物を拾ったんだ。もしかしたら、その人のものじゃないかな。遊戯、届けておあげ」

雨月の命なら、この兎はまことに素直にきく。猟犬さながらに口にくわえ、一足飛びに秋成の足元に達する。遊戯の口から受けとったものは、褪《さ》めた紅色の小さな巾着《きんちゃく》だった。

「それは、お袖のものです！　よかった……なくしては大変なことに」

遊戯がくわえていたために紐がゆるんだのか、秋成が母親に渡した拍子に、ぽろりと中身がこぼれた。秋成が拾い上げると、真新しい二分金だった。秋成が手に返した金の小粒を、しばし悲しそうにながめる。

「あの……都賀先生のお医者代には、これで足りるでしょうか？」

「え、いや……私にはこたえられぬが、これだけあればおそらくは」

「お願いです、どうか、娘を……お袖を助けてくださいまし！」

嫁ではなく、娘と言った。義理の母の懇願は、まっすぐに胸に届いた。

「心得た」

短く応じて、ぐったりとして半ば気を失った妻女を、秋成は背に負って繁堂に運び込んだ。幸い庭鐘の的確な処置により、まもなくお袖の容体は落ち着いた。

「ひとまず血も止まったし、大事はなかろう」

手当を終えて、やれやれと庭鐘が座敷に戻ってきた。お疲れさまでした、と秋成が師の前に茶をはこぶ。

「このところ、嫁の具合が悪いことを気にかけて、出掛ける折には母御がつき添うておったそうだ」

「義理とは思えぬほどに、仲の良い嫁姑でございますな」

「そうだな……まあ、無事に子が流れて、どちらも安堵いたしたことであろう」

「その言い草は、聞き捨てなりませんな。貧乏しておる故に、易々と子を儲けられぬ夫婦も、往々にありますが……」

「そういう話ではないわ。ほれ、おまえにもちらりと明かしたろうが——女夫池の端のさる家から出てくる姿を、幾度も見ている、と」

庭鐘は顔をしかめて、坊主頭をつるりとなでる。

「そういえば、おふたりが出ていらしたのも、池の端に建つ風流な一軒家でした」

「あの家は、金持ちの商家の隠居家だ。まだ六十には間のある隠居が住んでおるのだが、未だに色事にはお盛んでな」

あくまで針仕事との名目で、支部の妻女がその家に出入りしていることは噂になっている、とさっき繁堂を出る前に庭鐘からきかされていた。

「では、あの話は真実《まこと》だと？　お袖殿が、身を売って暮らしを立てていると？」

「しっ！　声が大きいわ」

師匠に叱られて、首をすくめる。奥にはまだ、お袖が眠っており、菊女も傍についている。奥をはばかりながら、庭鐘はいっそう声を潜めた。

「あのご妻女は、器量良しだからな。それ故に尾ひれがついていると、そう思いたかったが、先ほど菊女殿より礼金として、これをいただいてな」

庭鐘が見せたのは、遊戯がくわえていた巾着から出てきた、二分金である。

あ、といまさらながら思い至った。職のない支部はもちろん、母や妻の針仕事程度で稼げる金ではない。

「では、流れた腹の子は……」

「おそらくは、子の父が誰だったのか、ご妻女にもわかるまいて」

何に対してかは、わからない。ただ、頭が焼かれるような怒りがわいた。憤りの矛先だけは、はっきりしている。昼間に会った支部左門だ。

左門はこの事実を、知っているのだろうか？　もしも承知の上であれば、もちろん罪は重いが、何も知らぬというなら、無知というそれ以上の大罪だ。

少なくとも、母の菊女はこの罪に加担している。不浄であり非道でもある。ひと言くらい文句を吐いてやる腹積もりもあったが、老いた母親を前にすると何も言えなくなった。

「庭鐘先生のお計らいで、嫁は二、三日、こちらにご厄介になります。何卒、何卒よろしくお願いします」

背を丸めて、頭を下げる。苦労が深く皺《しわ》に穿《うが》たれたさまが哀れでならない。

息子の学問のために、暮らしを必死で支えてきた。古典にあるような孟母や賢母の面影ではなく、ただ愚かな母がそこにいた。それがかえって尊くも思えて、秋成の胸が、しめつけられるような痛みを覚える。

「家まで、お送りいたそうか？」

「いいえ、大丈夫です。おせんとおこうが、迎えにきてくれましたから」

迎えらしき姿はどこにもなく、繁堂の門前で見送りながら、秋成はただ面食らっていた。

「おせん、おこう、待たせてすまなかったね。もうお袖は、心配いらないからね」

ひとり言を呟きながら、老母の小さな背中が遠ざかる。

「心配事が重なって、呆けてしまわれたのだろうか……？」

「そうではないよ、秋成」

いままで外で待っていたのだろう。雨月が現れて、秋成のとなりに立った。

「母上には、あのふたりの姿が見えているのだよ。おせんさんとおこうさんの姿がね」

「いや、どこにもおらんではないか」

「がさつの目には映らぬだけよ。ほれ、昼間申したであろう。この家の前に、佇んでおると」

雨月の手の中に収まって、あたりまえのように遊戯が告げる。

「……つまりは、怨霊か？　あの母御は、物の怪にとり憑かれておるというのか？」

「別に怨んでとり憑いているわけではないよ。ふたりの女子の霊は、ただ悲しんで彼岸に渡れぬまま彷徨《さまよ》っているだけだ」

「ふたりの女子とは、いったい誰なのだ？」

「おそらくは、お袖さんと同じ身の上の女たちだ」

え、と改めて、遠ざかる菊女の姿を凝視した。

ふと浮かんだ嫌な予感を、間延びした鳥がさえぎった。


翌朝、いつものとおり繁堂に赴くと、奥の座敷がにわかに騒がしい。

駆けつけてみると、住み込みの若い弟子が、お袖の床の脇で往生していた。

「いったい、何事だ？」

「あ、秋成殿、よいところへ。この人が、家へ帰ると言ってきかなくて。あと二日は床に就いておるようにと、先生からは命じられておるのですが」

「どうぞ行かせてくださいまし！　私が行かねば、お義母さまが、お義母さまが……！」

「お袖殿、落ち着きなされ。いったい、何があったのだ！」

「今朝、目を覚ますと、枕元にこれが……」

妻女がさし出したのは、女文字ながら見事な達筆で書かれた、お袖宛ての文だった。裏を返すと、菊の名が認《したた》められている。お袖の了解を得て、文を開く。

お袖の里に便りを出して、迎えにきてもらうよう頼んでおいた。支部の家のことはすべて忘れて、実家に帰るようにと促されていた。あとはただ、くり返しくり返し詫《わ》びの言葉が綴られている。その中の一文に目が留まり、つい、声に出して読んだ。

「あのような化け物にしたは、母たる妾《わらわ》が罪……化け物とは、左門殿のことか？」

お袖が泣きながらうなずく。支部左門は、妻の不貞をただ知っていたわけではない。商家の隠居に話をつけたのは、他ならぬ左門であったと、妻は涙ながらに語った。

「清貧が、きいてあきれる！　妻にそのような無体を強《し》いておきながら、手前はのうのうと学問三昧とは……」

鼻の穴をふくらませ、容赦なくこきおろす。

「私ばかりではございません。最初に嫁入りしたおせんさまも、次のおこうさまも

「……」

「そのふたりは、どうなったのだ？」

「おせんさまは、儚き身の上を嘆いて身投げなさいました。おこうさまは、身重になられた折に、やはり子が流れてお命を縮められたと」

「なんということだ……」

「私に子ができた折に、お義母さまはすべてを明かしてくださいました。すまないと、何べんも謝ってくださって、せめて私だけは左門殿の……化け物の餌食になってはいけないと、そのように……」

　自分の息子を、化け物と呼ぶしかなかった母が不憫でならない。

　まっとうな親から極悪人が生まれ出《いず》ることもあろうし、その逆もある。菊女はただ、息子を慈しみ、大事に育て上げただけであろう。少なくとも、他人が謗《そし》るほどに非道な母ではない。

「お義母さまは、死ぬおつもりです。私にはわかります。早《はよ》うお義母さまを、お止めしなくては」

「相わかった、おれが行こう。おれが必ず止めてくる故、お袖殿は待っておられよ」

　妻女を床に押しとどめ、秋成は師匠に事情を告げて、数人の弟子とともに繁堂を走り出た。

ぴくりと、兎が片耳の向きを変えた。主の気配が変わったと、敏に察したのだろう。

「どうなさいました、雨月さま？」

「秋成が、こちらに向かって走ってくる……どうやら、事のしだいに気づいたようだ」

「さようですか……相変わらず鈍い奴よ。遅きに失するというに」

遊戯が両の前足で、鼻をおおいながら吐き捨てる。

座敷の内は血の海で、生臭いにおいが濃く漂っていた。

左門は着物の前を血まみれにして仰向けに倒れ、菊女は短刀を両手で握りしめたまま、息子の胸に被さるようにして倒れていた。

ぽっかりと目と口をあけた左門の表情は、恐ろしさに驚愕しているようにも、あるいはわけがわからず、ただぽかんとしているようにも映る。

「何故、母に刺されたか、この男は最後までわかっていなかったのかもしれないな」

血で染まった座敷に、どこからか真っ白な霧がわいてきて、部屋中に立ち込める。

その中に立つ人影に、雨月は声をかけた。

「行かれるのか、菊女殿……」

雨月が呼び止めると、菊女はふり返った。

「はい、息子とともに地獄に堕《お》ちまする」

「そうはいかぬようだぞ、ほれ、あの女子どもが迎えにきておる」

遊戯が鼻先で、菊女の向こう側を示す。立ち込めた霧の合間から、ふたりの女の姿が見える。昨日、繁堂の前にいた女たちに相違なかった。

「嫁たちに罪はありません。極楽へ行ってしかるべきですから、私は共には行けませぬ」

「化け物のごとき息子でも、やはり来世も共にありたいと？」

雨月の問いに、老母は目尻にしわを刻む。

「母とは、そういうものにございます」

「そうか……私にはそもそも、親というものがおらぬが」

ちらと、遊戯が主を仰ぐ。黒い瞳に向かって、雨月はふっと微笑んだ。

「私の傍にも、あなたとよく似た母がいる。誰よりも子を思い、精一杯慈しむ。ごくあたりまえの、善き母親です」

「私のように愚かな母には、何よりの慰めです」

「母とは誰しも愚かなものです。理屈や善悪すら顧みず、だからこそ尊い」

「天から授かった、親子の約《ちぎり》がございますから」

雨月に一礼し、菊女は背を向ける。老いた両の手を、女たちが左右からとった。

「少なくとも三途の川までは、あの女子たちが誘《いざな》ってくれましょう。あとは閻魔大王の胸先三寸ですな」

そう告げた遊戯が、不思議そうに耳を傾ける。

「これほど酷《むご》い始末に至ったというに、穏やかな顔をしておりましたな」

「あの母御は、ああいう形で親子の約《ちぎり》を断ち切ることでしか、安寧を得られなかったのだろう……今生ではね」

「人の親子とは、なんと不自由な。まことに、ままならぬものでございますな」

兎の大きなため息に、立ち込めた白い霧が身じろぐように揺れて、徐々に晴れていった。

浅時《あさじ》が宿《やど》

「霜月《しもつき》にしては、今日は本当に暖かいね。まさに小春日和だね」

ほかほかとした日差しを浴びながら、雨月《うげつ》が気持ちよさそうに空を仰ぐ。

季節は冬となり、大気は日一日とかじかんでくる。ここ数日は雪でも降りそうなほどに寒かったが、この日は寒気が疲れてひと休みしたかのように、久方ぶりの上天気となった。

「小春は十月のことだからな。十一月のいまは、本当なら小春日和とは言えぬのだが」

「がさつのくせに、細かなことにうるさいのう」

「この性悪兎《うさぎ》めが！　獣は獣らしく、冬ごもりでもしていろ」

焦茶色の子兎と、本気でやり合う友を、雨月はにこにことながめている。

「秋成《しゅうせい》、難波《なんば》村は、そろそろかな？」

「ああ、道頓堀《どうとんぼり》を渡って、町屋を抜ければ難波村だが……大丈夫か、雨月。そろそろ疲れてきたのではないか？　おまえがこんな遠くまで来たのは、初めてだからな」

「秋成も心配性だなあ。このところ調子がいいし、まだまだ平気だよ」

たしかに今年の晩春あたりから、雨月はずいぶんと足腰が達者になった。からだが弱いために、以前は香具波志庵《かぐはしあん》とそのまわりくらいしか出歩くことをしなかったのに、秋成とともにちょこちょこと外出するようになり、今日の遠出を言い出したのも雨月の方からだ。

「まあ、何にせよ、おまえの加減が良いのは何よりだ」

「たぶん、遊戯《ゆうぎ》のおかげかな」

細い肩にちょこんと座った兎に、笑いかける。言われてみれば、そうかもしれない。雨月が出歩くようになったのは、この人語をしゃべる兎の妖《あやか》しが、香具波志庵に来てからかもしれない――。

そんなことを考えながら歩いているうちに、やがて町屋が切れて、ぐんと見晴らしがよくなった。冬枯れの景色とはいえ、のどかな田畑が広がり、遠くにぽつんと鳥居が見える。

「あれが、赤手拭稲荷《あかてぬぐいいなり》だ。霊験《れいげん》あらたかな社《やしろ》でな、紅染めの手拭いを供えたことから、その名がついたそうだ。波除松《なみよけまつ》という大きな老松《おいまつ》があり、その昔は松の稲荷と呼ばれていたそうだが……」

　秋成が稲荷の謂《いわ》れを語っても、返事がない。ふり向くと、となりを歩いていたはずの雨月との距離が、ずいぶんと離れている。どうにか鳥居の前までは辿《たど》り着いたものの、そこで力尽きたのか、雨月は木の下にぐったりと座り込んだ。

「ごめん、秋成……もう一歩も歩けない」

「ここまで来て、それはなかろう！　行こうと言い出したのは、おまえだぞ」

「そうだけど……難波村に用があるのは秋成なんだから、私はここで待っているよ」

　坊ちゃん育ちのせいか、こう見えて雨月は、案外わがままで移り気なところがある。毎度ふりまわされるのは、秋成の方だった。またか、とがっくりする秋成をよそに、雨月は遊戯と相談をはじめる。

「遊戯はどうする？　今日は私と一緒にここに残るかい？」

「そうですなあ、雨月さまとのんびり語らうのも、悪くはありませんなあ」

　こたえた兎が、急に何かの気配に気づいたように耳を立て、黒く湿った鼻をひくひくさせた。

「雨月さま、妙な者が通りまする」

　兎が鼻先を向けた方角から、わっと囃《はや》し立てる子供の声があがった。

「浅時が宿の、あほうが移る」


「宮木《みやぎ》だ！　宮木が通るぞ」

「こっちへ来るな！　宮木に触れたら、あほうが移る」

「浅時が宿の、呪いにかかるぞ！」

男の子たちが的にしているのは、薄汚れた身なりの女だった。ざんばらな長い髪に隠れて、顔は見えないが、老婆のように足元が覚束《おぼつか》ない。子供たちが女に向かって小石や棒きれをぶつけ、そのひとつが足にからまったのか、女が前のめりに倒れた。

「こらあ！　やめんか！」

秋成の大声に驚いて、子供たちが慌てて逃げてゆく。その姿をにらみつけ、女の背中を抱えるようにして助け起こした。

「まったく乱暴な真似をする。大丈夫か、怪我はないか？」

女が肩越しにふり向いて、思わず秋成は息をのんだ。

化粧気は一切ないというのに、抜けるように白い肌に、紅をさしたような唇。少し色の薄い瞳は、じっと見ていると吸い込まれそうだ。哀れな身なりからは想像できない、望外の美しさだった。

ただ、その瞳は秋成を通り越し、はるか彼方《かなた》に向けられている。紅梅を思わせる唇が、かすかに動いた。

「身のうさは　人しも告《つげ》じあふ坂の　夕づけ鳥よ秋も暮《くれ》ぬと」

「……それは、何の歌だ？　よく似た歌なら、古今集に載っておるが」

女はこたえず、黙って顔を戻した。代わりに別の声が、後を引きとる。

「あふ坂の　ゆふつけ鳥もわがごとく　人や恋しき音のみ鳴くらむ、だね」

いつのまにか雨月が、秋成の後ろに立っていた。

「ああ、そうだ。詠《よ》み人《びと》知らずの歌だが……」

夕づけ鳥とは鶏《にわとり》のことだから、いまの世にしてみれば決して情緒があるとは言えず、歌としてもさして面白みがない。「あふ坂」は「逢坂」。それがやがて大坂になったとも伝えられる。

大坂の鶏も、私と同じに恋しい人がいるのか、声をあげて鳴いてばかりいる――。古今集の歌は、そのような意味だが、女の歌には「身のうさ」とある。

雨月はゆっくりと、女の前にしゃがみ込んだ。土に汚れた女の両手を、そっと包みこむ。

「あなたは己の中に、夕づけ鳥を抱えている……そんな我が身が辛《つら》いから、憂さと詠むのだね」

うつむいていた女が顔を上げ、不思議な表情で雨月を見詰めた。

「人知れず　逢ふをまつ間に恋ひ死なば　何に代へたる命とかいはむ」

ふたたびその唇が動いたが、やはり歌しか出てこない。

「今度は後拾遺《ごしゅうい》の、平兼盛《たいらのかねもり》か……どうやらこの女子は、歌より他にはしゃべる術《すべ》がないようだな」

「そうか……あなたは境《はざま》にいるのだね」

すっと雨月が目を閉じた。女の両手を自分の両手で包んだまま、まるで心で会話するように語りかける。

「私も、あなたと同じだよ。ずっとずっと長いこと、待ちもうけている……」

「さりともと　思ふ心にはかられて　世にもけふまでいける命か」

今度は歌仙家集、藤原敦忠《ふじわらのあつただ》の歌である。雨月は目をあけて、何とも切ない顔で女を見詰めた。

「今日までか……。そうだね、もうすぐあなたの物思いも終わる。浅時が宿から、解き放たれる」

女の肩が、びくりと震えた。まるで己をとり戻しでもするかのように、雨月の手から自分の両手を引きはがし、よろよろと立ち上がった。そのままふり返りもせずに、西の方角へと去っていく。

「かわいそうに……後悔、では言い尽くせない。あの人は、自らの来《こ》し方《かた》を呪っているのだね」

「雨月さま、あの者は？」

それまで隠れていたらしい。雨月の懐から、遊戯がぴょこりと顔を出す。

「浅時が宿の、宮木だ」

「その名は、きいたことがあるな」

「秋成も、知っているのかい？」

「いや……浅時が宿とか宮木とか、名ばかりは覚えがあるものの、詳しいことは何も」

ほんの半月ほどだが、秋成もこの村で暮らしていた。その折に耳にしたような気はするが、噂話のたぐいにはさして関心がない。きいた傍《そば》から抜けていってしまったようだ。

「浅時が宿のことは、どうやらこの橡《とち》の木が、よく知っているようだ。私はここで待ちながら、昔話でも語ってもらうことにするよ」

と、傍らに立つ木を、雨月が見上げた。葉はすっかり落ちているが、幹はしっかりとして、太い枝先から伸びた細かな枝が、少し色の褪《さ》めた青空を雑多に細かく分けていた。

「雨月、おまえは、木とも言葉を交わせるのか？」

「橡の木は、おしゃべりなんだ。秋成が言っていた波除松なら、千年前の話もできようが、松や杉の古木はたいがい無口でね」

そういうものか、と妙に納得した。目指す家までは、そう遠くない。本当は担《かつ》いででも連れていくつもりでいたが、何やら気が抜けてしまった。

秋成は雨月をその場に残し、鳥居の前の太い道を南に向かった。

てくれた。

「あら、まあ、旦那さま！」

玄関でおとないを告げると、はあい、と声がして、待つほどもなく馴染《なじ》んだ顔が迎えてくれた。

丸い顔に丸い鼻。さほどぱっちりしていない目を、精一杯あけて驚いている。

「急に来て、すまないな……からだがあいたものだから、今朝思い立って足を運んでみたのだが」

「すまないなんて、他人行儀な。お姑《かあ》さまも私も、首を長《なご》うしてお待ちしておりましたよ。さあさあ、お上がりくださいな」

晴れやかで何の屈託もなく、いかにも嬉しそうだ。心の底からほっとして、秋成は大きく息をついた。

「どうしました？」

「いや、三月も無沙汰をしていたからな。おまえもお母さんも、さぞかし怒っているに違いないと……」

ぽそぽそと下を向いて言い訳する。その姿がよほどおかしかったのか、おたまはぷっと吹き出した。

「おまえさまときたら、何をらしくないことを」

「殊勝《しゅしょう》に詫《わ》びておるというのに、その言い草はなかろうが」

「そんな心配はご無用ですよ。旦那さまがお医者になるべく日々精進なされているのは、お姑さまも私も、重々承知しておりますからね」

「そうか……」

有難さと申し訳なさが、胸の中でない混ぜになる。

秋成の母のお鹿《しか》と、妻のおたまは、いまは難波村にある妻の実家で暮らしていた。

妻の元の名は、植山《うえやま》たまという。植山家は『藤木屋《ふじきや》』の屋号で椿油を商っており、店は道頓堀に近い木綿町にある。すでにたまの兄の代になっており、主人一家はそちらで暮らしていたが、難波村には、おたまの両親の隠居家があるのだった。先代の主人であった父親は二年ほど前に身罷《みまか》っていたが、母親のお汐《しお》は、のどかな田舎暮らしを好んで、中年の使用人夫婦とともに、いまもこの家で暮らしていた。

今年のはじめ、秋成一家が火事で焼け出されたとき、真っ先に手をさしのべてくれたのが、この義母であった。

「もともとが百姓家ですからね、間取りも広いし、私ひとりでは使い切れないほどに座敷も多いのよ。どうぞ気兼ねなく、いてくださいな」

お汐の好意に甘えて、秋成も火事の後、しばらくはこの家で厄介になった。妻にとっては気楽であろうし、また姑たるお鹿も、お汐とはすぐにうちとけて殊《こと》のほか仲がよい。お汐にも引き止められて、結局、秋成だけが加島《かしま》村の香具波志庵に引き移った。

加島村から難波村までは、大坂の街を北から南へまたぐ形になり、始終行き来するには少々遠い。最初はひと月、次はふた月、とうとう三月と、だんだんとここへ通うのが間遠になっていったが、理由はそれだけではない。

秋成が未だに、迷っているからだ。

己の代で家業を断絶して、医者の道に進んだのは、やはり間違っていたのではなかろうか。実の息子同然に育ててくれた、亡くなった父がきいたら、さぞかしがっかりするのではなかろうか。あるいは、四十を目前に商売替えなどして、医者として本当にやっていけるのだろうか。もし叶うとしても、一本立ちできるのは何年後になるのだろう

——等々。

先のない約束をして、ただ待たせているだけの妻と母への申し訳なさが募り、自ずと足が遠ざかる。雨月はきっと、秋成のそういう不甲斐なさも察した上で、急にあんなことを言い出したのだろう。

「秋成、私を難波村へ連れていってくれないか？　やはり一度くらいは、秋成のご妻女や母上に、ご挨拶しようかと思ってな」

からだが弱い上に、人嫌いでもある雨月は、お鹿やおたまとも面識がなかった。めず

らしいなと思いつつ、一緒に難波村まで歩いてきたのだが、赤手拭稲荷の前であのとおりの始末となった。

「雨月さまは、息災《そくさい》でいらっしゃいますか？」と、おたまに笑顔でたずねられ、

「実は、この先の鳥居までは一緒に来たのだが……えーと、何だ、そこで古い友に出会《でお》うてな、昔語りをしに行ってしもうた」

「まあ、それは残念な……お会いして、お礼を申し上げたかったのですが」

応じた妻が、少しいたずらげな顔をする。

「まさかその兎が、雨月さまではございますまいね？」

「何？　兎だと！」

慌てて背後をふり向くと、焦茶色の子兎が、玄関の外にちんまりと座って、後ろ足で耳のつけ根をカリカリとかいていた。一足とびに外へ出て、兎の襟首をむんずと摑《つか》み、鼻先にぶら下げた。おたまをはばかって、精一杯の小声でたずねる。

「おまえ、どうしてここに？　雨月と一緒に、稲荷に残ったのではないのか？」

「せっかくだから、代わりに挨拶をしてこいと、雨月さまにも言われてな。がさつの身内に、そんな義理なぞないが、雨月さまの命とあらば仕方ない」

「兎の分際で、挨拶がきいて呆《あき》れるわ！　誰がおまえなぞ……」

「旦那さま、どうしました？　何をぶつぶつと」

背中から声をかけられて、仕方なく兎をぶら下げたまま、妻に向き直った。

「いや……こいつは、雨月の飼い兎でな。知らぬ間に、ついてきておったようだ」

「まあ、兎がさように懐《なつ》くとは、初めてききました。旦那さまは、よほど可愛がっておいでなのですね。私も、抱いてよろしいですか？」

「たしかに別の意で、可愛がってはいるが……ちなみに、名は遊戯だ」

むっつりとこたえながら、妻の手に兎をのせた。雨月と秋成の前でしか、遊戯が口を利《き》くことはない。耳を後ろに倒し、黙っておたまに撫《な》でられている。

「あったかくて、ふかふかですね。可愛いこと」

大事そうに頰ずりする。妻の姿に、つきんと胸が痛んだ。子供がいれば、離れ離れに暮らしていても、寂しい思いをさせずに済んだのかもしれない。子もなさず、稼ぎもなく、共に住まうことすらしない。こんな夫に嫁いだことを、たまは後悔してはいないだろうか？

またぞろ物思いがわいてきたが、奥の間から出てきたふたりの母が散らしてくれた。

「まあまあ、仙次郎《せんじろう》さん、よく来てくださったわね」

「早くお上がりなさいな、仙次郎」

「すっかり無沙汰をしてしまい、申し訳ありません。おふたりとも、達者なようすで何よりです」

「折々に便りももらっていましたし、私たちには気遣いは無用ですけどねえ……」

母のお鹿が、嫁に向かって意味ありげな目つきをし、おたまが小さく首をすくめる。

「おひとりだけ、たいそうにご立腹で」

ここにいる三人でないことは明らかだ。すぐに察して、思わず大きなため息が出た。

「旦那さまがいらしたら、必ず知らせるようにと、言いつかっておりまして」

「知らせんでもよいわ」

「でも、仙次郎、今日会《お》うておかないと、きっと今度は、加島村まで乗り込んでいきますよ」

「さもありなん……あの人なら、やりかねないな」

秋成は早々に白旗をあげ、義母のお汐が、使用人に使いを頼んだ。

一時ほど後に駆けつけたのは、秋成のひとつ上の姉、おわきだった。


「仙！　あんたって子は、三月も音沙汰なしなんて、どういう了見《りょうけん》なの！」

それまでの和やかな空気が、姉が来たとたんはじけとぶ。

「姉さん、子はやめてくれよ。おれもそろそろ四十路《よそじ》なんだから。あと、便りはちゃんと出していたぞ。決して音沙汰なしというわけでは……」

「まあっ、この期におよんで、言い訳するつもり？」

「いや、やめておく。姉さんに、口で敵《かな》うはずがないからな」

きゃんきゃんと子犬めいた言い合いは、いつものことだ。妻とふたりの母は、にこやかにながめている。

「どうせあんたのことだから、どうでもいいことを四の五の悩んでいたのでしょ。嶋屋《しまや》を潰してしまったとか、突飛にも医者に鞍替《くらが》えしたとか、ひとり立ちの目処《めど》が立たず、母と妻女を長々と待たせているとか」

あまりに図星で、ぐうの音も出ない。たとえ察していても、妻や母たちの耳目をはばかってくれてもよさそうなものだが、そういう配慮がこの姉には欠けている。

ただ、一切を腹に溜めず吐き出してしまう性質は、実を言えば嫌いではない。グサグサと遠慮なくこちらの急所を突いてはくるのだが、相手をえらぶ頭の良さが、おわきにはある。死んだ父や秋成には存分に鋭い舌鋒《ぜっぽう》を浴びせる一方で、お鹿やおたまには控えているのが見てとれる。

姉が向かっていくのは、自分より強い者だけで、弱い者にはむしろ優しい。そういう男前なところが、女姉弟《きょうだい》にしてはつき合いやすく、恒例の口喧嘩もふたりにとっては挨拶に近いものだった。とはいえ、今日ばかりは旗色が悪い。

「いい加減、腹を括《くく》りなさいな。決めたのは仙自身だというのに、いつまでもうじうじと」

「まあまあ、おわき、そのくらいにして。仙次郎も、色々と思うところがあるでしょうし」

「いいえ、母さん。仙が医者になると言ったとき、私たちは誰も止めなかったでしょ。それがかえって、不安のもとになっているのよ。豪胆に見えて、案外小心なんだから」

「姉さん、頼むからその辺で……」

「悪いと思っているのなら、そのぶんせっせと顔を出すことね。待たせるより待たされる方が、物思いはずっと深いのだから」

常日頃は勢いが勝るおわきの口舌だが、そのひと言だけは、妙に重みがあった。

おわきの言うとおりだ。医者修業に明け暮れている秋成より、待つより他に何もできぬ妻や母の方が忍耐が要る。

しゅんとなった秋成がにわかに哀れに思えたのか、おたまが朗《ほが》らかに割って入った。

「旦那さま、そんな顔をせずともよろしいですよ。いまの暮らしには、何の不足もございませんし……というか、母上たちともども気ままな暮らしぶりでして」

「そうそう。女ばかりでは心細いと思うていましたが、女所帯ならではの気楽さもありましてね。時には三人で、芝居や寺社参りにも出掛けますし」

「世話の焼ける男衆がいないというのも、悪くはないからねえ。今度は菊五郎を見にいきましょうね、お鹿さん」

三人が女所帯を楽しんでいるのは本当のようで、ひとしきり会話に花が咲く。

「旦那さまは日々精進なされているのに、私たちはこのように迂闊《うかつ》な過ごしようで、かえって申し訳ないとは思うのですが……」

逆におたまが、少しすまなそうに肩をすぼめる。

「いや、母さんやおまえがつつがなく暮らしているなら、それでよい。おれも少しは、心安くなる」

はい、とおたまが笑顔になって、胸のつかえが少し楽になった。拍子に、懐《ふところ》がもぞりと動いた。おたまや母たちに撫でまわされて、さすがに疲れてしまったようだ。おわきが来るより前から、遊戯は秋成の懐で休息をとっていた。

「がさつにしては、身内に恵まれておるようだな。意外なほどだ」

生意気きわまりない兎だが、一応、褒めているようだ。

「身内か……」

にぎやかに語り合う四人の女たちをながめ、つい呟《つぶや》きがもれた。まるで秋成の気持ちを正確に読んだように、遊戯が告げた。

「身内とは決して、血の繋《つな》がりだけではないぞ」

「そうか……おまえは鼻が利くんだったな。おれの身内についても、承知の上か」

思えば、不思議な心地がした。

秋成も交えて、ここにいる五人は、誰ひとりとして血が繋がっていない。

秋成と同様に、おたまも植山家の養女である。それでもお汐とは、本当の母娘と変わらぬくらい仲が良い。

そしてお鹿は、秋成の父の二度目の妻になる。先妻との間にできたおわきとは、やはり血縁上は赤の他人になるのだが、なさぬ仲とはいえ、死んだ実の父よりも、おわきはむしろお鹿との方が近しかった。父は昔気質《かたぎ》な、真面目一辺倒の人であったから、女にしては気性が強く、奔放なおわきとは、ともかく反《そ》りが合わなかった。

おわきは父が勧める縁談をすべて断って、二十歳を過ぎても嫁に行こうとしなかった。あげくの果てに、おわきは二十三になって駆け落ち騒ぎを起こした。相手は渡りの料理人で、まっとうな商家に嫁がせるつもりであった父からは猛反対されて、おわきは男と一緒に家をとび出したのである。

このときばかりは、ふたりの間に立たされて、秋成も大いに往生した。

父は娘に勘当《かんどう》を言いわたし、おわきも詫びるつもりはないの一点張りだ。強情だけはよく似た親子で、秋成は母と困り顔をつき合わせるしかなかった。

ひとところに落ち着けぬ、渡り職人であることが父の不興を買っており、決して料理人を疎《うと》んじているわけではない。この大坂に根を張るつもりで暮らしてほしいと、秋成は姉の伴侶にはそう頼み、相手も承知してくれた。その一方で父には、手に職があることは決して悪いことではなく、姉の相手は職人にしては真面目な男で、酒もほどほど、博奕《ばくち》や女遊びもしないと、折にふれて説得した。お鹿が常に味方をしてくれたおかげもあって、何年もかかったものの、どうにか頑固者のふたりを説き伏せることが叶い、折良く孫も誕生した。めでたく勘当が解かれ、いまは亭主も大きな料理屋に落ち着いて、姉は三人の子供の母となった。

昔のことを思い返しながら、ふっと微笑がわいた。血の縁はなくとも、思い出は尽きぬほどにいくらでも出てくる。ここにいる者たちは、間違いなく秋成の家族なのだった。

「血筋は争えぬと言うが、もっと大事なものがある」

何だ？　と秋成の呟きを、懐に潜ったままの遊戯が拾う。

「時だ」

「時……？」

「そうだ。ともに暮らした年月――笑い、泣き、喧嘩しながら、否応なく深く関わり続ける時の長さこそが、縁《えにし》というものだと……おれはそう思う」

「では、離れ離れになれば、縁も薄まるということになるな」

少し意地の悪い言い方をして、兎は秋成の懐の中で、ころりと寝返りを打つ。

「そうとも言えぬ。たとえ離れていても、互いを思い合っておれば、ともに生きるのと同じことだ」

「がさつのように鈍《にぶ》うては、相手の思いなぞ量《はか》りようもなかろう。おまえの妻が、おまえと同じほど思うてくれているとは限らんぞ」

「まったく、可愛げのない兎だな！」

つい文句の声が大きくなって、姉のおわきがふり返る。

「仙たら、何をひとりで騒いでいるの？　そのようすでは、話をきいていなかったでしょ」

「ああ、いや……ちょっと兎にかまけていて……ええっと、何の話だったか？」

「浅時が宿よ」

「浅時が宿とは、宮木のことか？」

先程、赤手拭稲荷の前で姿を見たと、秋成が女たちに語る。

「そう……私も前に一度、見かけたきりだけれど、ちょっと忘れられないくらい、きれいな方よね」と、姉もうなずいた。

「あれで四十を越えているなんて、とても思えないわね」

義母のお汐のひと言に、秋成がたちまち目を剝《む》いた。

「まさか！　どう多く見積もっても、せいぜい二十代の半ばといったところであろう」

「あら、仙次郎さんには話していなかったかしら？　でも、本当なのよ。昔からこの村にいる者たちは、皆知っていることですもの。……たぶんいまは、四十半ばくらいのはずよ」

間近でながめても、しわの一本すらなかった。どうにも信じがたく、秋成がしきりに首をひねる。

「その歳であの姿とは……もしや人ではなく、物《もの》の怪《け》ではなかろうな？」

「そのように噂する者もおるようですが。浅時が宿と呼ばれるのも、それ故です」

「なるほど……歳をとらぬ故、浅時というわけか」

呻《うめ》くように呟いた。姉と妻が、後を埋めるようにそれぞれ口にする。

「気味悪がる者もおりますからね、大人のようすを見て、子供らも悪さをするのでしょう」

「でも私には、気の毒に思えてなりません。あれほど美しい方が、惨《みじ》めなお暮らしぶりで……経緯《いきさつ》をきけばなおさら、胸が痛みます」

おたまの訴えに、本当にねえと、お鹿とお汐はてんでに首をうなずかせたが、おわきだけは、少し考えが違うようだ。どこか怒っているような表情で、じっと火鉢に目を落とす。

「経緯とは、どのような？」

秋成の問いには、お鹿がこたえた。

「難波村に古くからある家ですが、宮木さまのご亭主の代で没落しましてね。あげくの果てに、江戸でひと旗あげてくると出ていったきり帰ってこず、宮木さまは荒れ果てたあの家で、たったひとり夫の帰りを待ち続けているのですよ。今年でかれこれ、二十一年になるそうです」

「二十一年！」

秋成があんぐりと口をあける。

「それこそ、正気の沙汰ではないでしょう？　そんないい加減な亭主をただただ待つばかりなんて、私なら決してしないわ。せいぜい三年で十分よ」

亭主の身勝手もさることながら、女房の献身も度が過ぎている。人生を自ら切り拓《ひら》く女であるおわきには、歯がゆくてならないのかもしれない。あるいは、そんな理不尽を貞女と押しつける世間にも、たったひとりで机上の道徳を守り、果てに気を病んでしまった宮木にも、腹を立てているのだろう。

「ご亭主の名は……何ていったかしら、島蔵《しまぞう》」

ちょうど火鉢の炭を足しにきた使用人の男に、お汐がたずねた。

「へえ、奥さま。宮木の亭主の名は、勝史郎《かつしろう》でさ」と、島蔵がこたえる。

お汐はここに移って六、七年といったところだが、島蔵は難波村の生まれで、四十年以上、ずっとこの地に暮らしている。勝史郎とは歳も近く、よく覚えているという。

勝史郎の育った家は、難波村では裕福な部類に入る百姓であり、赤手拭稲荷からほど近い場所に広い田畑を有していた。しかし当代の主人となった勝史郎は、百姓を嫌い家業に精を出さなくなったために、みるみる土地が荒れ、ついには土地の八割方を手放すことになったという。

「勝史郎はひとり息子で、何不自由なく甘やかされて育ちまして。寺子屋の出来もよく、何事も器用にこなしましたが」

それがかえって浮《うわ》ついた性分を助長したのではないかと、島蔵は厚ぼったい眉尻を下げ、お汐はもっともだと言わんばかりにうなずいた。

「身から出た錆《さび》だというのに、村の人や親戚縁者から口さがなく言われたことに、亭主が腹を立ててね。あろうことか、残った土地をすべて売っ払って、京の上等な絹織物をありったけ買い込んだというから、呆れた話ですよ」

「江戸なら、何倍もの高値で売れるとの噂をきいて、勝史郎はとびついたそうで。女房にはわずかばかりの金を残して江戸に立ち、それっきりでさ」

それが二十一年前だと、島蔵は語った。つい秋成が、呆れたため息をもらす。

「怠け者にはありがちだが、地道に働くより、一攫千金《いっかくせんきん》を狙ったのか」

滅多にないからこそ格言にもなったのだろうが、紀伊國屋文左衛門《きのくにやぶんざえもん》のごとく、万のうちのたったひとつの幸運を、摑むだけの値打ちが己にはある——。地道を厭《いと》う者に限って、そんな夢想にとりつかれ、また見栄っ張りでもある。自分を軽《かろ》んじた村人や親戚を、あっと驚く方法で見返してやる。虎視眈々《こしたんたん》と爪を研《と》ぐ能ある鷹であることを、存分に知らしめてやる――。そんな傲慢《ごうまん》が、鼻先ににおうようで気分が悪い。

「前に会った学者崩れと、どこか似通うているな」

秋成が思い出したのは、繁堂《しげしげどう》で会った支部左門《はせべさもん》だ。支部が目指していたのは学問の頂《いただき》であるのだが、現実を見ていないという点はよく似ている。

自分もまた、支部や勝史郎と同様ではないのかと、もやりとした嫌なにおいが鼻をかすめた。

「おたまが、浅時が宿の女のようになってしまわぬよう、仙もお気をつけなさい」

あまりの折のよさに、心の臓が口から出そうになった。

「姉さん、いくら何でも、二十年以上も待たせたりはせぬ。……とはいえ、あと三年か、いやもしかすると五年ほどは……」

だんだんと声が小さくなる。そのときふと、おたまと目が合って、どきりとした。

「構いませんよ、旦那さま。いつも申し上げているでしょ」

「そうですよ、仙次郎。私たちにかまけて、修業がおろそかになるようではいけませんからね。お汐さまには、ご厄介をおかけしますが」

「あら、厄介だなんて。いまふたりに出ていかれては、私の方こそ寂しいわ。仙次郎さんがお医者になった暁《あかつき》には、私もついていこうかしら」

「ぜひ、そうなさいませな」

女たちの楽しそうな笑い声が、座敷の内にはじける。

お鹿はやさしい人で、はねっかえりの娘と、偏屈で扱いづらい息子にもかかわらず、ふたりをよく可愛がってくれた。お汐はそれよりもう少し、洒落《しゃれ》にとんだ性分だろう。娘のおたまもまた、母の気性を受け継いでいた。

おたまは秋成の六つ下、三十二歳になる。目立つ容姿ではないものの、子供がいないせいか歳よりも若く見え、また何事も明るくやり過ごそうとする母譲りの気性は、秋成のような男には、この上なく有難い。

長い人生に、不幸はつきものだ。そのたびによよと泣き崩れ、身にふりかかった災いを、いつまでも嘆かれるようではたまらない。上田家には、姉も含めてそのような女人がいなかったことは、自分にとって何よりの幸いだった——。秋成は改めて、その幸運に感謝した。

「そういえば、さっき島蔵さんが、妙なことを言っていたわね」

と、おわきが言い出した。炭をとり替え、火の加減を見ていた島蔵が、ちょっと情けない顔でうなずいた。

「妙なことって、何ですか、お姉さま?」

「道頓堀に近い街中で、その勝史郎ってご亭主を、見たというのよ」

「まさか……他人の空似《そらに》でしょ？」

「いや、本当なんでさ、奥さま。しかも、若いころの勝史郎のまんまで……」

真昼に幽霊を見てしまった――。島蔵はそんな顔をして、ぶるりと身震いする。

姉の住まいがあるのは、南瓦屋町《みなみかわらや》である。広大な寺町に近く、東横堀と道頓堀がかぎ形に交わった東側にあたる。島蔵は、秋成の来訪をおわきに知らせにいき、ともに難波村へと戻る途中、道頓堀沿いの繁華な通りで、勝史郎の姿をたしかに見たと言った。

「すぐに教えてくれれば、確かめられたものを。赤手拭稲荷の前にきて、遅まきながら語るのですもの」

「いや、見かけたときは、まさかという思いの方が強くて……何というか、浅時が宿の呪いが、勝史郎にも降りたようで……」

四十半ばと、分別盛りの島蔵が本気で怯《おび》えている。

「きっと、見間違いですよ。お忘れなさいな」

お汐に諭《さと》されて、島蔵も未だに合点のいかない顔ながら、へいとうなずいて座敷を出ていった。

どこかの寺の鐘が、ぼおおん、ぼおおんと八つ響く。もうこんな刻限か、と秋成は腰を上げた。昼を一時過ぎて、風も冷たくなる。加島村まで帰る秋成には、そろそろ潮時だ。

おわきは難波村に嫁いだ幼馴染みがおり、せっかくだからそちらにも顔を出すと、弟と一緒に植山家を辞した。

「仙、母さんとおたまは甘いから、おまえには何も言わないけれど、これからはちゃんと、まめに顔を出しておあげなさいよ」

家の前で右と左に分かれながら、おわきはしっかりと釘をさした。


早足で赤手拭稲荷へと急ぎ、遊戯も軽やかにとびはねながら、後ろをついてきた。

鳥居の前までくると、雨月は橡の木にもたれて目を閉じていた。

そういえば――と、秋成は思い至った。雨月もまた、二十代の末くらいから容姿がまったく変わっていない。ここ十年ほどとはいえ、やはり時の流れから置き去りにされたかのようだ。

いつまでも若く美しいままなら、女ならことに喜ぶべきことかもしれない。けれども、ともに歳を重ねるからこそ、幸不幸も分かち合えるというものだ。まわりと同じ時を生きられぬとしたら、それはとても悲しいことではあるまいか――。

浅時が宿の、呪い――。

島蔵の怯えた言葉が、急に真に迫り、秋成は急いで友の傍にしゃがみ込んだ。

「おい、雨月、いま戻ったぞ。起きろ、雨月」

「耳許でそんなに叫《わめ》かなくとも、ちゃんと起きてるよ。橡の木の声がよくきこえるよう、目を閉じて耳をすませていただけだというのに」

「そ、そうか……すまん」

あからさまに、秋成がほっとする。雨月が立ち上がり、袴《はかま》についた枯葉を落としていると、秋成の背中から声がかかった。

「あのう、すみません、道をおたずねしたいのですが……」

ふり向くと、目のくりっとした若者が立っていた。商家の手代《てだい》風の身なりだが、まだ袖を通したばかりのお仕着せみたいに、どことなくからだに合っていない。歳は十七、八といったところか。たぶん丁稚《でっち》から手代に上がって、間がないのだろうと思われた。

「この辺りに、浅茅《あさじ》という家はありますでしょうか？」

「あさじ……とは、浅時が宿のことか？」

若い男は秋成に問われても、わからないと首をかしげ、代わりに雨月がこたえた。

「そうだよ、秋成。もとは百姓ながら浅茅の姓をもつ、立派な家だったのだ」

橡の木から得た話だと、雨月は秋成に小声で明かした。

「いまは、浅時が宿と呼ばれているのですか……その家に、お宮さんという女の方はおられますか？」

「もしや……宮木のことか？」

「歳のころは四十半ば。若いころは、輝くばかりに美しい女人だったときいています」

どうやら間違いなさそうだと、秋成はうなずいた。

「宮木殿を、訪ねていらしたのか？」

「はい……二年前に亡くなった親父が、今わの際《きわ》に明かしまして……大坂の難波村に、最初の女房を残してきたと。いつか大坂に行くことがあったら、ようすを見てきてくれまいかと、死ぬ前に私に言い残しました」

「そなたの父とは、もしや勝史郎か？」

「はい。私は息子で、勝治《かつじ》と申します」

仰天し、思わずまじまじと、穴があきそうなほどに若い男を見詰める。あからさまなその視線に、相手がにわかに苦笑した。

「そんなに親父に、似てますか？　よく人には言われるのですが、己ではさほどとは……」

「いや、おれは勝史郎殿には、会うたことはないのだが……」

ちらと、となりにいる雨月を見遣《みや》る。

「まるで生き写しだと、椽の木も驚いているよ」

「そうか……島蔵が見かけたというのは、たぶんこの息子であったか」

勝治は江戸生まれの十八歳。大坂に本店をもつ漆器《しっき》問屋の江戸店に、十三の歳から奉公に上がり、今年の秋、手代に昇った。一、二年、本店で修業することとなり、今月から大坂の本店で働いていた。

「親父の遺言は、胸に留めていましたから。早くようすを見にこようと思いながらも、奉公の身ではなかなかからだがあかず、結局、今日になってしまいました」

呑気《のんき》に構えていたのは、まさか前妻が、二十年以上も父の帰りを待っているなどとは、夢にも思わなかったからに相違ない。秋成が簡単に事情を語ると、勝治は驚き、ひどく狼狽《ろうばい》した。

「よもや気がふれるまで、親父を待ち侘《わ》びていようとは……きっとどんなにか、私や母を恨みに思っているかしれません」

「それは違うよ。恨んでいるのは、勝治さん母子でも勝史郎さんでもない。あの人が怨《うら》み、呪っているのは、ただ己の来し方なんだ」

雨月は静かな口調でそのように説いたが、若い勝治はうろたえたままだ。

「どうしよう……親父の遺言とはいえ、迂闊に会うたりしては、よけいな怨みを買うかもしれない。お店にも迷惑がかかるし、このまま会わずに帰る方が……」

「そういう身勝手なところは、親父にそっくりだな！」

つい癇癪《かんしゃく》を起こし、秋成が怒鳴りつけた。びくりと勝治が、身を震わせる。

「知らぬこととはいえ、おまえたちがいわば、宮木の幸せをもぎとったのであろうが。それを哀れに思うどころか、心配するのは己のことばかり。ひと目会うてやり、父親の死を告げてやるのが、せめてもの情けではないか」

雷に打たれたように、叱られた勝治が悄然《しょうぜん》とする。子供には、何の罪もない。わかってはいたが、十八なら一人前だ。死んだ父親の尻拭《しりぬぐ》いもできぬようでは、勝史郎と同じ大阿呆《おおあほう》だ。

幸いにも息子は、父親よりはまともなようだ。秋成に向かって、きっと顔を上げた。

「仰るとおりです。ここで逃げたら、あのどうしようもない親父と同じになっちまう」

「おまえの親父は、そこまでどうしようもなかったのか？」

「怠け者で、そのくせ見栄っ張りで。いつかひと山当ててやるが口癖でした」

「この村を出たころと、まるで変わっておらんのだな」と、秋成が鼻白む。

難波村に帰らなかったのも、やはりその見栄が災いしたようだ。江戸に運んだ絹織物は高く売れ、大金に化けたが、大坂へ帰る途中で山賊に襲われて、金をすべて奪われてしまい、江戸に戻るより他になかったと、息子はそのようにきいていた。

「あの親父のことだ。初めての江戸に舞い上がり散財してしまったか、あるいは山っ気を出して、儲けた金を相場にでも注《つ》ぎ込んだか。どちらにせよ、一文なしではとても生まれ故郷に戻れない。前の女房を放ったらかしにして江戸に残り、私の母と一緒になった。そんな男と連れ添ったことを、母はずうっと嘆き通しでした」

皮肉な笑いを、勝治が口の端《は》に刻む。

「たとえ恵まれたものではなくとも、あなたたちには、確かな生の手応えがあったはずだ。泣いたり怒ったり笑ったり、毎日ともに時を重ね、同じ思い出を心に溜めてゆく。それが生きるということなのだから」

雨月のやさしさにふれたように、それまで怒っていた勝治の表情がゆっくりとほどけてゆく。

「文句ばかり言っていたくせに……お袋のやつ、親父が死んだときには、わあわあと散々泣いて、なだめるのが大変でした」

「どうしようもない男でも、そなたや母御にとっては、善き父であり善き伴侶であったのだな」

「そうかも、しれません……」

秋成の言葉に、勝治は素直にうなずいた。

「浅時が宿でしたか、場所を教えていただけませんか？　やはり、お宮さんに会っていきます」

そうか、と応じたものの、秋成は方角くらいしかわからない。

「こっちだよ」と、雨月が先に立って案内してくれた。

鳥居から西へ行き、分かれ道で南に折れる。この辺りの田畑はすべて、もとは浅茅家のものだったと雨月が説いた。やがて大きな藪《やぶ》が見えてきて、浅時が宿は、まさにそこだけとり残されたように、藪の中に埋もれていた。

「こんなあばら家に、本当にたったひとりで……？」

庇《ひさし》はかたむき、屋根も半分崩れている。入口の戸板はひしゃげたまま開け放されて、縁に面したぼろぼろの襖《ふすま》は数枚が外れ、虚《うつ》ろな室内を晒《さら》している。とても人が住んでいるとは思えない、狐狸《こり》や物の怪がふさわしいほどに荒れ果てたさまだった。

若い勝治はもちろん、秋成さえ声をかけることを忘れ、呆然と立ち尽くす。

雨月だけは、怖気《おじけ》をふるうこともなく、中に向かって声を張り上げた。

「宮木殿、出てこられよ。そなたの待ち人が、ついに戻られた。そなたの長き物思いも、これで終わる」

雨月の声が終わらぬうちに、遊戯がひょいと縁に上がり、カリカリと襖をかいた。

呼びかけに応えるように、外れたままの襖から人影が現れて、縁に立った。

「あ、あれが……宮木殿か……」

ぞろりとした幽鬼《ゆうき》のような姿に、勝治はたちまち怖気づき、秋成の陰に隠れる素振りを見せる。けれども一瞬早く、高い声が押し留めた。

「おまえさまは……勝史郎さま……勝史郎さまか！」

ぼんやりとしていた眼差しが、勝治の上ではっきりと焦点を結んだ。それまで歌よりほかに口ずさむ術のなかった唇から、驚きと歓喜の声がほとばしる。よろけるように縁から地面に下り、明るい日のもとで、ざんばら髪から覗く美しい容姿がはっきりと映じた。

その若さと美貌に驚いたのだろう。勝治はぽかんと口をあけ、ただただ宮木を凝視している。無垢な視線にさらされて、ふらふらとこちらに近づいていた宮木の足が、ぴたりと止まった。粗末な着物の袖で、慌てて顔を隠す。

「見ないでくだされ、おまえさま……このように浅ましき姿になり果てた私を……」

「あ、いや、私は勝史郎ではありません。父は、勝史郎は、二年前に亡くなりました」

「亡くなった……？　勝史郎さまが、すでにこの世にはないと？」

「はい。私は息子の勝治です。父は最後まで宮木殿を、いえ、お宮さんを案じていて……その、戻ることができぬままですまないと詫びておりました」

若い勝治なりの、精一杯の思いやりであろう。懸命に言葉を紡ぐが、途中から宮木には届いてはいないようだ。

「死んだ……勝史郎さまが……私を置いて……私が耐えた長の年月は、ただの一人相撲であったのか……」

ぶつぶつと念仏のように唱える姿は、どこか鬼気迫るものがあり、やはり正気とは思えない。さすがに勝治も恐ろしくなったのか、口をつぐみ一歩二歩と後ずさる。

代わりに雨月が、口を開いた。

「そのとおりだ、宮木殿。そなたの経た年月は、無為でしかなかった。そなたも本当は、気づいていたはずだ」

「お、おい、雨月……何もわざわざ、鞭打《むちう》つような真似をせずとも」

秋成はにわかにうろたえたが、いつもやさしげな雨月とは思えぬほどに、凜《りん》とした声を放つ。

「宮木殿はこの浅時が宿で、時のひずみにとり残されていた。浅時が宿を、出るときがきたのだ。宮木なぞという名を捨てて、もとのお宮に戻られよ」

そのとき、不思議なことが起きた。それまで丸まっていた宮木の背がしゃんと伸び、ゆっくりと勝治と、そして秋成をながめ、最後に雨月の上で視線が止まった。

「いいえ、私は、浅時が宿を出ることはできませぬ。私自身が、私の時を止めてしまった……それより他に、生き永らえる術がなかったのですから」

百姓の女房とは、とうてい思えぬ口ぶりで、何よりもその姿は、神々しいほどに美しかった。

「さりともと　思ふ心にはかられて　世にもけふまでいける命か」

最後にその歌を詠み、宮木は背中を向けた。ぼろをまとっているというのに、その後ろ姿は高貴な姫君さながらで、しずしずと戸口から家の中に入っていった。

白昼夢でも見ていたかのように、男たちはしばし呆《ほう》けていたが、縁の上にいた遊戯が、勢いよくぴょんととんできて、その拍子に呪縛が解けた。

「あの……私はどうしたら……」

「そなたはようやった。ちゃんと父の遺言を果たし、できる限り宮木殿をお慰めしたのだ」

これ以上、若い勝治がかかずらう必要はない。秋成にそう説かれ、勝治も納得したのだろう。そろそろ店に戻らねばならないと、頭を下げて帰っていった。

「雨月、おれたちも帰ろう。日がだいぶ傾いてきた」

「いや、秋成……まだだ。私たちだけでも、あの人の最期を見届けてやらなければ」

「最期、だと？　それはどういう……」

雨月は悲しそうに、朽ち果てたあばら家をながめ、そして言った。

「宮木ときいて、何か思い出さないか、秋成？」

「そうだな……宮木といえば、古《いにしえ》から遊女の名としてよく出てくる。もっとも有名なのは、『法然上人伝《ほうねんしょうにんでん》』か。法然上人より十念を授けられ、自らの身を清めるために、五人の遊女が入水《じゅすい》した。そのひとりが宮木といって、たしかその地には塚が残っていると……」

そこまで講釈して、秋成がはっとした。ぞっと首筋へと、悪寒がかけのぼる。

「女の身で、暮らしを立てるのは容易ではない。くわえてあの美貌だ。男の方が、放ってはおくまい」

「つまり……宮木はここで、春をひさいでおったというのか？」

最初は、無体を働かれたのかもしれない。それは貞女という世の理《ことわり》を信じていた女には、耐えがたい仕打ちであったろう。

「武家か、あるいは公家かもしれない。あの人はもともと、それなりの家の生まれだったのだろう」

和歌の心得や、あの口ぶりからして、雨月はそう見当していた。そうであればなおさら、貞操を奪われた慟哭《どうこく》の深さは、察してあまりある。おそらくそのころから心を病んで、一方では皮肉にも、それが唯一の生計《たっき》の道になった。

「若く美しいままでいなければ、糊口《ここう》を凌《しの》ぐ術を失う。あの人はただ、夫の帰りを待ち侘びる妻という幻にすがって、これまで生き永らえてきた」

宮木が本当に待っていたのは、夫ではない。呪われたこの身の上から放たれるその日だけを、ただ待ち焦がれていたのだ。けれどその日が来るのが、あまりにも遅すぎた。

「もう、あの人は、限界だったんだ……これ以上、自らを支えていることが、できなかったんだ」

悲しげな友の横顔に、さっきとは別の悪寒が、秋成の中を走り抜けた。

「雨月……さっきの歌は……よもや辞世の句では……」

「止めたかった……でも、駄目だった……」

考えるより先に、からだが動いていた。いまにも崩れそうなあばら家にとびこみ、宮木の名を呼びながら、その姿を探し求めた。腐った床を二度ほど踏み抜きながら、いちばん奥の間に行き着いた。

どうやら、仏間であるようだ。宮木はその前で、息絶えていた。植物の根を粉にしたらしきものと、粗末な茶碗がころがっている。毒を飲んだとわかったが、不思議と苦悶の表情はなく、目を閉じた、静かな死に顔だった。

ただ、あれほど若く美しかった面《おもて》には、深いしわがいく筋も刻まれていた。

「浅時が宿の呪いとは、そういうことか……」

正気を失いながらも、気力をしぼり強い精神《こころ》で若さを保っていた。けれどもそれも限界にきていた。勝史郎の息子が現れて、どんなにほっとしたことか。これ以上、浅時が宿の宮木を続ける理由がなくなって、人並みな時の流れを、生というものを、死んで初めて得ることができたのだ。

せめて宮木の魂が安らかであれと、秋成は両手を合わせた。

「雨月さま、ひとつ伺《うかご》うてもよろしいですか？」

荒屋の外で秋成を待ちながら、遊戯が雨月の足許からたずねた。

「雨月さまのお姿は、どうして若いままなのですか？　何かお考えがあって、その姿に留めておられるのですか？」

「私の時を止めたのは、秋成だ」

びん、と両の耳を、音が鳴りそうなほどに立て、つぶらな黒い瞳を精一杯見開いた。

「よもやあのがさつに、そのような真似ができようはずが……」

「本当だよ、遊戯」

と、雨月は遊戯を抱き上げて、暮れはじめた冬の空を仰いだ。

「ふたたび時を進めるには、秋成にすべて思い出してもらわないと」

「思い出す、とは何を？」

「だから、すべてだよ。秋成自身のことも、私の正体も、一切だ」

落ちる夕日をついばもうとでもするように、鳥の群れが一目散に真上の空を通り過ぎた。

夢《む》応《おう》の金鯉《きんり》

　桜の木を過ぎながら、遊戯《ゆうぎ》が鼻をひくひくさせた。

「だいぶ、春が深まってまいりましたな。桜の香りが、たいそう甘《あま》うなりました」

　梅はすでに散っていたが、桜にはまだ早い。緑色の蕾《つぼみ》は固く閉じ、ほどける気配すらない。人にはとうていわかり得ないが、兎《うさぎ》の鼻には匂うようだ。

「まだ青くささはあるものの、ふくらみかけた芽の中で、花弁が羽を伸ばそうともがいておりまして。こすれるたびに甘い匂いがするのです」

「おまえの鼻なら、さぞかし春はふくいくと香るのだろうね。うらやましいよ、遊戯」

　手に抱いた焦茶色の頭を、長い耳ごと雨月《うげつ》はなでた。

「良過ぎるのも、玉に疵《きず》ですが。人が喜ぶ梅の頃などは、少々匂いがきつ過ぎましてな。

香を強う焚《た》き染《し》めた衣を、頭から被《かぶ》ってでもいるようで、ともすればくさめが出ます」

「この前まで、時折くしゃんとやっていたね。風邪でもひいたのかと心配したが」

「毎年のこと故《ゆえ》、案じるにはおよびませぬ」

「そういえば、もうすぐ一年だね、おまえと会って……早いものだ」

川の向こう岸をながめて、雨月は目を細めた。日の高い時分だが、神崎《かんざき》川の向こうは、淡く霞《かすみ》がかかっている。

二月上旬。遊戯と雨月が出会ったのは、去年の三月半ばであったから、あとひと月ほどで一年が経つ。

「あの……雨月さま……」

いつも勝気な兎が、ぺたりと両耳を倒した。

「なんだい、遊戯？」

「雨月さまの大願成就をお手伝いするために、私は香具波志庵《かぐはしあん》におりまするが……そろそろ一年というのに、何も成してはおりませぬ。それればかりは、お詫びします」

「そんなことを、気にしていたのかい？」

「いまは子兎に身をやつしてはおりますが、これでも長の年月を経た、大妖《だいよう》と呼ばれる物の怪《け》でございますから。庵での暮らしに不足がないぶん、我が身の至らなさが申し訳なく……」

「遊戯はちゃんと、役に立ってくれているよ。むしろ私の見込みより、よほど捗々《はかばか》しい」

　しおれていた耳をぴんと立て、濡れた黒い目が雨月を見上げた。

「まことでございますか？」

「嘘偽りでも世辞でもない。その証しが、秋成《しゅうせい》だ」

「そういえば、このところ何やら塞《ふさ》いでおりますな」

　三月ほど前、難波《なんば》村に母や妻を訪ねて以来、しばらくは医術修業に没頭していた。久方ぶりに家族と会い、一刻も早く暮らしを立てねばと、秋成なりに奮起したのだろう。

　なのに年が明け、正月の終わりにさしかかったころから、ぱたりと繁堂《しげしげどう》に通うのをやめてしまった。繁堂を営む都賀庭鐘《つがていしょう》は、医師にしては大らかな人柄だ。弟子がからだを壊したわけではないとわかると、気が向いたときにまた通うがいいと、特に文句はつけなかった。

　以来、遊戯がいうところの塞ぎの虫にとりつかれていて、今日も散歩に行こうと誘ったのだが、すげなく断られた。

「何が気に入らぬのか、まるで不貞腐《ふてくさ》れた子供ですな。まったくいい歳をして大人げない」

　遊戯が、ぶう、と湿った鼻を鳴らす。

「あれは、不貞腐れているのではない。考えているのだよ」

「あのがさつめが、いったい何を？」

「秋成はね、こちら側に関心がわいたんだ」

遊戯が、片耳だけを倒した。疑問を感じた折の癖である。

「こちら側とは、もしや……」

「そう、私たちの住まう、狭《はざま》……この世とあの世の境にあいた、狭いあわひの世だ」

秋成はその存在を、頭から信じていなかった。雨月に見える世界を否定することはなかったが、自身にはまったく関わりないものとして扱っていた。けれど遊戯が現れたことで、秋成の中の確固たる信念が崩れてしまった。

「来ようか、やめようか……少しばかり覗《のぞ》いてみようか、扉を叩いてみようか。秋成は、迷いはじめているのだよ」

兎は瞬《また》きもせず、黒い瞳を宙にすえた。じっと考え込んでいる。

「ですが……芥子粒《けしつぶ》ほどの霊力もない者が、こちらに足を踏み込めば……」

「狂うてしまうか、あるいは喰《く》われてしまうか……まず、どちらかだろうね」

遊戯が呑み込んだ言葉を、雨月がさらりと続ける。こっくりと、兎の喉《のど》が鳴った。

「雨月さまの、願いとは……」

「それはまだ、序に過ぎない。私が求めるものは、その先にあるのだからね」

一瞬、雨月の瞳によぎった影は、すぐにかき消えた。あやすように、ふかふかの背中をなでる。

「ですが、あやつがしきりに呟《つぶや》いているのは、もっぱら書き物のことばかりです。草子《そうし》に気質物《かたぎもの》、読本《よみほん》に物語……あるいは『源氏物語』だの」

「あのとおりの朴念仁《ぼくねんじん》だからね。危うい淵《ふち》に立っていることを、己でも気づいていないんだろう」

ふふ、と笑い、雨月は空を仰いだ。

「ごらん、遊戯、昼の月だ」

腕のいい包丁人に、さっくりと切り分けられたような半月だった。見上げた月のにおいを嗅《か》ぐように、兎は鼻をひくつかせる。

「妙でございますな、雨月さま。昼の月にしては、光が強過ぎまする」

遊戯の懸念を証するように、対岸から霞が押し寄せてきて、辺りを覆い隠す。煙に巻かれたように四方の視界が塞がれて、なのに半月だけは白く照っている。

「どうやら、誰かに呼ばれたようだね。私たちに、用があるのだろう」

「お気をつけなされませ。たいそうな妖気にございます」

小さなからだをふくらませ、気のもとに目を凝らす。

見えてきたのは、ひとりの僧侶だった。

「いつもすまないね、ふみ、二吉《にきち》。今日も、魚を売ってもらえるかね？」

質素ながら、身なりはすっきりしている。ひとかどの寺に勤める僧侶と思われた。五十がらみで、物腰も落ち着いていた。

僧が魚を贖《あがな》う姿は似つかわしくないが、あたりまえのように魚籠《びく》を受けとって、銭を握らせる。相手はまだ子供のようだ。十前後に見える娘と、その弟か。幼いが、恰好からすると漁師のようだ。ただ、子供らしい潑溂《はつらつ》さがなく、どこかしょんぼりしている。

「どうしたね、ふみ？　文二《ぶんじ》の具合が芳《かんば》しくないのかい？」

「怪我がちっともよくならなくて、父ちゃんはすっかり気落ちしちまって……」

「そうか……稼ぎ手は父親だけというのに、難儀なことだな。まだ若いから、良い薬でもあれば望みはあろうに」

姉は唇を嚙みしめて、弟の口許《くちもと》は、いまにも泣き出しそうに歪《ゆが》んでいる。僧侶は励ますように、ふたりの頭に手をおいた。

「そんな顔をするでない。私がおまえたちに、良いものを授けよう」

何だろう、というように、ふたりが顔を上げる。

「しがない勤行《ごんぎょう》の身ながら、私にもできることがある。ふみ、二吉、二日後の朝、またここに来なさい。おまえたちの助けになるものを、与えよう」

何かとは告げなかったが、僧が見つけた幸先《さいさき》は、子供たちにも伝わった。はい、と元気よく返事して、手をふりながら駆け去った。

ふたりを見送ると、僧は魚籠をとり上げた。川岸に立ち、魚籠を逆さにする。五、六匹の小魚が、水面で跳ねてから底に沈む。

放生《ほうじょう》だろうか、と思えたが、少しようすが違う。捕らえた生き物を放つ行いで、仏教では慈悲のひとつとされる。陰暦八月十五日には放生会《え》があり、神社仏閣に留まらず、町中でも亀や小鳥を買って、池や野に放つしきたりがあった。

小魚が消えた辺りを覗き込むと、川の中に籬《まがき》が組んである。どうやら生《い》け簀《す》になっているようで、僧は泳ぐ魚を満足そうにながめる。岸辺の石に腰かけて、懐から筆と紙を出した。矢立《やたて》の壺で墨を含ませると、さらさらと筆を動かす。

雨月が遊戯を肩に置き、背後から覗き込む。と、一本の流麗な線は、見る間に背びれとなり、いくつもの波模様は鱗《うろこ》と化す。いくらも経たぬうちに紙の上には、まるで生きているような真鯉《まごい》の姿が描かれていた。

「これは見事な……いまにも紙からとび出てきそうだ」

何とも達者な筆さばきに、雨月が思わず感嘆の声をあげる。しかし雨月の肩にいる遊戯は、怪訝《けげん》そうに首をかしげた。

「鯉など、どこにもおりませんが」

放たれた魚は、いずれも貧相な川魚ばかりで、鯉など交じってはいない。なのに僧侶は、勇ましい鯉の姿が見えてでもいるように、迷いなく筆を走らせる。

「これは、夢応《むおう》の鯉魚《りぎょ》と申しましてな」

ふり返りもせず、僧がこたえた。

「私が夢の中で見た、鯉の図にございます」

「夢応の、鯉魚……」と、雨月が口の中でなぞる。

「私の思いに、夢が応えてくれたのです。初めは鯉の姿をながめるだけでしたが、あるとき自らが、金色の鯉に変化《へんげ》いたしましてな。鯉となり、人のしがらみから抜け出《い》でて、琵琶湖《びわこ》を自在に泳いでみたい……それが私の望みでしてな」

志賀《しが》の大湾《おおわだ》から、沖津島《おきつ》、竹生島《ちくぶ》――。水に映る、比良《ひら》の高山や伊吹山《いぶき》も堪能した。

その琵琶湖の道行《みちゆき》は、僧自身が望んだことだった。修行にはじまり修行に終わる寺の暮らしに、いつしか息苦しさを感じていたからだ。魚になってでも自由を得たいと願っていたが、夢には意外な顚末《てんまつ》が待っていた。

「漁師に釣り上げられて、さる屋敷に献上されましてな。屋敷の料理人が包丁をふり上げて、いくら必死に命乞《ご》いしても、魚の身では声になりません。万事休すと諦《あきら》めた折に、目が覚めました」

ははと自嘲《じちょう》気味に笑う。筆を止め、初めて雨月をふり返った。

「鯉としてはしくじりましたが、姿や動きはからだが覚えております。以来、鯉魚図だけは得手《えて》になりましてな。もっとも丹精した一幅は、我ながら満足のいく出来でした」

金の鯉に変じた自身を描いたもので、その絵だけは金粉が施《ほどこ》されている。見事な鯉の姿は人の口の端《は》にものぼり、『夢応の金鯉《きんり》』と称された。

「私はこの近くの三井寺《みいでら》に勤める僧ですが、いまは私自身も、夢応と呼ばれておりまする」

絵を仕上げると、僧は生け簀の一端を開き、小魚を川へ逃がしてやる。眺めながら、やはり遊戯は不思議そうに片耳を折る。

「からだが覚えておるのなら、手本など要《い》らぬであろう。何故、わざわざ魚を贖《あがの》うたのだ？」

「そうじゃないよ、遊戯。おそらくは、あの子供たちの生活《たつき》のためだ。とても売り物にならぬような、小魚ばかりであったろう？　それに、父親が怪我をしたとも言っていた」

父親の代わりに、姉と弟が漁に出ているのだろうが、非力なふたりではろくな獲物がとれない。絵図の手本との名目で、商いにならない小魚を引きとって、親子の暮らしを助けているのだと雨月は察した。

「とはいえ、あの子たちの父親が本復することが何より。良い薬を買《こ》うてやりたいと思いましてな。仏に仕える身故、私も銭には縁がありませぬが……ひとつだけ売れるものがございます」

「さっき言うておった、『夢応の金鯉』であろう？」

声の主たる兎に向かい、僧は微笑んでうなずいた。しゃべる兎にも何ら動じないのは、この僧がこの世の者ではない証しだった。

「しかしその鯉魚図を、奪われてしまいましてな。とり戻したいのですが、いまは儚《はかな》き身。いかんともしがたく……その折に、あなた方をお見かけしました」

「御坊《ごぼう》が我らを呼んだのは、そのためでしたか」

「勝手にこちら岸に誘うたことは、お許しください」

霞にさえぎられてわからなかったが、そのとき初めて、自分たちがいつの間にか、川を渡っていたことに気がついた。

「御坊、奪われた鯉魚図は、いまどこに？」

「代官の、平間助近《ひらますけちか》の屋敷にございます」

神崎川を渡ったこの辺りは、豊島《てしま》と呼ばれている。香具波志庵のある加島《かしま》村から見ると、東北の方角だ。少し奥へ入ると大名が統治する土地もあるのだが、川に沿った浜のあたりは、良い漁場があるためか、いくつもの藩の陣屋や、あるいは知行所《ちぎょうしょ》取りの飛地、さらに幕府の天領が複雑に絡み合っていた。

夢応は代官と言ったが、天領の役人ではなく、いくつかの飛地の管理を任されている土地の者で、百姓身分であるようだ。

「どうか、平間屋敷から、私の鯉魚図をとり戻していただきたいのです」

「わかりました。御坊のお頼み、お引き受けいたしましょう」

雨月は快く応じ、僧侶はていねいに礼を述べて、霞の中に消えた。

気づけば、またもとの加島村の岸辺にいて、豊島の岸は川向こうでぼんやりと煙っていた。


「おれは気が進まぬ。おまえたちだけで行ってくれ」

香具波志庵に帰って仔細《しさい》を話したが、秋成は気が乗らないそぶりだった。

「物の怪だか死霊《しにだま》だか知らんが、薄気味悪いではないか」

「なんだ、がさつめは怖気《おじけ》づいておるのか。見かけによらず、気の小さい奴よ」

「この性悪兎が！　物怖じしているのではなく、それこそ霞のような話に引きずられて、外に出るのが面倒なだけだ」

ふん、と背中を向けて、畳に寝転がる。このところ髭《ひげ》も月代《さかやき》も剃《そ》っておらず、伸び放題で何ともむさ苦しい。たしかにひとかどの屋敷を訪ねるには、仕度だけでも半時はかかろう。遊戯に苦笑してみせて、雨月は穏やかに友に語りかけた。

「秋成の方は、どうなんだい？　何か書き物のための、良い案でも浮かんだのかい？」

「案どころか、その前で止まっておるわ」と、不機嫌な声が返る。

「その前……ああ、そうか。話の筋ではなく、書きようで迷っているのだね」

秋成の胸中などお見通しだとでも言わんばかりに、雨月が納得してみせる。

「雨月さま、書きようとは、どういうことです？」

「絵空事を筆するにも、さまざまな書きようがあるということさ。このところ秋成が呟いていたと、おまえも言ったろう？」

「ああ、浮世草子とか気質物とか読本とか、あれですか」

古い時代を知っているだけに、遊戯は古典には通じている。逆に昨今の俗な読み物は、よく知らぬようだ。改めて雨月が、ていねいにひもといてやる。

江戸期の文学は、「仮名草子」からはじまる。いまの世相を映した笑い話が多く、『醒《せい》睡笑《すいしょう》』などは後世、落語の素材となるものが多く含まれる。

優れた文学性はないものの、形式や技巧には新しい試みがなされ、やがて元禄《げんろく》文学へとつながってゆく。この中心は何といっても、井原西鶴《いはらさいかく》であろう。豪快にして意気にあふれた作風で、『好色一代男《こうしょくいちだいおとこ》』や『日本永代蔵《にっぽんえいたいぐら》』を世に出した。「浮世草子」と呼ばれ、庶民には愛されたが、一方で、「好色屋の西鶴」などと陰口をたたかれ、その文学性を評価する者は、江戸期を通じて皆無だった。

しかし西鶴の蒔《ま》いた種は、最初は京坂《けいはん》で、後には江戸で、さまざまな形となって花開く。

いわゆる滑稽《こっけい》本や人情本のたぐいで、秋成が書いていた「気質物」もそのひとつだ。ただ上方中心に栄えた文化は、徐々に江戸へと移り、いまはちょうどその過渡期にあった。黄表紙と呼ばれる「草双紙《くさぞうし》」や、数冊をまとめて一部とする「合巻《ごうかん》」が江戸で流行るのは、もう少し後のことだ。

読本は、唐《から》の白話《はくわ》小説をもとにした伝奇小説ではあるのだが、奇天烈《きてれつ》な筋運びなどには、やはり西鶴の影響を留めている。

「秋成はね、四年前に仕上げたものが、気に入らないんだ。形は読本だが、これまでの気質物と、さして変わりはないからね。版元にも渡さぬまま、後生大事にとってあるんだ」

「うるさいぞ、雨月！」

背中を向けたまま秋成は怒鳴ったが、雨月はどこ吹く風だ。

「たぶん、手直しをしたいのだろうが、どこを直すというよりも、気質物や滑稽本とは一線を画するものにしたいのだろうね」

「読めましたぞ、雨月さま。つまりは俗本を書きながら、より気高く見られたいという腹ですな。いかにも俗人が考えそうな、下賤《げせん》な思いつきですなあ」

「うーさーぎいいい！」

ついに腹に据えかねて、秋成ががばりと起き上がり、兎の両耳をむんずと摑《つか》んだ。

「いますぐその皮を引っぺがして、因幡《いなば》に送ってやるわ」

「おまえこそ、その俗な頭ごと、和邇《わに》に食われてしまえ！」

ぶら下げられた遊戯が、相手の鼻面に強烈な蹴りをお見舞いし、いてっ、と叫んだ秋成が兎をとり落とす。あとはいつものとおりの、追いかけっこになった。

最近は、遊戯を追い回す気力すらなくしていたようで、この光景も久しぶりだ。

ほっとため息をもらし、雨月は小さな文句をぶつけた。

「水くさいな、秋成は。十日近くも悶々《もんもん》としているくらいなら、ひと言くらい私に相談してもよさそうなものを。それとも、私はそんなに頼りにならないか？」

遊戯を壁際まで追い詰めていた秋成がふり返り、ばつの悪い顔をする。雨月の前に胡坐《あぐら》をかいて、視線を畳に落とす。

「そうではない……おれ自身にも、よくわからないんだ。わからないから、うまく言葉にできぬ」

「秋成は、読本を書きたいのかと思っていたよ。都賀先生は医術の師匠だけれど、読本の師匠でもあるのだろう？」

うん、と秋成が、子供のようにうなずく。

「おまえが言ったとおりだ。四年前に書き上げたものが、どうにも気に入らぬ。何か足りないような気がして仕方ない。もっとこう、何というか……単なる不思議話でなく、人の弱さや愚かさ、現《うつつ》の理不尽や恐ろしさを、おれは書いてみたいのだ」

「『源氏物語』のようにかい？」

え、と秋成が、顔を上げた。ひどくとまどった瞳が、雨月を見返す。それでいて、暗い穴倉で一点の光を見つけたような、安堵に似たものが漂っている。

「秋成が物語の名を呟いていたのは、そのためだろう？」

「たしかにそうだ。だが、おれの筆では、源氏のような物語など書きようがない……」

秋成がこだわっているのは、文学性である。江戸期以降、世情が落ち着いて、庶民が本を読む機会が格段に増えた。ただ、そのぶん娯楽物に走りがちで、文学の本質からは遠ざかっている。

文学とは、人間を描くことだ。くびきの多い現《うつつ》の世で、苦悩し煩悶《はんもん》し、ときにのたうちまわりながら、己の業《ごう》と向き合わねばならない。生きている限り、絶対の幸福などなく、救われることもない。非情なまでの生と、たえず揺れ惑う心のありよう。ありのままの人間を写す実存性こそが、文学の真髄だと、秋成は考えているのである。

国学者である秋成は、その実存性を古典に求めた。

『源氏物語』にも不思議譚《たん》はあり、六条御息所《ろくじょうのみやすどころ》の怨霊《おんりょう》は、たびたび源氏の前に現れる。しかしこの物語が傑作とされるのは、源氏のみならず、彼を囲むさまざまな人々を、その心情と生きざまを、怜悧《れいり》なまでの客観性をもって活写した点にある。王朝絵巻と呼ばれるこの物語は、たぐいまれなる群像劇でもあるのだった。源氏の妻と数多《あまた》の側室、政治の駆け引きに奔走する貴族たち。たとえ位人臣を極めた帝《みかど》であろうとも、人の悩みからは解放され得ない。

弱く愚かな人間の姿を、ありのままに描きたい——。

その欲求は、読本では表現しきれないのではないか——。秋成の迷いはそこにある。

「秋成なら、できるよ」

すべてを察した上で、雨月は言った。

「読本の形をなしながら、無残なまでに赤裸々な姿を描く。秋成なら、できるよ」

「つまりは……読本の中に、人間の本性を落とし込むということか」

目の前に茫漠《ぼうばく》と広がっていた何千本もある道筋から、たった一本の道だけが、にわかに光り出す。秋成は、そんな顔をした。

「ほれ、がさつ。さっさと平間屋敷に行くぞ、仕度をせんか」

遊戯だけは我関せずで、話は終わったと言わんばかりに、秋成を追い立てにかかる。

「どうして、そうなる」

「雨月さまのおかげで迷いが切れたのだから、たまにはお返しせい。まったく役立たずの大飯食らいが」

「そっくりおまえに返すわ！　この煩悩《ぼんのう》兎が！」

とりあえず、元気は出たようだ。ふたりと一匹は香具波志庵を立ち、神崎川に向かった。


「まる一年も加島村におったが、この川を渡るのは初めてだ」

舟の上から下流に目をやって、秋成が呟いた。この辺りには橋がなく、もっぱら渡し船が使われる。

「私も、初めてだよ。川風は少し冷たいけれど、気持ちがいいね」

雨月は船べりに腕をかけて、ゆったりとした景色を楽しんでおり、遊戯もその横にちんまりと座り、風に自慢の耳をなぶられていた。

「親父さんは、豊島の者だと言ったな。『夢応の金鯉』というものを知っているか？」

世間話のつもりか、秋成が船頭に話しかけた。

「むろんさね。豊島はもちろん、京大坂の好事家《こうずか》のあいだでも評判をとっているそうだ。おれみたいな漁師じゃ拝みようもねえが、きいた話じゃあ、たいそう見事な代物だそうだ」

豊島の漁師たちは、早朝に魚を獲り町に売りにいく。昼はからだが空くために、渡し船で手間賃を稼いでいるという。

「夢応さまはもともと、絵の上手で知られていてな。ことに鯉の絵にかけては右に出る者がいなかった。絵を乞う者たちがたびたび三井寺を訪ねてきてな、鯉を所望したが夢応さまは描こうとしない」

「はて、それはどうして？」

「鯉の姿は、夢応さま自身だと申されて。己の身ばかりは切り売りできんと断っていたそうだ」

代わりに、遠路はるばる来てくれたことを労《ねぎら》って、仏画や花鳥風月を描いて客にもたせた。それもまた十分に鑑賞に足る筆であったが、決して外に出ぬ鯉図は、ますます垂涎《すいぜん》の的となる。中でも一枚だけ描いた金の鯉は、まさに傑作と言える出来栄えだった。

「評判をききつけて、わざわざ京から名の知れた絵師が見にきてな。その先生が、まるで生きているようだと褒めちぎったそうだ」

高名な絵師が太鼓判を押し、『夢応の金鯉』の評判は否応なく高まった。何百両でも出すから売ってくれという商人もいたそうだが、やはり夢応は絵を手放そうとはせず、寺のひと間の壁に掛け、飽きずにながめていたという。

「親父はずいぶんと、詳しいのだな」

豊島の岸が近づいたころ、いまさらのように秋成が気づいた。

「いや実は、あっしの義理の弟が、三井寺の寺男をしてやしてね。それで色々ときかじっているんでさ。金鯉を拝んだのも、そいつでしてね」

へへ、と船頭は、日に焼けた顔をほころばせる。

「夢応さまは、いいお方でした。絵を描くために浜にもよく下りてきて、あっしらみたいな漁師にも、分け隔てなく接してくれやした」

河岸のことを、漁師たちは浜と呼んでいるようだが、人の好《よ》さそうな船頭の顔が急に曇った。

「なのに、あんな死に方をなさるなんて……まったく、神も仏もありやせんや」

「やはりあの僧は、亡くなられていたのか……」

と、雨月が口の中で呟いた。じっと考え込み、代わりに秋成がたずねる。

「あんな死に方とは、どういう？」

「川岸に、倒れていたんでさ。頭の後ろに大きな傷があったそうで」

七日前の、早朝だった。岸辺の泥で足をすべらせたか何かで、石に頭をぶつけたのだろうと、役人はそのように始末したが、豊島では別の噂《うわさ》が広まった。

「夢応さまを手にかけて、金鯉の絵を奪った者がいるんじゃねえかと……なにせそれっきり、肝心の絵が消えちまったんでさ」

「それはまことか?」

「へい、たしかでさ。寺にいる弟にききやしたから。たしかに壁に掛けてあったはずの絵が、どこにも見当たらないそうで」

三井寺の者たちもたいそう慌てたが、きっと夢応がこの世を去る折に、大事な絵を携えていったのだろうと、ひとつの不思議譚として落着した。しかし漁師たちのあいだでは、強奪説が根強くささやかれていた。

「その噂には、何か拠《よ》り所《どころ》があるのか?」

「代官の、平間助近でさ。かねてから、あの絵に執心してやしてね、譲ってくれとしつこく三井寺に通っていたんでさ。あんな非道な野郎に、大事な絵をくれてやるはずもねえ。夢応さまも、相手にしちゃおりやせんでしたが」

「非道とはまた手厳しいな。そんなに悪辣《あくらつ》な奴なのか?」

「そりゃあもう! 金には汚《きたね》えし、欲には敏《さと》い。上には媚《こ》びへつらうくせに、おれたち漁師や百姓なんざ、人だとも思っちゃいねえ。てめえだって百姓身分だってのに、いまじゃ殿さま気取りだ」

すでに舟は岸に着いていたが、それすら忘れているように船頭が拳《こぶし》を握る。

もともと平間家は、さる武家の飛地を任されていたが、助近の代になってから、他に四つの領地や飛地を世話する役目をたまわった。いずれも狭い土地ばかりだが、合わされば相応の利もあがる。助近はうまく立ち回る術を心得ており、武家の家臣たちにとり入っては裁量を任されるようになり、そのぶん下々には容赦がないと船頭が憤慨する。

「いちばんひでえ目に遭ったのは、おれたちの仲間の文二でしてね」

船頭の舌に勢いがついて、間の悪い秋成ですら、さえぎりようがない。舟の腰掛板に尻を乗せたまま、ふたりは黙って話を拝聴した。

「文二は若いながら腕のいい漁師で、平間屋敷にも魚を届けていたんでさ。なのに半月ほど前、とんでもねえことになって」

正月の半ば、平間屋敷では大事な客を招くことになった。宴席のための魚を頼まれて、文二はえらび抜いた魚や新鮮な貝を、その朝、平間屋敷に届けたという。屋敷の料理人がさばいて膳に載せ、客も大いに喜んだそうだが、事は宴席の後に起きた。

帰り仕度をはじめた客が急に苦しみだし、慌てて厠《かわや》に駆け込んだ。吐いたり腹を下したりと散々なようすで、呼ばれた医者は、食べたものに中《あた》ったのだろうと判じた。

同じ膳を食した他の者たちに障りはなかった。客の加減が悪かったか、あるいは客が中りやすい食材が混じっていたか、そのどちらかだろう。決して文二のせいではないはずだと、船頭は悔しそうに唇を噛みしめる。

幸い、客は翌日には快癒《かいゆ》したそうだが、もてなしをしくじった助近の憤《いきどお》りは大変なものだった。すぐに文二を呼びつけて、棒でしたたかに打ち据えた。見ていた屋敷の者たちが震え上がるほどの狼藉《ろうぜき》で、文二はひどい怪我を負ったという。

「あれから文二は、漁はおろか、ろくに歩くことさえままならねえ」

「何という無体《むたい》を……」さすがに秋成が絶句する。

「文二は嬶《かかあ》を早くに亡くしてな。男手ひとつで娘と倅《せがれ》を育てていたんだが……ふみと二吉って言ってな」

「なるほど……あの子らの父親の怪我もまた、代官の仕業だったのか……」

霞の中で、夢応とともにいた子供たちを思い出し、雨月が納得する。

「ふみと二吉が、父親《てておや》の代わりに漁に出ちゃいるが、力も技もねえからたいした魚もとれねえ。おれたち漁師仲間が、魚を分けてやったりして何とか凌《しの》いでいるものの、かつかつな有様で、文二の具合もいっこうによくならねんだ」

一家の困窮に、誰よりも心を痛めていたのは、夢応だった。

「ふみと二吉は、夢応さまにはことに懐いていてな。坊さまもふたりを可愛がっていた。年が明けてからは、ご自身も具合が悪そうだったのに、気になるらしく、たびたび浜に下りては、ふたりに声をかけていた」

「具合が悪いとは、病か何かか？」と、秋成がたずねる。

「暮れにひいた風邪が長引いているだけだと、夢応さまは申されていたが、気づかぬうちにずいぶんと目方が落ちて、顔色も悪くてな。おれたちも案じていたんだが、まさか、あんな急に逝っちまうなんて……」

がっくりと、肩を落とす。変わり果てた夢応を見つけたのは、文二の子供たちだったときいて、ますますやるせなさが募る。

「その平間屋敷とは、ここから近いのか？」

「ほれ、あそこに大きな樫《かし》の木が見えるだろ。あの向こう側だが……もしやあんたたち、あそこの客なのかい？」

それまでさんざっぱらに悪口を吐き散らした後だけに、船頭がにわかに慌て出す。

「心配するな、別に招かれてはおらん。ただ、大事なものを返してもらいにいくだけだ」

秋成が舟を降り、雨月も続く。最後に遊戯が、ぴょん、と身軽に船着場にとび乗った。

武家ではないから、さすがに門構えこそないものの、平間屋敷は思った以上に大きかった。雨月の生家、常盤木《ときわぎ》家も、加島村の庄屋をしているが、家の造作は百姓家だ。しかし平間家は、いくつかの棟が渡り廊下で繋《つな》がれて、武家屋敷に近い造りだった。

多少の気後《きおく》れを感じながらも、秋成がご免とおとないを告げる。下男らしき男に来意を伝え、やがて二十代半ばと思しき、線の細い若者が出てきた。

「兄はこのところ、病を得て伏せっておりまして……私が代わりにご用を承ります。私は助近の弟で、十郎《じゅうろう》と申します」

袴《はかま》をつけているためか、背後の屋敷と相まって若侍のように見え、言葉つきもていねいだ。先ほどの船頭の話で、どんな強面《こわもて》が出てくるかと身構えていたものだから、少々拍子抜けしながらも、秋成は己の名と、加島村から来たことを告げた。

「実は、こちらに『夢応の金鯉』があると伺いまして。ぜひともひと目、拝見させていただきたいと参じました」

「『夢応の金鯉』とは……！」

秋成の後ろに化け物でも見ているように、たちまち相手の顔色が変わった。少しひ弱そうにも見える面《おもて》に、不安が色濃く表れる。それを払うように、十郎は声を放った。

「そのような絵は、我が家にはありません！　妙な言いがかりをつけないでいただきたい」

「言いがかりなどと、さようなつもりは……ここにあるはずだと、我らはそうきいて……」

「いったい誰が、そんなでまかせを」

「誰というても……近在では、もっぱらの噂で……」

まさか僧侶の霊に教えられたとも言えず、秋成も雨月からのいわば又聞きで、己で確かめたわけではないから、そのぶん歯切れが悪い。肝心の雨月はと言えば、相変わらずの人見知りで、この場は秋成に任せて、遊戯とともに木の陰に隠れている始末だ。

「その噂とやらは、対岸の加島にまで、広まっているのですか？」

正確には違うが、これも方便と、秋成はもっともらしくうなずいた。弟の顔色がさらに失せ、いまにも倒れそうだ。

「とにかく、あの絵はここにはありません！　お帰りください！」

きっぱりと告げて、屋敷の中に入ってしまった。これではとりつく島もない。

「やれやれ、不首尾に終わったか。どうしたものかな」

情けない顔を向けたが、木の陰から出てきた雨月は、さらりとこたえた。

「絵の在処《ありか》なら、わかったよ。やはりこの屋敷の内にある。遊戯が見つけてくれたんだ」

「まことか？」

「ふん、私の鼻をもってすれば造作もない。すぐにわかったわ」

「においとは、どんな？　旨そうな鯉のにおいでも嗅ぎ当てたのか？」

「違うわ！　あの僧の抹香《まっこう》くさい香が、この屋敷の奥から漂っておるのだ。がさつには、とうていわからぬだろうがな」

とはいえ、絵の在処が知れたところで確かめようがない。返してくれと頼んでも、あの弟のようすでは、知らぬ存ぜぬを通されるだけだ。どうしたものか、と秋成が同じぼやきをくり返す。雨月の手の上から、遊戯が事もなげに言った。

「別に、断る謂《いわ》れはなかろう。勝手に持ち出せば、よい話ではないか」

「さすがは遊戯だ、名案だね」と、雨月はにこにこと、兎の頭をなでる。

「違うだろう、雨月！　それではおれたちが、盗人《ぬすっと》になってしまうではないか！」

「お坊さまから絵を奪ったのは、平間じゃないか。とりかえしに行くだけだよ」

「いや、しかし、人様の家に勝手に入るのは、やはりまずいと……」

秋成が止めても、きく耳をもたない。身軽に地に下りた兎が先に立ち、雨月は楽しそうについてゆく。仕方なく秋成も、その列に連なった。

幸いこの家には塀がなく、敷地を囲うのは高い木々と、ところどころに設けられた籬だけだ。入口となる隙間には事欠かず、そのうちのひとつに、遊戯は躊躇《ちゅうちょ》なくとび込んだ。

いくつもの建屋を、渡り廊下が橋のように繋ぎ、油断していると迷ってしまいそうだが、遊戯は淀みなく進む。たまに立ち止まっては、使用人らしき者たちをやり過ごし、下をくぐる形で、渡り廊下をふたつ越えた。

敷地のいちばん奥まった場所で、ここだと告げる。こけら葺《ぶ》きとはいえ、なかなか風流な造りの建物があった。ほぼ正方をなしていて、手前と奥にふた間ずつ。縁に向かった障子が開かれていて、奥の間まで見通せた。奥の間には窓がないようで、やや薄暗いが、向かって左の奥の間に、人の姿が判じられた。

秋成が目を凝らすと、男の横顔が見えた。身なりから察するに、この家の主、平間助近かもしれない。ただ、船頭からきいた人となりとは、だいぶ違って見える。

先ほど会った弟とは、まったく似ていない。四角ばったいかつい顔で、顎には無精《ぶしょう》髭《ひげ》が伸びている。細身で長身の弟とはからだつきも違い、四十前後か、歳もだいぶ上に見える。

ただ、いちばん妙なのは、その表情だった。

背中を丸め、首だけを少し仰向けている姿は、まるで魂を抜かれた座像のようだ。口は半開きのまま、目はうっとりとして、恍惚が浮かんでいる。天女でもながめているかのように、横顔はだらしなく呆《ほう》けていた。

「平間助近殿か」

ふいに雨月が、声をかけた。日頃の人見知りなど、どこぞに置き忘れてきたような、穏やかながら凜《りん》とした声だった。男が、ゆっくりとふり向いた。秋成が思わずぎょっとする。

四角い顔は、見るも無残にやつれ果てていた。眼窩《がんか》は頭蓋《ずがい》が透けそうなほどに落ちくぼみ、逆に頰骨が目立ち、その下はげっそりと肉が削《そ》げている。病は本当であったのかと、遅ればせながら得心した。一方の雨月は、助近のようすには頓着《とんちゃく》しない。

「『夢応の金鯉』をおもちとか。ぜひ私たちにも、見せていただきたい」

「お、おい、雨月……」

相手が怒り狂って、とび出してきはしまいか……一瞬、身構えたが、そんなことはなかった。呆けた表情を、さらにだらしなくゆるませる。

「それはそれは、ようこそお出でくだされた。ぜひ、わしの鯉を、ご覧になっていきなされ。ささ、どうぞこちらに」

思いがけない歓待は、拍子抜けを通り越して呆気にとられる思いだ。雨月が沓脱石《くつぬぎいし》で草履《ぞうり》を脱いで座敷に上がり、遊戯も同じ石の上に前足を、次いで後ろ足を念入りにこすりつけてから縁に上がった。こう見えて、遊戯は案外きれい好きなのだ。

「ほう、これは見事な……何と美しく、清冽《せいれつ》な姿か」

先に奥の間に入った雨月が、感嘆の声をあげた。次いで座敷にとび込んだ遊戯も、両の耳をぴんと立て、黒い瞳をまん丸に開いてじっと見入る。平間助近が、満足そうにうなずいた。

「ご覧なされ、鯉のからだがしなやかな弧を描き、こちらに向かって泳いでくるさまを。背びれと尾びれの、ぴんと張り詰めた美しさ。鱗の描く波紋の麗《うるわ》しさ。ひと筆たりとも緩《ゆる》みがなく、泥の中に住む魚だというのに、まるで天上から舞い降りてきたようではないか。金泥《きんでい》すらも俗には映らず、かえって神々しさをいや増している。これほど見事な鯉図は、国中を探してもありはしない」

助近が悦に入り、滔々《とうとう》と絵について語り続ける。さように見事なものかと、秋成も少し遅れて奥の座敷に身を入れた。座敷の西側に床の間があり、絵はそこに飾られているようだ。

しかし床の間に目をやったとたん、あっ！　と声をあげそうになった。自分の手で口を塞ぎ、辛うじて叫び声を押し殺す。

床の間には、たしかに一枚の紙が飾られている。けれどその紙には、何も描かれていなかった。半紙を二枚、横に並べたくらいの、ただの真っ白な紙である。それをながめながら、雨月とこの家の主は、ひたすら感心している。ざわりと背筋が粟立《あわだ》った。

足許にいた兎の襟首をつまみ上げ、肩に載せる。ひそひそ声でたずねた。

「おい、兎。おまえにも、鯉とやらが見えるのか？」

「あたりまえではないか。私も数多の絵を見てきたが、これほどの鯉は初めてだ」

「おれには……何も見えんのだが……」

念のため両の目をこすり、ふたたび試したが、やはり鯉はおろか染みひとつ見あたらない。

「おれには、ただの白紙《しらかみ》にしか見えんのだ。いったい、どういうことだ？」

「そうか、がさつには見えぬのか……こちら側への道は、まだまだ遠いの」

「何の話だ？」

「いや、それはいい。しかし、そうか……がさつに見えぬということは、あの絵は筆墨で描かれているわけではないのだな」

初めて気づいたように、遊戯が片耳をぺこりと裏返す。

「かように見事な金鯉を、我が手にできるとはまことに誇らしい。誰彼構わず、吹聴して歩きたい心地ですわい」

助近は、ますます悦に入る。その興に、雨月が水をさした。

「いいえ、助近殿。この鯉は、あなたのものではありません」

得意ではち切れんばかりだったこの家の当主が、まさに水をぶっかけられたように押し黙る。

「ここは少々、鯉には狭すぎるようだ。しかも汚い。どんな泥水よりも、この家の気は濁っている。金鯉の住処《すみか》には、ふさわしくない」

「この金鯉は、わしのものだ！　誰にも渡さん！　わしだけのものだ！」

とたんに、助近が豹変《ひょうへん》した。ふいに中にいる別の者がしゃべり出したような、あまりの間のなさは病じみている。人が違ったように、唾《つば》をとばしながら騒ぎ立てた。

「哀れよの、助近。己《おの》が欲のために手に入れたものの、絵に魅入られて狂に囚《とら》われたか」

　雨月の表情が、変わった。慣れ親しんだ友のものではない。呑気《のんき》で穏やかな気配がかき消えて、侮蔑《ぶべつ》をあからさまにする。つかつかと床の間に歩み寄り、絵の前に右手をかざした。

「お待たせいたした、夢応殿。この淀んだ池より、解き放ってさしあげます」

　雨月の手から、まぶしい光が放たれた。助近と遊戯が、思わず目を瞑《つむ》る。

と、絵の中にいた鯉がゆらりと動き、跳ねるように外へととび出した。光り輝く金の尾を引きながら、滝登りのごとく天井へと舞い上がり、中空を自在にとびまわる。

「わしの、わしの鯉が……待て、どこへ行く！　行くな、行かないでくれ！」

　金粉をまき散らしてでもいるように、鯉が通った道筋には、金砂《きんしゃ》の跡ができる。それを懸命に助近は追いかけるが、鯉はするりするりとその手を逃れ、座敷の内をとび跳ねる。

「何だ？　いったい、何が起きているんだ？」

　秋成だけは、蚊帳《かや》の外だ。急に座敷中を走り出した助近の姿に、ただただ戸惑う。

「おまえは、座敷の隅にでもどいていろ。雨月さまの邪魔になる」

　なにせ見えないものは、手の打ちようがない。兎の助言に従って、隅の壁に張りついた。

金色に光り輝く鯉は、相手をからかうようにひとしきり座敷の内を泳ぎまわり、やがて外へと逃れてゆく。久方ぶりの日の光を喜ぶように、二、三度尾を跳ね上げながら、明るい日差しの中に、溶けて消えた。

「鯉は己自身だと、あの僧は言っていた。我らが目にしたのは、僧の魂なのだろうな」

秋成の耳許で、遊戯がもっともらしく呟いた。見えないまでも、僧の無念がすすがれたのならそれでいい。すっかり終わった気になったが、ひとりだけそうでない者がいる。

「おのれ……わしの鯉を……わしの金鯉を……」

血を吐いたような真っ赤な両眼が、恨みがましく雨月に注がれる。助近は、帯刀を許されているのだろう。手前の座敷にあった刀掛けから脇差を摑み、鞘《さや》を払った。

「雨月！」

秋成が止めようとしたが、間に合わない。雨月に向かって、刃物を握った右手がふり下ろされる。己の悲鳴だけが、座敷に虚しく響きわたる。

駄目だ、切られる――！

秋成が諦めた、そのときだった。雨月の姿がふいに消えた。一瞬、そう見えた。

「な……、とんだ……のか？」

助近は、あんぐりと口を開け、天井を仰いでいる。雨月のからだは、高く宙にとび、背中に天井がつきそうなほどだ。それだけではない、雨月が軽やかに下りたのは、畳ではなく、脇差の刃の先だった。

「馬鹿め！　おまえにこの私が、切れるものか！」

酷薄《こくはく》な嘲笑《ちょうしょう》は、やさしい友とはあまりにかけ離れている。さっき以上の違和感が、秋成を襲った。

憤怒《ふんぬ》にかられた助近は、無闇やたらに刀をふりまわす。その全てを、ひらりひらりとかわす姿は、まるで源《みなもとの》義経《よしつね》だ。五条大橋で弁慶《べんけい》と対峙《たいじ》する姿か、あるいは壇《だん》ノ浦《うら》での八艘《はっそう》飛《と》びか——。鯉とは違って、秋成の目にもそのさまがはっきりと映る。

「おれは、夢でも見ているのか？　雨月にどうしてこんな真似が……昔から、からだが弱くて、走ることさえままならぬはずが……」

「雨月さまの霊力故よ。決まっておるだろうが」

遊戯が我が事のように、威張《いば》ってみせる。

「霊力、だと？　だが、これではまるで……人ではないような……」

口にしたとたん、ふたたび悪寒に襲われた。

助近の雄叫《おたけ》びが、呼び水になったようだ。渡り廊下を走る足音が近づいて、人影が走り込んできた。気がふれたように刀を縦横にふりまわす姿に、いっとき茫然と立ち尽くす。

「兄上、何を！　何をしているのですか、おやめくだされ！」

弟の、十郎だった。背中から兄に抱きついて、懸命に押さえつける。ひ弱そうに見えていたが、背は兄よりだいぶ高く、見かけより腕力もあるようだ。厚みのある兄のからだに背中から馬乗りになり、長い手を伸ばして刀をとり上げる。

「放せ、十郎！　こやつが、こやつがわしの金鯉を逃がしてしまった！」

「目を覚ましてください、兄上！　金鯉の絵など、どこにもない！　あれは最初から、白紙だったではありませんか！」

「弟御にも、そう見えたか……おれの、見間違いではないのだな」

知らずに迷い込んでいた妖《あやか》しの世から、ふいに現《うつつ》に引き戻されたような気がした。秋成が息をつき、汗を拭う。

「なのに兄は、世に名高い『夢応の金鯉』を手に入れたと夢中になって……その日から、一歩も絵の前から動こうとしません。飲まず食わずで眠ることすらせず、ただ一日中、その絵を……いえ、絵だと言い張る白紙を、幸せそうにながめているのです。私には、どうすることもできず……」

「夢応さまの死は、知っていたのだろう？　兄が関わっているとは、思わなんだのか？」

秋成の問いに、弟がびくりと身を震わせる。

「そうであってほしくないと、念じておりましたが……」

「あの坊主が、悪いのだ……いく度乞うても、わしには譲らぬとの一点張りで」

弟に組み敷かれたまま、助近がふいに呟いた。

「あの日も、そうだった。このわしが、土下座までしたのだぞ！　なのに一顧《いっこ》だにしなかった。己の身を、心無い者に預ける気はないと踵《きびす》を返した……去ってゆく坊主頭が、どれほど憎らしく映ったことか！」

「兄上、まさか……」

「仕方なかろう！　あやつを引きとめる術は、それしかなかったのだ！」

「何、ということを……僧殺しは、五逆罪のひとつというのに……もう、平間家はおしまいです」

父母を殺すのと同罪で、犯せば無間《むげん》地獄に堕《お》ちるという。十郎の顔に、絶望が広がった。

しかし助近の口許には、笑みが浮かぶ。

「何を嘆くことがある。金鯉はわしのものになったのだ……未来永劫《えいごう》、わしだけのものに」

力の失せた弟の腕から抜け出すと、ふらふらと庭へとよろめき出でる。

「ほれ、見ろ……あのように金色《こんじき》に輝いて……あれが、わしの鯉ぞ、わしの金鯉ぞ……」

雨月にも遊戯にも見えない姿を追いながら、いくらも行かぬうちに、ぱたりと倒れ伏す。

弟が泣きながら駆け寄ったが、助近はすでに事切れていた。

「ひとつ、謎が残りましたな。肝心の『夢応の金鯉』は、いったいどこに失せたのでしょう?」

菜の花を散らした菜飯を頬張りながら、思い出したように遊戯が呟いた。

昼餉《ひるげ》の膳は、おたねが丹精してくれて、菜飯の他に、筍《たけのこ》とジャコの炒《い》り煮に、ワカメと根ミツバの和《あ》え物と、春の彩りにあふれている。あの日から、十日ばかりが過ぎていた。

「ふっふっふ……よくぞきいてくれたな、兎。その謎なら、おれがちゃあんと解いてきてやったぞ」

日当たりのいい縁側に膳を並べて、さし向かいで昼餉をとっていた。常のごとく、遊戯は雨月の膝に乗って、遠慮なく春の膳を満喫していたが、向かい側から秋成が得意げに鼻をうごめかす。

「昼前に、ひとりで野歩きをしに行ったからね、秋成は。その折に、豊島の噂種《うわさだね》でも拾ってきたんだろう?」

「雨月、先に種明かしをするな。せっかくの面白みが減るだろうが」

「能書きはいいから、さっさと話さんか」

秋成は不服そうな顔をしたものの、遊戯にせっつかれて仔細を語った。

「実は河原を歩いていたところ、この前の船頭に会ってな」

行方知れずになっていた絵の所在と、その後の顛末《てんまつ》は、船頭が嬉々《きき》として話してくれた。

「あの絵は何と、京にあったのだ！　ほれ、金鯉の絵を大いに認めていた、高名な絵師がおったろう。夢応殿はその絵師に、己の絵を託していたのだそうだ」

「どうしてまた、そのような？」

両の頰いっぱいに飯を詰め込みながら、遊戯が器用にたずねる。

「夢応殿は、重い病にかかっていてな。己の命が長くないと悟っていた。それで金鯉の預け先に、京の絵師をえらんだようだ」

「ますますわからん。そのまま寺に置いてもよかろうに」

「夢応殿は、絵と引き換えに、入用《いりよう》のものがあったのだ。それを得るために、歿《しぬ》る前日に、京に絵を送った」

遊戯はやはり腑《ふ》に落ちないふうに片耳を倒したが、その背中で、雨月がにっこりした。

「ああ、わかったよ、秋成……薬だね？」

「薬？」と、黒い鼻先を上向けて、兎は雨月を仰いだ。

「平間助近のために傷を負った、文二という漁師がいたろう？」

「ああ、我らが霞の中で見た、ふたりの子供たちの父親ですな」

「うん、その男の傷を治すための薬だよ、きっと。京には秘伝の妙薬が、たんとあるからね」

そのとおりだと秋成がうなずいて、兎が、ぽん、と前足を打った。

「なるほど、それでわかりましたぞ。あのとき僧侶は、子供らに良いものを授けると言っていた。あれは薬だったのですな」

「おそらく助近は、あのときのやりとりを耳に入れ、良いものの正体を、金鯉の絵だと勘違いしたんだね」

約束の二日後の朝、子供らより先んじて河原に行き、夢応を手にかけたのだ。亡骸《なきがら》の懐には、京の薬種屋《やくしゅ》が製した傷薬が入っていた。

二日後と言ったのは、打診をしてみたところ、絵師からすでに色好い返事をもらっていたからだ。

『急ぎ入用の由と察せられた故に、絵が届くのを待たず、薬種屋に注文を入れた。一両日中に薬は三井寺に届けられ、この先も文二の傷が癒えるまで、月に数度、必ず送らせよう』

三井寺に残されていた絵師の文にはそうあって、また夢応の死の報《しら》せを受けて、遅まきながら寺に駆けつけた絵師自身からも明かされた。

「助近とやらは、まこと愚かな。結局は、奴のひとり相撲であったというわけか」

鮮やかな緑の菜をくわえたままで、遊戯が呆れたため息をつく。

「あの弟は、どうしたんだろうね？　随分と応えていたようだけれど」

「おお、それなのだが。平間の家は代官を退いて、一切の財を三井寺に寄進したのだぞうだ。十郎自身も剃髪《ていはつ》して、三井寺の本山にあたる京の寺へと入ったそうだ」

兄の罪が公になれば、一族郎党に至るまで咎《とが》を受けるかもしれない。十郎はそれを避けたかったに違いない。代わりに自らの手で家の始末をつけて、生涯、夢応と兄の菩提《ぼだい》を弔《とむら》うつもりでいるのだろう。

「これで夢応殿の魂も、少しは救われたであろうか……」

「きっとね、大丈夫だよ」

雨月は微笑んで、ぱんぱんの腹で毛繕《けづくろ》いをはじめた兎をながめている。

その姿は、何とも呑気そうで、あの日の異な気配など微塵《みじん》もない。

「あれは、おれの見間違いだったのだろうか……」

日一日と濃さを増す春のにおいを嗅いだように、耳の後ろをかきながら、兎が鼻をひくひくさせた。

修羅《しゅら》の時《とき》

五月の宵、香具波志庵《かぐはしあん》はいつになくにぎやかだった。

寒林独坐草堂暁《かんりんどくざそうどうのあかつき》　三宝之声聞一鳥《さんぽうのこえをいっちょうにきく》
一鳥有声人有心《いっちょうこえありひとこころあり》　性心雲水倶了々《せいしんうんすいともにりょうりょう》

よく通る秋成《しゅうせい》の声が朗々と吟《ぎん》じると、別の声が応じる。

松の尾の峯静《しずか》なる曙《あけぼの》に　あふぎて聞けば仏法僧啼《ぶっぽうそうなく》

秋成の漢詩に対して、相手は古歌を返したが、どちらも仏法僧を歌っている。「ブッポウソウ」と鳴くことから、その名がついた仏法僧は、別名、三宝鳥《さんぽうちょう》ともいった。

「東作《とうさく》の『遍照発揮性霊集《へんじょうほっきしょうりょうしゅう》』に対して、悠然《ゆうねん》殿は『新撰六帖《しんせんろくじょう》』、藤原光俊《ふじわらのみつとし》ですな」

さらにこの場に座すもうひとりが、直ちに詩の出典を明かしてみせる。

東作とは秋成の通り名で、古い友であるこの男はそう呼んでいた。友に同行してきた客人の悠然が、いかにも嬉しそうに顔をほころばせる。

「いや、さすがは蒹葭堂《けんかどう》殿。浪速《なにわ》随一の知恵者と呼ばれるだけはある」

長い馬面に、筋の通った大きな鼻と、耳たぶがことのほかふくよかな耳が目立ち、あまり大きくない垂れ目は、常に柔和そうに目尻に向かって落ちている。どこか胡散《うさん》臭くも見える顔立ちなのだが、ひとたび厚い唇を開くと、この男の関心が混じりのない結晶さながらに、極めて純粋に知のみに向けられていることがわかる。

通り名は、坪井屋吉右衛門《つぼいやきちえもん》——。坪井屋は、大坂北堀江《きたほりえ》の瓶橋《かめばし》北詰にある大きな造り酒屋で、その主《あるじ》である。秋成はそれを縮めて、坪吉《つぼきち》と呼んでいた。

「悠然殿、坪吉はこう見えて、なかなかに面倒な男でな。浪速一では満足しない。西国一と評さねば、機嫌を損なう」

「大坂随一の面倒を誇るのは、おまえであろうが。東作にくらべれば、私なぞ可愛いものさね。とはいえ、西国一ではなく、日《ひ》の本《もと》一ではあるがな」

秋成の冗談に、輪をかけて応じる。才長《た》けて洒脱《しゃだつ》なこの男がいるだけで、宴はいやが上にも興を増す。どんな酒肴《しゅこう》よりも旨い魚を、古今東西から集め、存分に客にふるまってくれる。ただし魚はすべて、この男の頭の内にある。

本草学《ほんぞうがく》にかけては、秋成の医術の師である都賀庭鐘《つがていしょう》ですら、とうてい敵《かな》わないと兜《かぶと》を脱いだほどだ。文学にも秀《ひい》で、画家でもあり、蘭語を得意としラテン語すら解する。茶の湯に書画、骨董に篆刻《てんこく》、仏教学から博物学まで、ある意味手あたりしだいと言えるほどに、あらゆる学問や文芸、趣味に通じ、ことごとくひとかどの成果をあげている。

後の世に、「浪速の知の巨人」と称される、木村蒹葭堂《きむら》であった。

裕福な造り酒屋の長子として生まれたが、生来病弱で、また疳《かん》の強い子供でもあった。過ぎるほどに早熟で、幼いころから智慧《ちえ》の芽が、頭にいくつも生えているようなありさまだったのだろう。父親はそれを刈り取ることをせず、育てるよう促した。あるいは草木や花樹に触れさせることで、才能故に尖《とが》りがちな性をなだめる心算《つもり》もあったのかもしれない。息子に草木を植えさせ、世話をさせ、それは本草学へと開花して、後の博学多才への道に繋《つな》がった。

学識だけにとどまらない。蒐集家《しゅうしゅうか》としても名を馳《は》せていて、その蒐集物は、まるで彼の脳みその中身を、ひとつひとつ広げて見せたに等しい。最初は本草学のための植物標本にはじまって、やがては動物の皮や剥製《はくせい》にまで広がり、鉱物標本たるさまざまな石も好んで集めた。膨大な書籍と書画骨董も加わって、当人は冗談めかして日の本一と告げたが、決して大げさではない。蒹葭堂はまさに、この国一の博物館の様相を呈していた。

　蒹葭堂とは、もともとは彼の書斎の名で、蒹葭とは葦《あし》のことだ。庭に井戸を掘らせたところ、葦が出てきた。これを愛《め》で、名付けた蒹葭堂が、いつしか当人の呼び名になった。

「書画草木石玉鳥魚ニ至ル迄　和漢ノ品物皆アリ」と評したのは、『甲子夜話《かっしやわ》』を著した、肥前平戸《ひぜんひらど》藩主の松浦静山《まつらせいざん》である。

　その膨大な知恵と蒐集物を目当てに、学者や文人はもちろん、医者に絵師、果ては大名までもが、国中から蒹葭堂を目指してやってきた。生涯に会った人の数は、のべにすると実に九万人に達する。

　けれども、長年の友である秋成は知っていた。途方もない客人の数は、決して学識や珍奇な品だけに拠《よ》るものではない。学者然と気取ったところはどこにもなく、いたって気さくな人柄で、一方で面倒見もいい。

　秋成が堂島《どうじま》にいたころからのつき合いだが、火事で焼け出された折には、多過ぎる見舞金を包んでくれた上に、実に親身に先々の相談に乗ってくれた。

「亡き父には申し訳ないが、いっそ家業を畳んで医者を志そうかと……」

　突飛《とっぴ》極まりない策に、いのいちばんに賛成してくれたのもこの男だ。

「ほう、医者か。それは面白い。そうだ、医術の師匠は、都賀庭鐘先生にしなされ」

「都賀先生に？」

「東作も知ってのとおり、読本作者としても一流だが、医術の腕も相当なもの。東作の師匠にするには、誰よりも打ってつけな御仁《ごじん》です」

秋成も知らぬ仲ではなかったが、蒹葭堂はさらに昵懇《じっこん》の間柄だ。自ら都賀庭鐘に頼みにいって、あれよあれよという間に話がまとまった。真夏の働きアリのごとく、絶えず忙《せわ》しない男だが、その迷いのない後押しがなければ、二の足を踏んでいたかもしれない。

「色々と世話になったな、坪吉」

「なにをいまさら、水くさい。それより、せいぜい気張って教わりなされ。医術だけでなく、読本の勘所《かんどころ》もな」

垂れた目尻をいっそう下げて、秋成を加島村《かしま》へと送り出してくれた。秋成に学んでほしいのは、医術よりむしろ読本の方かもしれない――。

友の思惑を、いや、思いやりを察したのは、そのときだった。

「それにしても、雨月《うげつ》さんと会えぬのは、かえすがえすも残念ですわ」

猪口《ちょこ》をくいとあおり、蒹葭堂が思い出したようにため息をこぼす。酒はむろん、坪井屋が造った上物だが、あいにくと秋成は一滴も呑めない。代わりに羊羹《ようかん》やら饅頭《まんじゅう》やら甘いものも、土産にもってきてくれた。

「すまんな……あいにくと、隣村の親類の家に出かけておってな」

少々ばつが悪そうに、秋成が告げる。この香具波志庵の主の姿はなく、居候《いそうろう》たる秋成が客を迎えて、かれこれ半日が経っている。すでに日はとっぷりと暮れて、今夜はここに泊まるようにと、雨月の母の八百《やお》から許しも得ていた。

「ま、ふいに訪ねてきたこちらが悪い。悠然殿が伊丹《いたみ》に向かわれるときいてな、加島村は通り道にあたる。せっかくだから、東作にも引き合わせてやろうと思ってな。私も見送りがてら、ここまで来たというわけよ」

「蒹葭堂殿には、まことにお世話になり申した。見ず知らずの旅の者たる私を、快く泊めてくだされて。あまりに居心地がよいもので、うっかり半月以上もご厄介になりました」

「気に病むことはありませんぞ、悠然殿。坪吉には茶飯事ですし、宿賃なら、旅の話種だけで十分に釣りがくる」

さようさようと、蒹葭堂も長い顔をうなずかせる。

「おまけに悠然殿は、句や歌にはことのほか通じておられる。無腸《むちょう》には、打ってつけの相手だと思ってな、こうしてお連れした」

無腸とは秋成の俳号であり、同様に、悠然もまた本名ではなかろう。

蒹葭堂は、秋成のふたつ下になるが、悠然はおそらく、ふたりより十歳ほどは上だろう。五十がらみの男で、頭を丸めていたが、僧籍に入ったわけではないと悠然は語った。

「隠居の身と相なったのを汐《しお》に、これまでのしがらみをすべて忘れて、旅の俳人として生きることにしました。芭蕉《ばしょう》のような暮らしに、憧れていたのでしょうな」

小作りで穏やかな風貌だが、姿勢の良さや言葉の端々に名残が見てとれる。

「もしや悠然殿は、お武家の出ですか？」

「いかにも。二年と半年ほど前までは、江戸におりました」

小禄《しょうろく》の御家人だったと、出自を明かす。芭蕉に焦《こ》がれていただけあって、最初はみちのく路を辿《たど》り、西国に転じたのは一年ほど前だという。

「武家とはいえ、貧しい御家人の家柄故、わずかな路銀《ろぎん》はすぐに底を尽きましたが、幸いにも旅先で多くの善《よ》き人に巡り合うことができ申した。その方々の縁や親切にすがって、旅を続けております」

「いや、それもひとえに、悠然殿のご人徳でありましょう」

武家とは思えぬほどに腰が低く、また俳句だけではなしに、書も上手いという。田舎へ行けば、そのような文人や絵師は大事にされて、寺や物持ちの家に泊めてもらえる。一宿一飯の恩に、句や書を残したり、あるいは手紙の代筆などをこなせば村人も喜んでくれる。一方で大きな街に行けば、文人や数寄者《すきしや》のたぐいも数多《あまた》いて、同族の来訪は歓迎される。向かう方角を告げれば、どこそこにこれこれこういう者がいると紹介もしてくれよう。

悠然が語った、他人の縁や親切とは、そういうことだ。伊丹での滞在先もまた、蒹葭堂の数ある友人のうちのひとりだった。

「こんなにのんびりと、ひと所に長くいたのは初めてです。おかげさまで、良い骨休めができ申した」

「半月なら、さほどの長《なが》っ尻《ちり》ではございますまい。どうせなら、もう半月ほど腰を据えてはいかがです？　百の客人が百一になったとて、坪吉には何の障りもありませぬ故」

「私もお引き止めしたのだが、足が逸《はや》ると申されてな」

「どうも、ひと所に長く留まれぬ性分でござってな。お気持ちだけ、有難く」

「旅とは、それほどまで心逸るものですか。私のような者には、うらやましい」

ついしみじみとため息をつくと、悠然の表情にかすかな憂いの影がさした。

「根なし草のような暮らしですから、不安がないと言えば嘘になります。それでも何といいましょうか……心細い旅寝だからこそ、生きている有難さも強く感じられます。いまはできるだけ長く、旅が続くことだけを祈っております」

悠然の心からの願いであることは、口ぶりから十分に察せられた。

「それに、句や歌を存分に旅の友にできるのは、私にとっては何よりの幸い。武家はどうも、性に合いませんでな。風流からは程遠い日々に、嫌気がさしておりました」

「だそうだ、東作。おまえとは、気が合いそうだろう？」

「何の話だ」と、むっつりと返す。

「悠然殿、武家と町人の違いはあれど、この東作もまた、家業より風流を好む男でしてな」

「どうせおれは、商人には向いておらんわ。ほっとけ！」

ふたりのやりとりに、悠然が口許《くちもと》をほころばせる。

これほどの趣味人にもかかわらず、蒹葭堂は、家業の造り酒屋も立派にまわしている。構えの大きな店であるだけに雇人も多く、しっかりした番頭や手代《てだい》のおかげもあるだろうが、商売ですら、この男にとっては趣味の延長であり、面白きものとして捉《とら》えているふしがある。器用というよりも、興の乗る範疇《はんちゅう》が恐ろしく広いのだ。

その点だけは、日頃からうらやましく思えてならなかった。

秋成の羨望に、大きな鼻の中をくすぐられでもしたように、蒹葭堂がくさめをした。

今日は暦の上では、入梅になる。梅雨はまだ大坂にまでは届いていないものの、湿っぽく生暖かい宵だった。客のふたりは、もっぱら冷やで過ごしていたが、やはり日が落ちると燗《かん》が恋しくなるようだ。

蒹葭堂が所望して、秋成が気軽に腰を上げる。母屋に行き、女中のおたねに頼み、ついでに厠《かわや》に行く。座敷に戻る前に、もうひとつ寄り道をした。

この香具波志庵は、四方をぐるりと縁が囲んでいる。廊下代わりに伝って裏へとまわる。客のいる座敷より他に灯りはなく、裏庭に面した縁側に、雨月がつくねんと座っていた。


「なあ、雨月。少しでいいから、客間に顔を出してみないか？　坪吉も悠然殿も、気難しいところなぞどこにもない。おまえともきっと、話が合うと思うぞ」

友のとなりにしゃがみ込み、秋成が熱心に説く。この離れの主《あるじ》たる雨月が、隣村に出かけたというのは嘘だった。ふたりの客が来たとたん、まさに脱兎《だっと》のごとく雨月は逃げてしまい、不在だと言ってくれとの一点張りだ。

嘘をつくのは気が引けたが、他に言い訳のしようもない。そのかわり、客を早々に追い出すような真似もしなかった。

この庵は、襖《ふすま》をすべて閉めきれば、四つの部屋となる。西南が、客間を兼ねた居間であり、雨月は反対側にあたる、東北の六畳間を使っていた。日当たりは悪いのだが、雨月は前庭よりも、苔《こけ》むして風情《ふぜい》のある裏庭を好んだ。残るふたつが秋成の寝所で、夏は日を避けて西北に、冬は日を乞《こ》うて東南にと、気ままに使い分けている。

客のふたりには、どちらかを宛《あて》がえばよいと、泊めることも厭《いと》わなかった。

「私の人見知りは、秋成も知っているだろう。せっかく興が乗って、座が盛り上がっているところに、いまさら顔を出すのも気が引ける。私のことは構わなくていいから、秋成は楽しんでおいで」

最前と同じように返されて、秋成が両の眉尻を落とす。

「しかしなあ、庵の主をさしおいて、どんちゃんやるというのもおかしな話だし、どうもおまえのことが気になってなあ。何やら尻が落ちつかんのだ」

「秋成は、寂しがりだからね。誰かがひとりぼっちでいると、耐えられないんだ」

「……寂しがり？　おれが？」

意表を突かれて、にわかに戸惑う。いまのいままで、そんな己を感じたことはなく、雑事を離れて、俳句や書き物に没頭したい気質《たち》だから、むしろ独りを求めていると、そう思っていた。

「人は誰しも、寂しいものだ。どんなに周りに人を集めたところで、根本の寂しさは埋められない。よりいっそう人を求めるか、あるいは求めることに疲れ果て、自ら殻に籠《こ》もり背を向けるか――どちらも寂しいことには変わりない」

闇に湿った庭に目を向けながら、雨月は淡々と語る。輪郭しかとらえられない横顔をながめていると、ついその問いが口を突いた。

「おまえは、どうなんだ……雨月？」

「私には、寂しいという気持ちが、よくわからない。頭ではね、わかっているんだ。こうして言葉にできるのだからね。ただ心では、感じられない。秋成を見て、母上を見て、おたねを見て、そういうものかと理屈だけは呑み込めたが……」

どうしてだろう――。にわかに胸が絞られるほどに悲しくなった。

「そんなことを、言うな……」

「秋成……」

雨月が初めてふり向いた。少し驚いているのが、気配でわかる。

「もしかして、泣いているのか？」

「泣いてなぞ、おらんわ！　ただ、おまえにそんなことを言われると、こちらが苦しくなる……おれやおまえの母上やおたねが傍にいるというのに、何の甲斐もないようで、情けなくてたまらなくなる」

涙こそ堪《こら》えたものの、顔が歪《ゆが》む。互いの表情が読めないほどの暗さが、いまは有難かった。それでも雨月は、じっと秋成に目を凝らす。

「もしかすると、逆なのかもしれない。いま、気づいたよ」

「何のことだ？」

「ずっとずっと長いこと、寂しいままでいたものだから、かえってわからなくなっていた……寂しいがあたりまえ過ぎて、嘆くことも感じることもせずにいた。ただ、それだけなのかもしれない」

雨月はつと視線を外し、今日は雲に隠れて見えぬままの月を仰いだ。

「ここに置き去りにされたあの日から、私が生まれたあの時から、私はずっと独りだったのだから――」

「雨月……何の話だ？　置き去りとは、いったい……」

「いや、話は終《しま》いだ、秋成。すべてを明かすほど、私はお人好《よ》しではないのでね」

やはり、意味はわからない。ただ、それ以上の問いは無用だと、暗にさえぎられた。秋成の屈託《くったく》を払うように、雨月の気配が解《ほぐ》れた。

「それに、別の客も来たようだしね」

と、裏庭の向こうに黒々と浮かぶ林をながめる。まるで応えるように、即座に鳥の声がした。

ブッポーソー、ブッポーソー……。

「仏法僧か……さっきもきこえたが、この辺りではめずらしいな」

秋成も林に目を転じたが、当然、夜陰に紛れて姿は見えない。だいぶ昔になるが、一度だけ姿を目にした。カケスに似た鳥で、頭や尾羽は黒いが、腹は青緑色。嘴《くちばし》の鮮やかな赤と相まって、意外なほどに美しい鳥だった。渡り鳥であるらしく、夏の前後しか姿を見かけないと、土地の者が言っていた。

両親や姉と一緒に、河内《かわち》の杵長山《しながさん》まで遠出をしたときだ。杵長は、科長とも磯長とも書き、用明《ようめい》天皇陵や聖徳太子墓がある。季節はちょうどいま時分、夏の浅いころで、野歩きにはちょうどいい日和《ひより》だった。案内をしてくれた土地の者が、梢《こずえ》にとまった鳥を指さして、あれが仏法僧だと教えてくれたのだ。

「ブッポーソーとは、鳴いていないじゃないか」

えらく耳障りな声で、ギャギャギャギャッと騒々しい。子供の不審な目に、案内の爺《じい》やは顔中にしわを刻んで笑った。

「そら、いまは昼間だで。夜になれば、ちゃあんとブッポーソーと鳴きなさる。仏さまの三宝を唱えてくださるのだからな、ありがたや、ありがたや」

鳥に向かって手を合わせていた老爺《ろうや》の丸い背が、妙に心に残っていた。

三宝とはすなわち、仏・法・僧。仏の三つの宝をさし、故に仏法僧は、三宝鳥ともいわれる。先ほども、「仏法《ぶっぱん》、仏法《ぶっぱん》」と鳴く声に惹かれて、つい思わず仏法僧に由縁した漢詩や和歌を吟じていたのだ。

しかし人には有難く届く声も、妖《あやか》しには別の意味をもつようだ。

「仏法僧の声がすると、遊戯《ゆうぎ》が急に剣呑《けんのん》になってね」

「そういえば、生意気兎《うさぎ》の姿が見えないな。いつもおまえに張りついているというに」

辺りを見回したが、焦茶色の子兎の姿はなく、また気配もない。

「遊戯はね、ちょっと隠密《おんみつ》に行ったんだ」

「隠密、だと？」

「仏法僧の声がしたとたん、耳がかゆいとか、鼻がすんすんするとか言ってね」

ひとりで探索に出ていったという。秋成が首を傾《かし》げたところに、折良く子兎が戻ってきた。裏庭を身軽く越えて、沓脱石《くつぬぎいし》から雨月の膝へと着地する。

「おかえり、遊戯。隠密の首尾はどうだった？」

「まだ、少し遠いようで、しかとは摑《つか》めませんでしたが……危ないものが近づいておるのは確かでございます。おそらく、あの仏法僧が呼んでおるのでしょう」

外側はあたりまえの子兎だが、中身は兎の妖しだ。いつになく緊張した声で、雨月に告げた。

「三宝の声をもつ仏法僧が、危うきものを呼ぶだと？　きいたためしがないぞ」

雨月を主とも仰ぐ一方で、秋成のことは三下《さんした》よりさらに格下に見ている。あからさまな侮蔑のこもったため息を、ぶう、とひとつつく。

「まったく、これだからおまえはどうしようもない。仏法僧は、いわば魔を呼ぶ鳥よ。私に言わせれば、仏法僧ならぬ物騒鳥《ぶっそうどり》よ」

物騒鳥とは、きき捨てならない。詳しく話せとせっつくと、兎はさも面倒くさそうに尻を向ける。とりなすように、雨月は膝元の兎に言った。

「仏法僧については、私もよくは知らないんだ。教えてもらえるかい、遊戯？」

「お任せくださりませ、雨月さま」

ころりと態度を変えるさまは、まことに可愛くない。

「所詮は鳥ですから、仏法僧そのものには、何の悪心も邪気もありませぬ。ただ、それを有難がる故に、人には障りがあるのです」

「まったくわからんぞ」

「おまえの脳みそは、雀《すずめ》より少ないからな。三日説いても無駄に終わるわ」

「兎よりは、よほどたっぷり詰まっておるわ！」

寄れば触ればこの調子だ。こちらも飽きもせず、まあまあと雨月がなだめる。

「鳥の声に、別の意を見出すからこそ、禍々《まがまが》しいものを呼び寄せる隙《すき》となり得る――つまりは、そういうことだね？」

「さすがは雨月さま。やはりがさつとは違って、察しがようございまする」

兎の嫌味には目をつむり、秋成が続けろと雨月に促す。

「仏法僧の声は、有難いと尊《たっと》ぶ心とともに畏怖《いふ》を生む。夜にしか耳にできないからなおさらだ。怖《おそ》れは魔を引き寄せ、知らぬ間に狭《はざま》の扉を開けさせる――」

いつもの友の声が、庭の苔が溜め込んだ滴《しずく》を帯びたように、妙に湿っぽくきこえる。ぶるりと身震いして、秋成は問いを重ねた。

「兎が言った危ういものとは、そのことか？　おれの目には映らぬ、不吉な物《もの》の怪《け》か？」

「いや、そうではない。魔を存分にからだに巻きつけた、生き物だ。それだけは察せられるが、果たして人なのか獣なのか鳥なのか、未だ遠すぎてそこまではわからぬ。ただ、何に惹かれておるかはわかる——仏法僧と、おまえの客人だ」

「……客、だと？」

ごくりと、喉が鳴った。

「まさか、坪吉……木村蒹葭堂か？　それとも……」

「秋成、おまえの友なら、案じるにはおよばない。いまという生を、あれほど謳歌《おうか》している者はいないからね」

「まことに。あれほど我らと縁遠い者は、滅多におりませぬ。がさつ以上に鈍うございますからな」

ひどい言われようだが、ひとまず蒹葭堂には障りはないようだ。安堵しながらも、別の心配が頭をもたげる。

「それでは、魔を寄せているのは……悠然殿ということか」

いかにも、と兎が大きくうなずく。

「悪いことは言わぬ。いますぐこの庵から、追い出した方がよいぞ。さもなければ、がさつにも友にも累《るい》がおよぶ」

「こんな闇夜に外に放り出すなぞ、できるわけがなかろう！　悠然殿が妙なものに難儀しておるというなら、逆に匿《かくま》ってやらねば」

「あたら命を縮めることになっても、知らぬぞ」

「秋成、よくよく気をつけた方がいい。いざとなったら、おまえの友を連れて逃げるんだよ」

ぷい、と兎にそっぽを向かれ、雨月にまでそんな念を押されて、柄にもなく胃の腑《ふ》がひとまわり縮こまった心地がする。

客の待つ座敷に戻ると、間延びしたような馬面が呑気《のんき》に迎えてくれた。


「ずいぶんと、長っ尻だったな。腹でも壊したか？」

蒹葭堂から揶揄《やゆ》がとんだが、まもなくおたねが燗をした酒を届けてくれて、ついでに肴《さかな》やら飯やらも運んでくれた。

ふたりの客は、蛸《たこ》のやわらか煮や、甘辛い味噌で和《あ》えた茄子《なす》に舌鼓を打っているが、呑めない秋成は早々に飯にした。滅多にない客の来訪に、おたねが気を入れて腕をふるってくれたのだろう。焼いてほぐした鯵《あじ》とさやえんどうを酢飯に混ぜて、金糸卵を載せた、目にも鮮やかなちらし寿司だった。

初夏の風味が心地よく鼻に抜けたが、それでも先刻の話が耳から離れない。秋成は、皿に盛った寿司を平らげると、客に向かって切り出した。

「おれが厠に立った折にも、仏法僧の声がしきりにしていた。おまえはきいたか、坪吉？」

どうやら話に興じていたらしく、気づかなかったと蒹葭堂は首を横にふる。

「いや、田舎とはいえ、この辺ではあまり耳にしない。めずらしいなと思ってな」

悠然は、歳のせいもあってか物腰は落ち着いていて、浮ついたところなどどこにもない。まさか魔を呼ぶ鳥を、あなたが伴ってきたのですか、ともきけず、秋成はしゃもじで二杯目のちらし寿司を皿によそった。黙ってそのようすをながめていた悠然が、口を開いた。

「もしかすると、あの仏法僧は、私を追ってきたのやもしれません」

「え！」

驚いて、しゃもじを寿司桶《おけ》に落としてしまった。

「追ってきたとは、どういう……」

真剣な顔の秋成に、うっすらと笑みを返す。

「どうか、戯言《ざれごと》と思うておききください。大坂へ来る前、私は高野山《こうやさん》に詣《もう》でまして。お山でも、仏法僧の声をききました。この地で耳にするのは吉兆と、喜んでいたのですが……その晩、何とも不吉な夢を見ましてな」

「不吉な夢とは、どのような？」と、蒹葭堂が身を乗り出す。

「いいえ、夢の中身は、たいしたことではございませぬ。いかにも身分の高そうな公達《きんだち》と家来たちが、酒宴を開いていた……ただ、それだけで」

公達は、烏帽子《えぼし》と直衣《のうし》をつけていた。色白で顔立ちも上品であるから、最初は公家と見紛《みまご》うたそうだが、家来たちの出立《いでた》ちは武家のものであった。酒席で論じているのも、古《いにしえ》の和歌についての解釈と、まことに雅《みやび》やかである。悠然は、その華やかな光景を、ただながめていたという。

「和歌というのは、どのような？」

「弘法大師《こうぼうだいし》の詠んだ一首ですが、歌そのものは、私にとってはさほどの意はありません」

わすれても汲《くみ》やしつらん旅人の　高野《たかの》の奥の玉川の水

この歌に添えられた詞書《ことばがき》がよくないとか、歌の心や大師の意図が歪められているとか、家来を相手にしきりに論議していたが、話が進むうち、悠然には公達の正体が見えてきた。

「その貴人が、家来たちの名を呼んでいたのです。常陸《ひたち》、白江《しらえ》、熊谷《くまがえ》と。また、見目麗《うるわ》しき小姓《こしょう》は、万作《ばんさく》と呼ばれておりました」

「常陸、白江、熊谷に、万作……待てよ、どこかできいたことがあるような……」

秋成の呟《つぶや》きに、蒹葭堂が膝を打つ。

「そうか、秀次《ひでつぐ》公か！」

なるほど、と秋成もたちまち得心し、さようです、と悠然が深々とうなずく。

秀次は、関白・豊臣秀吉の甥《おい》である。秀吉の養子となり、自身も関白に上ったが、秀吉に実子の秀頼《ひでより》が生まれたことで位を追われ、二十八歳の若さで自刃《じじん》した。秀次が切腹した場所こそが、高野山なのである。

常陸とは木村常陸介《ひたちのすけ》、白江は白江備後守《びんごのかみ》、熊谷は熊谷大膳亮《だいぜんのすけ》、万作と呼ばれていたのは、美少年のほまれ高かった不破《ふわ》万作であろう。いずれも秀次の忠臣であり、主と相前後して切腹した。

「実は……私の先祖もまた、秀次公にお仕えしていた家臣でしてな」

「まことですか！」と、秋成が目を剝《む》く。

「とはいえ、位の低い足軽ほどの身分でしたから……幸いにも命を永らえたときいております」

「かれこれ百七十年ほども前のこととはいえ、あれはほんに酷《むご》い仕打ちでしたからなあ……」

兼葭堂ですら伏し目がちになり、暗いため息をもらした。一方の秋成は、見当違いの方角に怒りをぶつける。

「あればかりは、高野山のやりようが情けない。何百年も続いた『守護不入《しゅごふにゅう》』の戒《いまし》めをあっさりと破り、秀次公の首をさし出すとは。『慈悲心を捨て、義を外にし、利を重んずるものかな』と、人々に憎まれるのもあたりまえだ」

「そりゃ、天下の太閤《たいこう》さんに脅されては、高野山も従うしかなかったろう」

「いいや、荒木村重《あらきむらしげ》の残党を匿って、かの織田信長と正面から対峙《たいじ》した高野聖《こうやひじり》が、ほんの十四、五年下っただけで、宗旨替えをするとは承服できん」

「そのために織田方に、数百人もの高野聖が殺された。そこから長いものには巻かれろと、学んだということさね」

政教分離とは西洋の言葉だが、ひと昔前までは、同じ信念がこの国の寺にもあった。しかしいまや、寺は見事に徳川に掌握され、かつてないほどの隆盛を誇る一方で、政治の片棒をしっかりと担いでいる。その体《てい》たらくは、この秀次の始末にはじまったと、秋成はぶつくさと持論をもらす。その横で兼葭堂が、ふたたびため息をもらした。

「私には、秀次公のご妻子が、何より哀れでなりませんわ……未だに三条河原《さんじょうがわら》の語り草になっておりますからな」

　秀吉は、甥の切腹だけでは飽き足らず、その係累を根絶やしにした。三条河原に秀次の首を据え、その前で妻妾《さいしょう》から子供、侍女や乳母に至るまで、女子供ばかり実に三十九人を斬首した。あまりの酷たらしさに、物見高い京雀《きょうすずめ》たちですら目を覆ったと伝えられる。

「養子とはいえ、一度は跡継ぎに据えた身内ではないか。どうしてそこまで憎まねばならなかったのか……狂に囚《とら》われていたとしか思えぬわ」

「天下の太閤秀吉も、老いには勝てなかったということだろうな。倅《せがれ》は幼く、我が身は弱る。周りの何もかもが信用できず、片端から潰さねば安堵できない。老醜以外の何物でもないわ」

　秋成と蒹葭堂が口々に述べると、傍らからぽつりと声があがった。

「身内だからこそ、許せなかったのかもしれません」

「悠然殿……」

「他人なら仕方ないと思えることも、身内となれば違《ちご》うてきます。よく知っているが故に見方も厳しくなり、小さな過《あやま》ちすらも見過ごしにできない」

「たしかに……たとえ粗相《そそう》をしても、相手が異人なら諦《あきら》めもつきますしな」と、蒹葭堂がうなずく。

「だが、身内同士の殺し合いなど、おれにはとうてい割り切れぬ。それではまるで、修羅ではないか」

はっ、と悠然が顔を上げた。見開いたその目が、ひとたび秋成を見詰め、それからゆっくりと陰ってゆく。

「どうなされた、悠然殿」

「……夢の最後に秀次公が、同じ言葉を吐かれていた故……はや修羅の時にや、と」

「修羅の時……」

夢の中の酒宴は、唐突に終わりを迎えた。家臣のひとりが血相を変えて現れて、阿修羅たちが迎えにくると申し述べた。

死後に行きつく六道《りくどう》のひとつが、修羅である。阿修羅という鬼神が、生前に猜疑心《さいぎしん》強く闘争を好んだ罪により、死後も常に戦いに明け暮れしている。秀次たちもまた、同様であるようだ。たちまち顔に血をふりまいたような形相に変じ、次々と勇み立つ。

『いざ、石田《いしだ》、増田《ました》が徒《ともがら》に今夜《こよい》も泡吹《ふか》せん』

家来たちは口々に叫んで、その場を立った。石田、増田とは、石田三成《みつなり》と増田長盛《ながもり》であろう。ともに秀吉の側近で、五奉行を務めていた。秀吉に讒言《ざんげん》し、秀次を陥《おとしい》れたとも伝えられる。

「秀次公も立ち上がり、そのときはじめて私をふり返られて、目が合いました。そうして、申されたのです。『おまえたちも、修羅道に連れて参る』と……」

夏の宵に寒気を覚えたように、ぶるりと悠然が身震いする。

聞き手のふたりにも、思わず緊張が走ったが、秀次一行が雲の彼方に遠ざかってゆき、夢はそこで終わったときかされて、ほっと胸を撫《な》でおろす。

「いや、夢とはいえ奇怪《きっかい》な。下手な怪談話よりも恐ろしいですなあ」

「まことに。……しかし、ひとつだけ解《げ》せぬことがある。秀次公は、おまえたち、と申されたと仰いましたが。夢の中に、他に誰かいたのですか？」

「私は目にしてはおりませんが……秀次公の達しを受けたとき、たしかに背中に人の気配がしました。あれは、もしかしたら……」

秋成はこたえを待ったが、悠然はそのまま口をつぐんでしまった。

無理強いもできず、ふう、と気を抜いたが、その折に生暖かいものが首の裏に張りついて、ぎゃあっ、と叫んでいた。蒹葭堂と悠然が、びっくりしてのけ反《ぞ》る。

「なんだなんだ、東作、脅《おど》かしっこはなしにしてくれ」

「す、すまん。こいつが急に、襟首にとびついたものだから」

首から引《ひ》き剝《は》がしたものを、客の前にぶら下げる。焦茶色の愛らしい毛のかたまりに、たちまちふたりが相好《そうごう》をくずす。

「また、何とも可愛らしい。東作には不釣り合いだがな」

「雨月が飼っておる兎だ。可愛いのは見てくれだけで、根性悪な上に食い意地ばかり張っておる」

脅かされた腹いせに、ここぞとばかりに罵《ののし》った。大方、酒や肴が目当てだろうと思っていたが、遊戯はさっさと秋成の懐に潜《もぐ》り込む。すぐさま憎まれ口が返ってきた。

「雨月さまに言われた故、仕方なく来てやったのだ。有難く思え」

「急に来て、何だ、その言い草は」

兎の声は客たちにはききとれないほどに小さく、秋成が口の中で呟く声も、長い耳にはちゃんと届く。

「危うきものの正体が摑めた。真っ直《す》ぐにこちらに向かっておる」

「正体とは、何だ？　死霊《しにだま》か、化け物か？」

「雨月さまが、先に申しておったろう。本当に恐ろしいのは、妖しなぞではない……人間よ」

え、と思わず懐に目を落とす。

「ここに来る危うきものとは、人だというのか？」

遊戯はこたえず、「来るぞ」とだけ告げた。

耳をすますと、兎の言葉どおり、足音が近づいてくる。ただし耳慣れた少し重めの足音で、母屋と離れの庵のあいだに配された敷石を伝ってくる。

「あれは、おたねではないか？」

「いや、もうひとりいる。そいつが、魔に憑《つ》かれた危うき者だ」

不吉な予言に戦慄《せんりつ》したが、障子の陰から覗《のぞ》いたのは、見当どおりの丸顔だった。

「仙次郎《せんじろう》さま、もうおひと方、お客さまがお見えですよ。今宵は千客万来ですね」

「客とは……いったい誰だ？」

つい声が上ずってしまったが、顔もからだも丸い女中は朗らかにこたえる。

「若いお武家さまで、日も暮れたので迎えにいらしたと……さ、こちらへどうぞ」

大柄な女中の陰から、ひとりの武士が現れた。かなりくたびれた旅装束で、歳は二十代後半と思われる。その顔を見たとたん、どこかで会ったような奇妙な感覚に襲われた。

秋成の背後で、呻《うめ》くような呟きがもれた。

「三十郎《さんじゅうろう》……」

「お久しぶりです、父上……二年半ぶりになりますな」

「父上、というと、悠然殿の……？」

「はい……家督を継いだ、三十郎にございます」

蒹葭堂の問いにそうこたえたが、久方ぶりの親子の再会とは思えぬほどに、互いのあいだには固い緊張がただよっている。不穏な気配は、女中も察したようだ。にわかにおろおろしはじめたおたねを、秋成は急いで下がらせて、新客への酒肴はひとまず必要ないと小声で言い添えた。

女中の姿が消えると、悠然が重そうに口を開いた。

「ここに来たということは……おまえが追手を命じられたか？」

「さようです。殿直々《じきじき》に、父上の……いいえ、謀反人《むほんにん》の枚方正守《ひらかたまさもり》を捕えよとのご上意を受け申した」

謀反とは、町人のふたりにとっては芝居の中の出来事だ。半ば呆気《あっけ》にとられながら、成り行きを見守るよりほかに為《な》すすべがなかった。

それまで穏やかだった悠然の面《おもて》に、紛れもなく武士の気骨と呼ぶべき厳しいものが浮かび、絞り出すような重々しさで告げた。

「わしは、悠之進《ゆうのしん》さまを、殺《あや》めてなぞおらぬ！」

「父上がいくら申し開きなされようと、江戸屋敷の者たちは、誰もがそのように……」

「あれはまさに濡《ぬ》れ衣《ぎぬ》だ！　家中に根も葉もない噂を立てられて、やってもいない罪を着せられたまま、自刃せよと申すのか！」

「かような噂が立つこと自体、武士にとっては恥でござろう！　潔《いさぎよ》う腹を召されるのが、我が枚方家を救う唯一の手段でありましょう」

何となく仔細《しさい》が呑み込めてはきたものの、親子の気配は剣呑になるばかりだ。秋成とてどうにもできず、はらはらと見守るしかなかったが、この緊迫したやりとりに、もっさりと割って入る者がいる。言わずと知れた蒹葭堂である。

「あー、悠然殿。できれば私らにもわかりよく、初手《しょて》から話してはいただけませぬか」

「わきまえよ。町人の分際で、武家の悶着《もんちゃく》に立ち入るとは何事か」

倅にひとにらみされても、間延びしたような馬面は呑気なままだ。これはご無礼を、とひとまず頭を下げたものの、しゃあしゃあと後を続ける。

「どうも最前に伺《うかご》うた悠然殿の出自とは、少々食い違《ちご》うておるようにも思えましてな。江戸の御家人との申しようは、偽りでございますか？」

「面目《めんぼく》ない、蒹葭堂殿……追われる身であった故、まことの身の上は明かせませなんだ……手前は、伊勢《いせ》国のさる大名家で用人《ようにん》を務めておりました。名を枚方正守と申しますが、主家の名は、何卒ご容赦ください」

どうやら口ぶりからすると、二万石に満たない小大名であるようだ。江戸にいたというのは本当で、大名家の江戸上屋敷に勤めていたという。用人とは、大名家の内では家老に次ぐ要職で、勘定や庶務などの実務を担《にな》っていた。

「なるほど、貧しい御家人にしては、立ち居に品があると思うていましたが、さように立派なお家柄でしたか」

「お役目は曲がりなく務め上げましたが……正直なところ面白みはなく、向いているとも思えませんでした」

「風流好きなお人なら、無理もありませんなあ」

「仰るとおりです。四年前に、この嫡男《ちゃくなん》に家督を譲ってからは、さらに熱が入りまして。まさに句会歌会三昧《ざんまい》でありましたが、その噂をききつけた殿より、新たな役目を賜《たまわ》りました。十四歳になられた若殿、悠之進さまの学問相手にございます」

学問相手には、同じ年頃の若者が据えられるためしが多いそうだが、すでに隠居した身の悠然が指名されたのは、俳句と和歌に通じていたからだ。悠之進もまた風流を好み、絵画や茶道などにも秀でていたが、何より好んだのはやはり俳句や詩歌のたぐいだった。

「歳は離れておりましたが、若さまと私は、まことに気の合《お》うた友のような間柄でした。ちょうどあなた方、おふたりのように」

懐かしさと切なさが交錯した、泣き笑いのような表情を浮かべた。趣味というものは、不思議なものだ。歳や経験、身分すら、たちどころに消してしまう。その有難みは、歳をとるほどに得難く、かけがえのないものに思われる。趣味人たるふたりには、その心境が手にとるようにわかった。しかし愉《たの》しい日々は、わずか一年半で終わりを告げた。

「その悠之進さまが、身罷《みまか》られたと知らされたとき、どんなに辛く、苦しい思いをしたか！」

色のさめた袴《はかま》を、両手でぎゅっと握りしめる。口許を食いしばり、目には涙がにじんでいた。悠然にとっては、孫を亡くしたに等しい慟哭《どうこく》だったに違いない。

「まだ、たった十五であったのに……心根のおやさしい、利発なお方であったのに……」

それ以上、抑えきれなくなったのだろう。悠然が嗚咽《おえつ》をもらし、握った拳《こぶし》や袴の上に、涙のしずくがぱたぱたと落ちる。

「先ほどのやりとりからすると、もしや若殿が亡くなられたのは……」

「毒を盛られたのでござる」

図らずも、激情を堪える父に代わって、秋成の臆測に息子がこたえた。

「むろん、御上《おかみ》には病死と届けましたが……おつきの者の話では、菓子を口にして、にわかに苦しみ出されたそうな。お匙《さじ》の手当も甲斐なく、そのまま息を引きとられ、その医者も毒に相違ないと断じた」

「ですが、それがどうして悠然殿だと……」

「その菓子は若殿の好物で、父がよく屋敷に届けさせておりました。その日も菓子屋の手代だという者が――常の手代とは違ったそうですが――屋敷に菓子を納めにきました」

「それだけで、悠然殿に疑いが？」

「日頃から見慣れた菓子であった故、お毒見役も気を抜いておられたようです。事の仔細が詳《つまび》らかになると、真っ先に父の名があがり、噂はまたたくまに家中に広がりました」

噂は、ひとり歩きをする。臆測が疑念を呼び、人の口を介するほどに、ありもしないことが真実として語られる。大事な嫡男を亡くし、失意にあった殿さまは、たやすくその幻覚に呑まれてしまった。

「父上がどんなに潔白を訴えても、殿は耳をお貸しになりませなんだ。直《ただ》ちに、切腹を命じられた」

「わしは断じて、悠之進さまを殺《あや》めてなぞおらぬ！」

「私とて、父上に非がないのは、重々承知しておりまする！　ですが、これは上意にございます！」

先刻と同じ言い合いが、ふたたびくり返されて、親子が同じ顔で唇を嚙みしめる。こうして並べると、面差しがよく似ている。なのに腹の中には、まったく相容《あいい》れない主張を抱えていた。

「濡れ衣を着せられて、悔しいのは私も同じです。なれど！　武家に生まれた以上、主の命には逆らえませぬ。それなのに父上は、あろうことか逃げたのですよ！　屋敷を出奔《しゅっぽん》し、江戸から他国へと逃げのびた――。残された我ら縁者が、どれほど惨《みじ》めな思いをしたことか――。父上にはおわかりか！」

三十郎が継いだ枚方家は、当然のことながら家禄《かろく》も役目も没収された。しかし取り潰しには、三年の猶予《ゆうよ》が与えられた。当主自らが、咎人《とがびと》たる父親を、三年の内に見つけ出し江戸に連れ帰ることができたなら、枚方の存続を許そうとの計らいが成されたのである。

「この二年半、ただひたすらに諸国をめぐり、父の行方を探し求めた。最初は田舎の縁者などを訪ねてみたが皆目摑めず……そのうちに、はたと思いついた。風流人を気取っていた父なら、似たような数寄者のもとに立ち寄るやもしれぬと」

自分に似た、五十前後の俳人を知らないかと訪ねまわり、父親と思《おぼ》しき男が、悠然と名乗っていることを知ったのは、半年前のことだという。そしてつい数日前、どうやら大坂に向かったらしいとの消息を摑み、急いで後を追い、真っ直ぐに北堀江に向かった。数寄者としては西で随一と名高い、木村蒹葭堂のもとは、まず訪ねるだろうと踏んだのだ。

あいにくと蒹葭堂と父親は、ひと足違いで伊丹に向かった後だったが、道中の加島村にある庄屋の家で一泊するはずだときかされて、日が落ちたにもかかわらず、闇を踏み越えるようにして、ここまで辿り着いたという。

悠然が、半月より長くひと所に留まれないのも道理だ。追手がかかることは、覚悟していたのであろう。それが実の息子や、あるいは縁者かもしれないことも、予想の内だったのかもしれない。三十郎が現れたとき、驚きはしたものの、さほどの動揺がなかったからだ。

秋成の懐の中で、耳を立てて倅の述懐にきき入っていた兎が、ふるりと身を震わせた。

まさに執念というよりほかにない。それを駆り立てたのは、実の父への憎しみであろう。二年半ものあいだ、募《つの》る焦りを憎しみに変えて、ただひたすらに姿を追い、探し求めた。

魔を巻きつけていると遊戯が言ったのは、半ば偏執《へんしゅう》と化した憎悪のことに違いない。

「まるで、仇《かたき》を追うような言い様ですが、実のお父上ではございませんか」

「すでに父なぞではない！　それがしと枚方家にとっては、紛《まご》うことなき仇でござる！」

鞭《むち》のように打ちつけられる言葉に、うなだれた悠然は黙って堪えている。なるほど、武家であれば、あり得べからざる失態だろう。何よりも恥を厭《いと》う侍には、悠然の行いは、家名に泥を塗ったに等しい。けれども町人の秋成には、黙したままの悠然の姿こそが、ひそかな抵抗に思えた。

「悠然殿、ひとつ、よろしいか。あなたの俳号は、若殿のお名からとられたのか」

それまで死んだ貝のように口を閉ざしていた悠然が、ゆっくりとうなずいた。

「さようです……あの若さで命を奪われた悠之進さまがあまりに哀れで、せめてその夢を、代わりに叶えてさし上げたかった」

「と、言いますと……？」

「芭蕉に憧れていたのは、悠之進さまです。お世継ぎの立場にありましたが、風流よりほかには、何の欲もないお方でした。政《まつりごと》などには向かぬ性分故、できれば弟君に家督を譲りたいと、私にだけは打ち明けてくれました……それを向こう方が知っていれば、あのような酷い始末にはならなかったものを！」

「向こう方、というのは？」と、今度は蒹葭堂がたずねる。

「弟君を、跡継ぎの座にと目論《もくろ》んでいた連中です。よくある、跡目《あとめ》相続の諍《いさか》いです」

抑揚のない声で、息子の三十郎が語った。悠之進と弟君は、ひとつ違い。学問に秀でていたのは悠之進だが、弟は武芸にすぐれ、人好きのする明るい性質だった。兄弟は腹違いで、どちらの生母も側室だったが、あいにくとその実家同士が、ことのほか仲が悪かった。

若殿の毒殺となれば、たちまち疑われるのは目に見えている。疑いの目を逸《そ》らせるために、悠然は、いや、枚方正守は、奸計《かんけい》に落とされたのである。

「そこまでわかっていながら、なおも父君に切腹を強いられるのか」

「言うたであろう。町人風情にはわからぬ、武士の理《ことわり》というものだ」

秋成の方を見向きもせずに、悠然を促した。

「さ、父上、お立ちくだされ。ともに江戸に参り、殿に詫《わ》びた上で腹をお召しになれば、殿のお怒りも収まりましょう」

しかし悠然は、苔むした巌《いわお》のように動かない。その姿勢のまま、息子に問うた。

「もし……わしが嫌だと申さば、何とする？」

「この期《ご》におよんで、まだ、そのような……」

「自刃すれば、悠之進さまを殺めたのは、わしだと認めることになる。それだけは、どうしても得心できぬ！　あの方の思いも、ともに過ごした時さえも、裏切ることになる。あの世でお会いしたときに、わしは何と詫びればよいのか！」

火柱のように燃え上がった火が、一瞬で鎮火した。秋成がながめる三十郎の横顔は、そう見えた。怒りが収まったわけではない。代わりに鬼火のような青い火が、その目の中にちろちろと浮かぶ。

本当に恐ろしいのは、妖しなぞではない……人間よ――。

遊戯の声が、胸によみがえる。

「仕方ありませぬな、父上。それがしも、主命を帯びて参った身。空手《からて》で戻るわけには参りませせぬ」

腰から抜いて、脇に置いてあった刀を、左手がとり上げた。かちりと、目貫《めぬき》を外した音がする。秋成が驚いて、腰を浮かせた。

「ここで父君を、斬るおつもりか、三十郎殿！」

「抗《あらが》うならば、首印《しるし》だけでももち帰れとの仰《おお》せでござる」

「いかん、いかんぞ！　子が親を殺すなぞ、あってはならぬ。そんな理不尽な命を下す主の方が、どうかしておる」

「そのとおりですぞ。戦国の御代ならいざ知らず、この太平の世に親殺しなぞやめなされ！」

秋成と蒹葭堂が必死で止めるが、すでにその声すらも耳には届かぬようだ。まるで人の情《こころ》をそっくり抜き去った、からくり人形のように虚ろな顔で、じりじりと父に近づいてゆく。悠然が膝で後退《あとずさ》りするが、すぐに背中が壁についた。

「お覚悟召され、父上。これも枚方家を守るため……」

「やめろっ！　親子ともども、修羅に堕《お》ちるつもりかっ！」

切迫した秋成の叫びに、妙に間の抜けた相の手が入った。

ブッポーソー、ブッポーソー。

その声を合図に、厚い雲がにわかに途切れた。裂け目から、湿って輪郭を崩した月が覗く。一瞬差したはずの白い光が、すぐさまさえぎられ、急に目の前が暗くなった。

「なんだ、これは……霧か、煙か……どうして座敷の中にまで……」

呟いた秋成の耳に、唸りに似た音がきこえた。最初は小さな蜂《はち》の羽音にも思えたが、しだいにそれは大きくなって、己の声すら届かぬほどに秋成の耳をふさいだ。羽音ではなく、人の声かと気づいたときには、前もろくに見えぬほどに座敷は黒い霧で覆われていた。

霧の中に、人影らしきものがいくつも見え隠れする。いずれも鎧《よろい》を身につけ、槍《やり》や刀を手にし、大勢の男たちの叫び声が辺りに満ちる。

「戦場《いくさば》……なのか？　これはまるで、関ヶ原のようではないか」

茫然とながめるその光景は、枚方親子の目にもまた映っているようだ。膝をついたままの悠然は、顔を仰向かせた姿で息を呑み、息子の三十郎もさすがに毒気を抜かれたようだ。ふいに現れた戦国絵巻を、口を開けて凝視していた。

あっ、と短い声が、悠然の喉からほとばしる。

「あの装束は……秀次公！　わしが夢に見た、関白秀次さまに相違ない」

悠然の言葉どおり、大勢が斬り結ぶ中に、ひとりだけ烏帽子を載せ、直衣を着た姿が見える。あれが秀次公か、どのような顔立ちであろうと、秋成は目を凝らした。黒い霧が邪魔で、なかなか捉えられずにいたが、目が慣れてきたのか霧を透かすようにして首から上が垣間見えた。とたんに、ひっ、と喉が鳴った。

首から上には、何もなかった。あるはずの頭が、ないのである。首なしのからだだけが刀をふりまわし、よく見れば、他の者たちも同じだった。入り乱れ、斬り結ぶ武者たちは、総じて首がなく、その赤黒い切口だけを無残にさらしている。刃と槍が触れ合う音がするたびに血しぶきが上がり、生臭いにおいが辺りに濃くただよう。

「これが、修羅道か……身内に裏切られ首を斬られ、あの世に行ってすら、未来永劫《えいごう》戦い続ける……」

「お労《いたわ》しや、秀次公……」

悠然が涙ぐむ。それが伝播《でんぱ》したかのように、秋成の胸の内も、いつのまにか恐怖ではなく悲哀に塞《ふさ》がれていた。

ブッポーソー、ブッポーソー。

ふたたび鳥が三宝を唱え、それを合図に、黒い霧も首のない武者たちも眼前からかき消えた。

しばしからだが動かず、秋成はその場にかたまっていたが、

「東作、東作！　しっかりせんか！」

強く揺さぶられ、夢から覚めたようにぼんやりとする。

「坪吉……」

「ようやく正気に返ったか。二人そろっておかしゅうなって、いったい何を見ておったか？」

「坪吉、おまえ……あれを見ておらんのか？」

蒹葭堂が、怪訝《けげん》なしかめ面をする。秋成が手短《てみじか》に語ると、興味と落胆がない交《ま》ぜになった顔をした。

「首の落ちた秀次公と家来衆が、未だに修羅道で戦《たたこ》うておられるとは……なんともまあ、けったいな。鈍な東作に見えて私に見えんとは、それぱかりは納得がいかんがな」

秋成の背後で物音がして、ふり返ると、それまで突っ立ったままでいた三十郎が、倒れるように畳に両手をついて座り込んでいた。刀はすでに、手から離れている。

「あれが、修羅の道か……父上を手にかければ、おれも父上も、あのような哀れな姿で迷界をさまよい続けるのか……」

「三十郎……」

悠然が息子ににじり寄り、肩に手を置いた。

「すまぬ、三十郎……おまえには、苦労をかけた。枚方の皆にも、合わせる顔なぞない。それでもわしは、死にとうないのだ。武門にあるまじき行いだと、承知もしておるし恥じてもおる。すべてを曲げても、句を枕に旅寝をしたい。それより他に、悠之進さまを弔《とむら》う術が思いつかぬのだ……」

秋成には背を向けたまま、息子は黙ってうつむいている。

「わしを許せとはいわぬ、だが、どうか見逃してくれ。このとおりだ、三十郎」

「……私とて、親を討《う》ちとうはございませぬ……父上に無実の罪を着せられたのが、悔《くや》しゅうてなりませんでした……しかし枚方の当主として、ほかにどうすることもできず……」

息子の背中が大きく揺らぎ、そのまま父の膝に顔を埋めるようにして突っ伏した。おおん、おおん、と、まるで子供のように大きな泣き声が、喉からほとばしる。

武士にはあるまじき情けない姿だが、秋成は心から安堵した。憎しみに押し出され、どこかに置き忘れていた情《こころ》が、戻ってきたようだ。

本当の意味での親子の対面を、邪魔するのは無粋《ぶすい》というものだ。秋成は蒹葭堂と目配せを交わし合い、そっと座敷を抜けて庭へと下りた。母屋の方角へぶらぶらと歩きながら、つい秋成がため息をもらす。

「悠然殿の命は助かりそうだが、枚方家はやはり取り潰しであろうな。致し方なしとはいえ、三十郎殿がかわいそうだな」

「それなら、打つ手があるかもしれん」

蒹葭堂の馬面が、にんまりする。その表情からすると、かなり自信がありそうだ。

「伊勢国の、さるお大名とは昵懇《じっこん》にしておってな。枚方の主家の殿さまにとっては、本家にあたる。頼めば、口をきいてくれるだろう」

「さすがは坪吉！　馬面だけに顔が広い！」

ちっとも褒めてはいないのだが、ふっふっふ、と悦に入る。

「もしもその計らいがうまくいかなくとも、仕官の口ならいくらでも用意できる。なにせ日の本一の数寄者ですからな」

何とも頼もしく、蒹葭堂は請け合ってくれた。ふうっと、秋成の口から吐息がもれる。

「案外、このまま三十郎殿が帰参しても、お家の再興が許されるやもしれぬしな」

大事な嫡男を失って、殿さまも嘆き悲しんだ。しかし二年半が過ぎたいまなら、悠然が若殿を手にかけるなぞあり得ないと気づけるはずだ。どうかそうあってほしいと、切に願った。

翌朝、枚方親子はそれぞれ別の道を行き、蒹葭堂は機嫌よく北堀江に帰っていった。

恐ろしい幻の正体を知ったのは、その後だった。


「あの戦場の幻は、兎の仕業であったのか！」

秋成が驚いて、焦茶の毛玉をまじまじと見詰める。

「遊戯の妖力《ちから》は、たいしたものだろう？　あのままでは、おまえの身すら危うくなるからね。無理を言って、力を使ってもらったんだ」

「おかげで腹がへって仕方がないわ」

ぶつくさ文句を言いながら、大きな焼き魚にかぶりつく。

「しかし、悠然殿が見た夢と、そっくり同じ姿の秀次公を見せるとは……どのような手妻《づま》を使ったのだ？」

「あれはすべて、おまえたちの頭の中にあった図よ。あの悠然という者が、夢の話をしておったろう。おまえはそれを頭に描き、その姿を見たに過ぎぬ。悠然とおまえの見た姿は、まったくの別物というわけよ」

「なるほど……しかし、三十郎殿はどうなのだ？　悠然殿の夢の話は、きいてはおらなんだはずだ」

「まあ、言うてみれば、がさつと父親の言葉から、勝手に思い描いたのであろう」

秋成から、修羅の道に堕ちると説かれ、父親は秀次公に相違ないと告げた。先祖が秀次の家臣であっただけに、太閤の甥とその一族の悲惨な末路は、三十郎も承知している。

「幻術とはとどのつまり、空《くう》に絵を描くわけではなく、人の頭の中にあるものを、それぞれの目に映しておるに過ぎぬのだ」

なるほど、といつになく秋成が、兎に感心してみせる。

「秋成には、見えたんだね？　遊戯の見せた幻が」

「そうなんだ。坪吉には見えず、おれだけに見えるとは、何とも不思議な気分なのだが」

「秋成もこれで、一歩近づいたということか……」

うっすらと、雨月が笑う。

「近づいたとは、どこにだ？」

「いや、何でもないよ。それより秋成、仏法僧の正体を知っているかい？」

「どうも色々と、はぐらかされているような気もするが……まあ、よいわ。仏法僧なら、杵長山で目にしたと言うたであろう」

「カケスに似た、黒と青緑色の鳥だろう？　あれは本当は、仏法僧ではないんだよ」

蒹葭堂で見せてもらった鳥の図でも、たしかにあの姿だった。そんなはずはないと、秋成が反論する。魚をあらかた食べ終えた兎が、となりの胡瓜《きゅうり》の鉢に鼻先を突っ込みながら、事もなげに口をはさんだ。

「人が総じて、間違《まちご》うて捉えておるのだ。ブッポーソーと鳴くのはあの鳥ではなく、おまえたちがコノハズクと呼ぶ鳥よ」

「コノハズクというと、あのフクロウに似たやつか？　よもやまさか……」

「仏法僧が鳴くのは、必ず夜だろう？　真っ暗な中では、姿も見分けようがない。誰かが間違えて、それが広まってしまったみたいだね」

にこにこと雨月に説かれると、狐につままれたような心地がする。

「やれやれ、人の思い込みたるや、どうしようもない。ものが見えぬからこそ、他愛なく幻にも騙《だま》され、噂にも流される」

いつもは素直にきくことなぞないのだが、その言葉だけは妙に含蓄《がんちく》があった。

「たしかにな、人とはそういうものかもしれん」

ため息をつく秋成の横で、兎は小気味よく胡瓜をぱりりと食《は》んだ。

磯良《いそら》の来訪《らいほう》

淀川《よどがわ》の水面に日の光がはじけ、きらきらと瞬《またた》く。

川風にほつれ毛をなびかせながら、おたまは眩《まぶ》しそうに目を細めた。

「ここはいつ来ても、気持ちようございますね」

「桜の頃ならいっそう見事なのだが、まあ、秋の風情《ふぜい》も悪くはないな」

天満《てんま》は、ぐるりを水に囲まれている。東は淀川、南は同じ流れだが、大川《おおかわ》と名が変わる。そして北と西は天満堀川が通っている。天満堀川の、淀川に面した取水口に当たるのが「樋《ひ》の口《くち》」で、風光明媚《ふうこうめいび》な遊山所《ゆさんじょ》として知られていた。岸辺には広々とした芝地が広がり、桜の木が多いために、春には花見客が詰めかける。

いまは中秋の名月を控えた八月初めだが、秋の高い空を映す水辺の佇《たたず》まいと、緑豊かな景観を求めて人出はそれなりに多く、岸辺の茶屋も繁盛していた。

秋成《しゅうせい》はその日、妻のおたまとともに、樋の口へと足を伸ばした。

「おたま、席が空いたようだぞ、ここに座れ。おおい、こっちにも茶と団子をふたつだ」

混雑した茶屋の一隅《いちぐう》に腰を下ろし、声を張り上げた。はあい、と声が返り、待つほどもなく、茶を満たした急須と、餡《あん》を載せた団子がふた皿運ばれる。さっそくぱくりと頬《ほお》張《ば》って、うーんと秋成がうなる。

「どうも餡の甘みが、いまひとつ足りぬな……量も少々けちっておるし」

不満そうな顔に、くすりと笑いをこぼし、おたまは自分の皿から餡をたっぷりとよそい、夫の皿へと分けてくれる。

「どうぞ、おまえさま」

「いいのか？　そんなぽっちりの餡では、さすがに物足りないのではないか？」

「私はこれで十分ですから、どうぞ召し上がってくださいな」

下戸《げこ》で甘味好きな夫とは逆に、おたまはかなりいける口である。

「そういえば、おまえには団子より銚子《ちょうし》の方がよかったな」

「日頃からふたりの母上と、気兼ねなく過ごしておりますから、心配にはおよびませぬよ」

夫婦水入らずのひと時は、本当に久方ぶりのことだった。

秋成は、加島《かしま》村の香具波志庵《かぐはしあん》で居候《いそうろう》し、おたまは義理の母のお鹿《しか》とともに、難波《なんば》村にいる実母のもとで世話になっている。夫婦が別々に暮らしはじめて、すでに一年半が過ぎていた。お鹿や実母のお汐《しお》もまた酒をたしなむから、女三人での晩酌《ばんしゃく》は茶飯事らしい。いたって気楽に暮らしているようだが、以前叱られてから、難波村にはできるだけ顔を出すよう心掛けている。やいのやいのとうるさいのは、妻でもふたりの母でもなく、秋成の姉のおわきである。

「仙《せん》！　あんたときたら、本当に気が利《き》かないわね。判で押したように難波村に通うだけじゃ、ちっとも芸がないじゃないの。たまには女房を、遊山や料理屋へ連れ出そうとの粋《いき》な考えは、そのぼんくら頭には浮かばないのかしら？」

未だに幼名の仙次郎《せんじろう》で呼ぶこの姉には、秋成もやりこめられる一方だ。先日、難波村を訪ねた折にけしかけられて、今日のお膳立てをする運びとなった。

「まったく、一緒になって十二年も経つのだぞ。いまさら夫婦でそぞろ歩いて何になる」

今朝、香具波志庵を出るときには、雨月《うげつ》や遊戯《ゆうぎ》を相手にさんざんぼやいていたのだが、にこにことといかにも嬉しそうな妻を前にすると、悪くはないなと思えてくる。

茶店の縁からゆるやかに下る芝地と、その先に淀川の眺めがのどかに広がっていたが、秋成の視線は、ふと妻の横顔に吸い寄せられた。

秋成より六つ下だから、三十三になる。頬も鼻も丸く、童顔のせいか歳よりも若く見えるのだが、目のふちに小鳥が足を乗せたような、ごく薄いちりめんじわが浮いていることに、初めて気づいた。

「おまえさま、私の顔に、何かついてますか？」

「いや、別に……」

おたまがふいにこちらをふり向いて、秋成が急いで視線を逸《そ》らす。

「もしや……ずいぶんと老けたなあと、ながめていらしたのでは？」

「いや、おたま！　そんなことはないぞ！　おまえはむしろ若く見えると、かねがね申しておるではないか」

秋成の慌てぶりに、おたまは、ぷふっと吹き出した。

「相変わらず、嘘の下手なこと……実は先ほど私も、同じことを考えておりました。ほら、おまえさまの鬢《びん》に、これを見つけて」

おたまが示してみせたのは、耳の後ろに一本だけ逆らうようにとび出した白髪であった。秋成に乞《こ》われて、おたまはその一本をつまんで抜いた。痛みはなかった。

「旦那さまの初白髪ですから、何だか捨てるのが惜《お》しい気がいたしますね」

「頼むから、土産《みやげ》になぞしてくれるなよ。姉上のからかい道具にされては敵《かな》わんからな」

「ですが、お姉さまはこの前、旦那さまを褒めていらっしゃいましたよ」

「ほう、何と？」

「仙は唐変木《とうへんぼく》で朴念仁《ぼくねんじん》だけれど、実《じつ》はあるって。たとえこうして離れていても、女房を泣かせるような不実な真似は、決してしないって」

「けなし半分、褒め半分では、ちっとも嬉しくないわ」

むっつりと返すと、ふふ、とおたまは笑った。

「それでも私は、嬉しゅうございましたよ。殿御《とのご》の浮気は病のようなものですから、そういう実のあるお方は案外少のうございます。私は、幸せ者です」

「ふん、どうせおれは、唐変木で朴念仁だからな」

妻の笑顔は淀川の水面より眩しくて、秋成は目を逸らし、憎まれ口を叩いた。


樋の口を出ると、天満天神にお参りし、天満堀川で乗合船を拾った。船はのんびりとふたりの目に街並みを映し、ほどなく大川に出て、難波橋《なにわばし》のたもとで船を乗り換えた。この船は堂島《どうじま》の先から右に折れて、曽根崎川《そねざきがわ》へと入る。川の左側をながめて、おたまが言った。

「もうすっかり、焼け跡も片付きましたね……どこもかしこも新しくて、かえってよそよそしくも見えますが」

左手に広がるのは、夫婦が暮らしていた堂島だった。去年の正月の火事で、堂島の東半分は灰になり、秋成も店を失った。一年半が過ぎて、街並みはすっかり常の景色をとり戻していたが、新築の建物がふたりには少々眩し過ぎる。

同じ思いを抱きながら、曽根崎川を下る船の揺れに、黙ってからだを預けていた。

「本当なら、瓢亭《ひょうてい》や寿久井亭《すくいてい》に連れていきたいところだがな。馴染《なじ》みの『近松《よりまつ》』で我慢してくれ」

船着場から陸に上がると、秋成が調子を変えた。着いたところは、曽根崎川を挟んで堂島の対岸にあたる曽根崎新地だった。

この地は北陽《ほくよう》とも呼ばれる。茶屋や芝居小屋が所狭しとならぶ一大繁華街であり、蔵屋敷の役人や商人の接待・遊行《ゆぎょう》の場として栄えていた。一方で、大坂の北の外れであることから、六甲《ろっこう》の山並みを背にしたのどかな田園風景が望める。その景色を売りにした高級な料亭も軒《のき》を並べていて、瓢亭と寿久井亭はことに名が知れていた。瓢亭は京にも同じ名の名店があるのだが暖簾に繋がりはなく、それでも北陽ときけば必ずその名が続くほどに、こちらの瓢亭も評判をとっており、ひときわ奢《おご》った膳を出す。

商人であった折には、秋成もつき合いで一、二度は訪れたが、いまの医者見習いの稼ぎではとても手が出ない。それにくらべると『近松』はいたって庶民的な鰻《うなぎ》屋ではあったが、おたまは大喜びしてくれた。

「まあ、嬉しい！　鰻はたまにいただきますけど、焼きの香ばしさもたれの加減もどこか違って物足りないんです。やっぱり、背開きと腹開きの違いでしょうか？」

「少なくとも、たれの味には関わりあるまい」

大真面目な妻の説に、秋成は苦笑を返した。

武士の多い江戸では、切腹に繋《つな》がるとして鰻は背開きにするときくが、上方《かみがた》では腹開きがもっぱらだった。しかし『近松』では背開きの鰻が供される。何でも先代が江戸から来た料理人であったために、その手技が伝えられたそうだが、なかなかに商売上手でもあったようだ。上方での珍しさを逆手にとって、『不心中鰻《しなずうなぎ》』と称して商った。

曽根崎といえば『曽根崎心中』。近松門左衛門《ちかまつもんざえもん》のあまりにも有名な一段は、元禄《げんろく》のころから人形浄瑠璃《じょうるり》や歌舞伎でくり返し上演された。おかげで心中事件が相次いで、御《お》上《かみ》からは幾度も禁止の触れも出されたが、いわゆる世話物《せわもの》の極めつけとも言えるこの劇は、上方の人々に長く愛されてきた。

最後に胸を突いて絶命するふたりと、腹開きならぬ背開きをかけた不心中鰻は評判をとり、読みだけは捻《ひね》っているが、劇作家からとられた店の名は、北陽の鰻の名店としてよく知られていた。

おたまもまた、『近松』の鰻が何より好きで、ことに甘味の強いこっくりとしたたれを好んでいた。秋成も堂島にいたころは、家族で訪れたり土産に買ったりしたものだ。

「私の好物を、覚えていてくださったのですね。嬉しゅうございます」

少女のように頰を染めて喜ぶ姿に、秋成もまんざらではない。

仲良く連れ立って鰻屋への道を辿《たど》ったが、その途中で、知った顔と行き合った。


「おや、あれはたしか……」

「お見知りの方にございますか？」

「ああ……都賀《つが》先生と一緒に、往診に行った先でな」

瓢亭と寿久井亭に、挟まれた辺りだった。ふたつの料亭は、狭い堀を挟んで、斜め向かいに建っていた。堀の両岸には枝ぶりの良い松が植えられて、あちこちに木陰を作っている。その一本の根方に、ふたりの男がしゃがみ込んでいた。

「患《わずら》われておられたのですか。たしかにおひとりは、ずいぶんと加減が悪そうに見えますね」

「いや、病人は、あの男のかみさんだ。……手当の甲斐なく、身罷《みまか》ってしまったが」

「まあ、お気の毒に……あの方の連れ合いとなれば、まだお若い盛りでしたでしょうに」

おたまが胸の前で両手を握り、心からの同情を寄せる。おたまが言ったとおり、片方は見るからに具合が悪そうで、もう片方はそれを介抱しているようにとれる。見習いとはいえ、秋成も医者の端《はし》くれ。決して知らぬ仲ではなし、素通りはできなかった。

「どうされた？　立ちくらみか、それとも癪《しゃく》でも起こしたか？」

「あ、いえ、決してさような大げさなものでは……おや、これは若先生！」

介抱していた方が顔を上げ、相手も秋成を覚えていた。

加島村に住む百姓で、名を井沢彦八《いざわひこはち》という。

井沢家は小作ではなく、狭いながらに自前の畑持ちで、百姓とはいえ姓をもつのもそれ故だ。かつては秋成が世話になっている、常盤木《ときわぎ》家ほどの大地主だったときく。あいにく井沢家は、何代か前に放蕩者《ほうとうもの》が当主に就《つ》いたおかげで、かなりの土地を失ったそうだが、まるでそれを戒《いまし》めとして頭に刻んででもいるように、当代の四方吉《よもきち》と息子の彦八は、ともに実直を絵に描いたような働き者だ。彦八はまだ嫁取り前で、二十四歳になる。

秋成は、そのとなりでうつむいている男の顔を覗《のぞ》き込んだ。

「しかし相当に、加減が悪そうに見える……たしか、親父さまの親類だときいたが」

「はい、昌太郎《しょうたろう》と申して、親父同士が従兄弟《いとこ》の間柄になります」

「もしや、妻女の病《やまい》が移ったか……いや、都賀先生の診立てでは、悪い流行《はや》り病のたぐいではなかったはずだが……」

「たぶん、大先生《おおせんせい》の診立てに間違いはありやせん。おれたち一家は、ぴんぴんしてやすから」

　彦八は、そう請け合ってくれた。秋成の医術の師匠にあたる都賀庭鐘《ていしょう》は、大先生と呼ばれている。庭鐘は多くの弟子を抱えており、彼らはすべて若先生と称されて、秋成もそのひとりだった。彦八は、病人の傍らを離れ、声を落として秋成に告げた。

「昌太郎は、からだというより気の病です。つれ合いを亡くしたことが、よほど応えたようで……」

「ああ、そういうことか……無理もないが……」

「女房のお染《そめ》が死んで、ひと月が過ぎましたが、以来、昌太郎の方が生きながら死んでいるようなありさまで……飯もろくに食わず、夜もよく寝付けぬようです」

「それは難儀な……遠からず亭主の方が参ってしまうぞ」

　ちらりと松の根方を見遣《みや》る。目は虚ろに見開かれ、顔色は青白い。庭鐘とともに往診に行ったときよりも、目方も見るからに削《そ》げていた。

　うつむいたままの昌太郎が、何か呟《つぶや》いた。

「これは呪いだ……磯良《いそら》の呪いだ……」

　――呪いだと？　いったい、何の話だ？

少し離れて立っていたおたまには、中身まではきこえぬようだ。それでも気がかりなようすで松の根方に近づいて、そっと声をかけた。

「何か、ご入用《いりよう》ですか？　よければ水を、おもちしましょうか？」

そのとたん、昌太郎がびくりとした。そろりと顔を上げ、目の前のおたまを認める。と、昌太郎のようすが一変した。まるで女子《おなご》そのものを恐れるように、慌てて背を向け、松の幹にすがりつく。

「おれに……おれに構わねえでくれ！　女子が関わると、また殺される！　磯良に呪われて、殺されちまう！」

はばかりのない悲鳴をあげながら、松の木にしがみつく。おろおろするおたまの代わりに彦八が駆け寄った。

「しっかりせい、昌太郎！　磯良はここにはおらん。おまえを呪いになぞ、来ておらん」

「どうしましょう、私……何かよけいなことを……」

「いや、気にせんでください。こいつが悪い夢に、とりつかれているだけでさ」

ききたいことは山ほどあるが、またこの男を刺激しかねない。問いを呑み込んで、落ち着くのを待った。

「心配すんな、昌太郎。陰陽師《おんみょうじ》の先生が、きっと呪いを祓ってくれる。おまえも今日から、枕を高くして眠れるってもんだ」

背を撫《な》でながら、子守唄でも歌うように声をかける。昌太郎が子供のようにうなずいた。

去り際に彦八は、昌太郎の耳をはばかって、秋成に小声で告げた。

「腕のいい陰陽師が、曽根崎新地にいるとききまして、これから訪ねるところなんで」

「なるほど、そうであったか……」

「あいつの気が済むならと出掛けてきましたが、正直なところ呪いなぞ、おれも親父も信じちゃおりやせん。お医者の方が、よほど頼りになる。できれば大先生に一度、昌太郎を診てもらえねえかと……」

「心得た。気鬱の病に効く薬もあるからな、明日にでも往診に伺《うかが》うよう、先生にはお伝えしておく」

「助かります。よろしくお願いします」

彦八は、ほっとした顔になり、昌太郎の背を抱くようにしてその場を去った。

「本当に呪いのたぐいなら、都賀先生よりも打ってつけの者たちがいるのだが……」

遠ざかる後ろ姿をながめて、秋成は呟いた。

言うまでもなく、香具波志庵にいるひとりと一匹のことだった。

「んむ、この鰻はなかなかだな。香ばしい焼きの加減に、甘辛いたれが実によく合《お》うておる。これなら軽く、二、三枚はいけそうだ」

両の頬をふくらませながら、遊戯がもっともらしく味に講釈《こうしゃく》を垂れる。焦茶色の子《こ》兎《うさぎ》が鰻をがっつく姿は、ある意味面妖《めんよう》で秋成がげんなりする。それでも飼い主の雨月は、そんな兎の妖《あやか》しをひたすら甘やかす。

「せっかくの秋成のお土産だ、よかったら私の分もお食べ」

「よろしいのですか、雨月さま。では、遠慮なく」

兎は大喜びで、主《あるじ》が差し出した二枚目の鰻にとびついた。

「おまえも居候の身なのだから、少しは遠慮しろ」

「いいじゃないか、秋成。それより、おたまさんは達者にしていたか？」

「ああ、相変わらずだ。鰻屋に寄る前に、ちょっとした出来事で気を揉《も》んでいたが、兎と同じに鰻を前にしたとたん、たちまち勢いをとり戻したわ」

加島村に帰りついたころには日も暮れていて、すでに夕餉《ゆうげ》の時分も過ぎていたが、秋成が土産にした『近松』の鰻は、常盤木家の皆にも大いに喜ばれた。女中のおたねが七輪でさっと炙《あぶ》り、温め直してくれた二枚を、香具波志庵にも運んでくれた。

「それにしても、がっつき過ぎだ。兎も夕餉は食べたのだろう？」

「いや……夕餉は食うておらん」

遊戯は後ろ足で立ち上がり、両の前足で器用に鰻を挟んで、口をもぐもぐさせながら短くこたえた。

「何だ、また飯を抜いたのか、雨月？　おれがおらんと、すぐにそれだ。もともと丈夫ではないのだから、食が細くてはからだがもたんぞ」

「どうも秋成がいないと、食べる張り合いが出なくてね」

雨月は苦笑いを浮かべたが、兎の黒い目が、ちらりと気遣わし気に主に注がれた。

「まったく……がさつの鈍さには呆れるわ」

「何だと、兎、何か言ったか？」

すかさず文句をつけると、別に、と鰻を抱えたまま尻を向けた。

何だろう――？　何か大事なことを見落としている――。

一瞬、そんな思いに囚《とら》われたが、それを杞憂《きゆう》だと払うように雨月は話を変えた。

「鰻屋に寄る前に、何か悶着《もんちゃく》でもあったのかい？」

「え？　ああ……たいしたことではないのだが」

と、昼間の話をした。彦八はともかく、昌太郎は尋常ならざるようすであったし、呟いた禍々《まがまが》しい台詞《せりふ》は耳に残っている。

「なるほど……その男は磯良を恐れていて、妻女が亡くなったのも、磯良のせいだと思い込んでいるのだね？」

「おそらくな。てっきり物《もの》の怪《け》のたぐいかと思うていたが、違《ちご》うていたわ。都賀先生が、彦八の親父殿から仔細《しさい》をきいておってな」

加島村に戻る途中で、秋成は『繁堂《しげしげどう》』に寄った。天満の外れにある都賀庭鐘の診療所で、秋成の学《まな》び舎《や》でもある。曽根崎新地からは少し遠回りにはなるものの、庭鐘も鰻が好物で、また彦八からの言伝《ことづて》も、今日の内に伝えておいた方がよかろう。

鰻の包みを手に繁堂を覗くと、師は丸い顔をいつも以上にほころばせながら、秋成を迎え入れた。

「ほうほう、ご妻女と鰻屋でのう。顔の色艶《いろつや》が妙に良いのは、そのためか」

「師匠、おたわむれはそのくらいで」

注文してから鰻が出てくるまで一時ほどかかる。男女が睦言《むつごと》を交わすにはちょうどいい頃合で、ために鰻屋の座敷は、逢引《あいびき》の場所としてもよく使われる。秋成夫婦もご多分に漏《も》れずだが、師のにやにや笑いには咳払《せきばら》いを返した。

往診の依頼を伝えると、明日にでも行って診てやろうとすぐに応じたが、井沢家の当主たる四方吉と昵懇《じっこん》の間柄にある庭鐘は、昌太郎とお染夫婦の事情にも通じていた。

「あの夫婦は、わけありでな。いわゆる駆落ち者だそうだ」

「そうでしたか……」

「備前国《びぜんのくに》から手に手をとって逃れてきて、ようやくこの土地に落ち着いた矢先に、肝心の恋女房を亡くすとは……可哀相にな。亭主が心を病むのも、うなずける」

人の好《よ》い庭鐘は、夫婦の顚末《てんまつ》には同情を寄せたが、秋成から呪い云々《うんぬん》の話をきくと、それはなかろうと即座に否定した。

「女房の病は、いわば旅の疲れが大因《おおもと》にある。おそらくは相当に無理を重ねて、大坂まで辿り着いたのだろうが、その途次で病を拾うた。おまえたちにも話したが、あれはおそらく、どこぞで水に中《あた》ったせいだ」

水中りはたいがい腹に来るが、稀《まれ》に頭を病む者がいると、師はお染を診ながら弟子に告げた。腹よりも重篤《じゅうとく》に至り、ほとんど手の施しようがない。残念だが、この女も救えぬだろうと呟いて、お染はそのとおり、医者の診立てからわずか五日後に亡くなった。

「師匠、覚えておられますか？　お染はずっと、うわ言を呟いていました。熱に浮かされてというより、まるで目覚めながら悪夢にとりつかれているような」

「あれも頭を病んだせいだろう。まともな考えが覚束《おぼつか》なくなり幻を見ることもあるからな」

「あのときお染は、しきりに誰かに謝っておりました。私は病人の足許《あしもと》におりましたから、名まではききとれませんでしたが……」

「……磯良と、申していたな」

「磯良……！　今日会った昌太郎もまた、磯良の呪いに違いないと！」

「それはな、あのふたりが、磯良に負い目があるからだ……磯良とは、昌太郎の元女房、いわば本妻の名だ」

そういう仔細であったのかと、秋成にもようやく得心《とくしん》がいった。

「迂闊《うかつ》にも、磯良が女子の名だとは思いもよらなかったが……都賀先生から伺って、事のしだいが呑み込めた」

雨月と遊戯に向かって、そう語った。二枚の鰻を平らげた兎は、さすがに腹がくちくなったのか、仰向けでだらしなく寝そべっている。

「磯良とは、たしかにめずらしい名だね。何か謂《いわ》れがあるのだろうか？」

「その本妻は、吉備津《きびつ》神社の神主《かんぬし》の娘だそうでな。それ故かもしれんな」

と、秋成が雨月にこたえる。後ろ足で器用に腹をさすりながら、遊戯がたずねた。

「いくら駆落ちの負い目があるとはいえ、ふたりの恐れようは度が過ぎておるな。磯良という女子は、鬼のように恐ろしき性質《たち》であったか、あるいはよほど嫉妬深い女子であったのか？」

「そこまでは、きいておらんが……ただ、磯良もやはり、少し前に亡くなったそうだ。ちょうどお染が身罷ったその日に、備前から便りが届いて知らされたそうでな」

「なるほどな。元女房の死霊《しにだま》に、とり殺されたと怯《おび》えておるのか。埒《らち》もない」

兎の妖しはいつもどおり、まったく同情する素振りを見せない。

「死霊には、現世《うつしよ》に仇成《あだな》す力はないと、雨月もかねがね言うていたが……」

「そのとおりだよ、秋成。祟《たた》りも呪いも、すべては生者が作り上げたものだ」

「とはいえ……井沢家の傍らに、元女房の幽霊が佇んでいるかと思うと、訪《おとな》うのが億劫《おっくう》になるな。ほれ、やはり以前、繋堂の前で、女子の霊を見かけたことがあったろう」

「いようがいまいが、がさつにはどうせ見えぬのだから、変わりはなかろう」

「そうはいうてもなあ……」

「ひょっとして、秋成は怖いのかい？」

「怖くなぞないわ！　……ただ、薄気味は悪くてな。妬婦《とふ》の毒は、過ぎれば家を潰し国を滅ぼすと、かの『五雑俎《ござっそ》』にもあるからなあ」

『五雑俎』は明《みん》の随筆で、妬婦、すなわち嫉妬深い女がいかに災いになるか、かなり気合を込めて記されている。中でも強烈なのが、明の太祖が妬婦を塩漬けにして群臣に与えたとの記述で、人肉の塩漬けは古来中国の極刑であった。

「そうか、秋成が怖気《おぞけ》をふるっているのは、幽霊ではなく妬婦の妄執《もうしゅう》というわけだね」

「まあ、平たく言えば、そうなるか」

「けっ、馬鹿馬鹿しい。だいたい、嫉妬が女に限るわけでもなかろうが」

兎は丸くふくらんだ腹を抱えながら、鼻でせせら笑った。意外にも、雨月までもがこくりとうなずく。

「私もそう思うよ。むしろ男の方が、よほど嫉妬が強く執念深い。嫉妬という字に女偏《へん》を当てたのは、男の浅はかさだね」

「雨月、おまえも男だというのに、それはなかろう」

「だって浮気に精を出すのは、たいがいは男だろう？　ほら、『源氏物語《げんじものがたり》』にもあるじゃないか」

自身は数多《あまた》の女と関係をもちながら、たったひとり、他の男と通じた女三宮《おんなさんのみや》を源氏は許せなかった。ある意味、その狭量と、妻たちの嘆きを慮《おもんぱか》ることをしなかった身勝手が、源氏の後半生に、暗い影を落とす。

「あれは女三宮が、間男《まおとこ》たる柏木《かしわぎ》の子を身籠《みごも》ったのだから仕方あるまい。女房が他の男とのあいだに子を生《な》すなど、頭に浮かべるのもおぞましいわ」

つい、おたまの邪気のない丸顔が浮かび、あらぬ妄想を急いでふり払った。

「だからさ、それが男の身勝手というものだよ。女は子を産む性なのだから、いわば自然のなりゆきというものだろう？　なのに男は決して、それを許さない」

「だいたい男の浮気は、千倍も万倍も多かろう。くらべれば女の浮名の数など爪先ほどだ。なのに男ときたら、いちいち大げさに騒ぎ立てる。我らからすれば雄《おす》の方が、よほど妬心にとりつかれておるわ」

遊戯の悪態は慣れているが、雨月にまで加勢されては分《ぶ》が悪い。子供のように口を尖《とが》らせて、むっつりと押し黙る顔がおかしかったのか、雨月が笑う。

「秋成は、確かめてほしいんだろう？　明日訪ねる家に、本当にあの世の者がとりついているのかどうか。よければ私と遊戯が、こっそりついていこうか？」

「そうしてくれるか！　……いや、決して怖いわけではないのだが……妖し兎が来て以来、何かとそのたぐいの出来事に見舞われるからな」

「私のせいにするとは、何たる不届き！　鈍いおまえの代わりに、私が耳目の役目を果たしておるのだぞ。だいたい、がさつに恩を売る義理なぞ、どこにもないわ」

「まあまあ、遊戯、美味しい鰻の駄賃《だちん》と思って。私もたまには、遊戯と外歩きがしたいしね」

「雨月さまが仰るなら、私もやぶさかではございませんが」

寝そべっていた兎が、律儀に立ち上がり承諾を告げて、にこにこと雨月が頭を撫でる。まことに仲の良い、主従であった。


翌日、秋成は師匠の都賀庭鐘とともに、加島村の西寄りにある井沢家を訪ねた。

しかし着いて早々、仰天して思わず目を見張った。

「これはいったい……何のありさまだ……」

井沢家のとなりには、離れがある。とはいえ、香具波志庵のような趣はなく、納屋《なや》に近い掘立小屋である。駆落ち者の夫婦はここで暮らしていて、先にお染の往診に来た際も、その小屋に通された。

しかし今日は、戸口も窓も固く閉ざされ、しかも四方の壁にべたべたと朱書きの札が貼られている。何とも珍妙なありさまに、医者の師弟はあんぐりと口を開けた。

「せっかく先生方に来ていただいたのに、このようなありさまで、何とも申し開きようもありやせん」

母屋から出てきた彦八が、面目《めんぼく》なさげに腰を折る。

「昨日訪ねた陰陽師の先生が、かかる不幸は呪いに違いないと申されまして、お染の四十九日が過ぎるまで、小屋に籠もって物忌みをせよと、昌太郎にきつく言い含めました。それであのような始末に……」

「小屋で物忌みとは、つまり昌太郎はあの中におるのか？」

「はい……お染が死んでから、今日で三十二日。残る十七日のあいだ、決して外に出てはいけないと命じられ、魔除《まよけ》の札をたくさんいただきました」

医者であるふたりには、陰陽師や祈禱《きとう》師のたぐいは胡散《うさん》臭くも思われる。彦八やその父も実利一辺倒の者たちだから、やはり疑う気持ちの方が強いようだが、なにせ当の昌太郎が頭から信じ、すがってしまった。

「これでは診立てもできぬが、それ以上に飯や厠《かわや》などはどうするつもりだ？」

当惑顔で、庭鐘がたずねる。土間に穴を掘って厠とし、飯は明り取りから差し入れる。小屋の戸口は南にあり、東に小さな格子窓がある。窓の格子を切って、その隙間から飯や水を入れていると彦八はこたえた。

「せっかく足を運んだのだから、その窓越しでよい。せめて一目だけでも病人の顔を拝ませてはくれぬか」

昌太郎はおそらく、心の病だ。姿を見て言葉を交わせば、少しは具合も判別できようし、薬も処方できるだろうとの医者の思案だった。

「そうしていただけると、助かります。ぜひ、お願いします」

と、彦八は小屋の東側に立ち、中に向かって声をかけた。彦八はがたいが良く、背丈も大きい。その彦八が背伸びをして、ようやく覗き込めるほどの高さに明り取りがあった。

「昌太郎、少しでいい、顔を出してくれんか。お医者の先生方が来てくだすって、おまえの加減を確かめて、薬を出してくださるそうだ」

ややや間があいて、中からぼそぼそと返しがあった。ひどくききとりづらく、何を言っているのかわからないが、どうやら嫌がっているようだ。それでも彦八は、根気よく小屋の内に話しかける。

「そう言わず、昌太郎、先生と二言三言話をするだけでいいんだ。夜はもちろん昼間でさえ、ろくに眠れぬとこぼしていたろう。きっと良い薬を、先生方はご存知のはずだから」

押し問答はしばし続き、どうにか昌太郎が承知した。背丈の足りないふたりのために、彦八は粗末な床几《しょうぎ》を据《す》えた。師に続いて秋成も踏み台に足を乗せ、格子の下半分が切られた窓から中を覗き込む。

暗い屋内に目が慣れて、ようやく人影を認めたとき、そのあまりの異様さに、秋成は思わず叫び出しそうになった。

まるで、耳なし芳一《ほういち》だ——。

顔といい腕といい、着物からはだけた胸までも、からだじゅうが不思議な文字で埋め尽くされていた。よく見ると、篆書《てんしょ》に似ている。篆書はもっとも古い漢字の書体と言われ、印判に用いられる。しかし墨で黒々と皮膚に記された古字は、あまりに禍々しく、まるで昌太郎自身が、面妖な化け物にでもなったようだ。

庭鐘もやはり度肝を抜かれたようだが、さすがに玄人《くろうと》の医者である。驚きを顔には出さず、穏やかな声で話しかけた。

「彦八からきいておるが、よく眠れぬそうだな？」

「魔物は、夜おとずれる……磯良がこの壁の向こうに立っていると思うと、おちおち眠ってなどおられません」

「なるほど……では、せめて、昼間に午睡をとってはどうか？　この先、十幾日も、ここに籠もるつもりなのだろう？　人は眠らねば生きてはゆけぬ。ご妻女の喪《も》が明けるより前に、おまえさんが倒れてしまうぞ」

「目を瞑《つむ》ると、磯良の姿が見えるのです……死して後、恐ろしき螭《みづち》となり果てて、鬼のような形相《ぎょうそう》で私を襲いに来る……その姿がどうしても消えず、昼間ですらも恐ろしゅうて恐ろしゅうて……」

昌太郎の目から涙がふきこぼれ、墨と混じり黒い滴《したた》りとなって、削げた頬を流れ落ちる。元妻の幽霊がいようといまいと、昌太郎の怯えだけは本物であり、医者にはそれを和《やわ》らげる務めがある。

「何を考える暇もなく、眠りに引き込まれる薬があるからな。それを飲みなされ。夜が無理なら、昼間でも構わん。日が昇ってひと息ついたころに服しなさい。からだが先に参ってしまっては、せっかくの護符《ごふ》もお札も甲斐がないからな」

あえて胡散臭いとは口にせず、庭鐘は陰陽師の、ひいては昌太郎の味方だと言外に告げていた。

「陰陽師は魔を祓《はろ》うてくれるだろうが、医者たる我らは、おまえさんのからだを厭《いと》うておる。くれぐれも、大事にしなされよ。薬は明日にでも、彦八に渡しておくからな」

庭鐘の思いやりが通じたのか、昌太郎はこくりとうなずいて、素直に礼を述べた。

古字を刻んだ忌まわしい姿のはずが、そのときだけはひどく人間らしく思えて、秋成の哀れを誘った。

元妻の呪いという妄念に囚われ、気を病んでいるこの男を、医者として助けたい――。

その思いが、強くわいた。


「駆落ちときいて、わしは気が進まなかったのだが……倅がえらく肩入れしてな。ふたりをこの家に置くことにしました」

窓越しとはいえひとまず患者の診立てを済ますと、ふたりは井沢家の母屋に招かれて茶を馳走になった。息子の彦八は野良仕事に出ていき、当主の四方吉が代わりに仔細を語ってくれた。

昌太郎の実家は、井沢家にとっては本家にあたり、姓も同じ井沢だった。その当主と四方吉は従兄弟同士で、若いころに一度だけ、向こうが大坂見物に出てきて会ったことがある。

「従弟も百姓ですが、しごく実直で働くことを厭わぬ男でした。わしとは気が合《お》うて、以来、まめに便りをやりとりする仲になってな。往年の当家ほどに広い土地を備前にもち、内証も豊かです……ただ、一粒種の昌太郎のことだけは、ひどく手を焼いておりました」

昌太郎は、父親とは似ても似つかず。百姓仕事を嫌って、昼間から色街に通い酒色にふける。手を焼いた両親は、早めに身を固めさせた方がよかろうと、嫁探しに八方手を尽くした。

「なにせ昌太郎があのとおり、自堕落《じだらく》を絵に描いたような男ですから、嫁にはしっかり者を望み、かと言ってあまりにきつい女子も困る。昌太郎がその気になるよう、見目の良さにもこだわりましてな。その娘との縁談がまとまったときには、それこそ三国一の花嫁を見つけたと、文《ふみ》の文字すら踊り出しそうなほど喜んでおったのだが……」

それが磯良であった。由緒ある吉備津神社の娘であるから、本来なら井沢家とは家格が合わない。それでも裕福な庄屋たる財と、当主の心映《こころば》え、そして何よりぜひともと望む熱心な申し出が功を奏した。縁談はまとまって、盛大な婚礼の儀がとり行われた。

「それほどまでして得た嫁だというのに、あの男はまるで物の怪であるかのように恐れている。磯良という前妻には、何か大きな欠点でもあったのでしょうか？」

「とんでもない！　欠点どころか一片の不足もない、染みひとつ見当たらないような、実によう出来た嫁御だと、従弟はくり返し有難そうに書いてきました」

たずねた秋成に向かって、磯良が妻としてどれほど素晴らしい女子か、四方吉は文の言葉を借りて語った。

朝から晩まで骨惜しみすることなくよく働き、舅《しゅうと》や姑《しゅうとめ》にも実によく仕えてくれた。もちろん夫の昌太郎には、誰よりも真心をこめて尽くし、傍《はた》で見ていると健気《けなげ》以外の何ものでもない。思わず拝みたくなるほどの、孝行と貞節ぶりであったと四方吉が力説する。

「しかも心根だけでなく、姿もまことに美しい。まさに天上から授かった竹取の姫さながらに、見目の良い女子だときいている」

それはそれは、と庭鐘は目を細めたが、きいているうちに、秋成は少し息が詰まってきた。奔放な性格で、自身も駆落ち騒ぎを起こした、姉のおわきの言葉が思い出された。

『世間のいう貞淑な妻というものは、要は嫁ぎ先や舅姑にとって、使い勝手がいいというだけの話よ。ひたすら夫に尽くし、その親に仕え、子を育てる。女子自身の一生は、どこにあるというのよ？　その上に、亭主が浮気をしても悋気《りんき》は表に出さず、騒ぎ立てることなく堪《こら》えろですって？　馬鹿にするのもいい加減にしてほしいわ。そんなの、お人形と同じじゃないの！』

折にふれて、よく姉はそんなふうに憤《いきどお》っていた。過激な物言いには辟易《へきえき》させられるものの、おわきの主張はあながち外れていない。女は悋気を堪えるのがあたりまえ、少しでも出そうものなら、たちまちなじられる。妻の立場ならなおさらで、嫉妬に女偏がつくのもそれ故だ。

昨日、雨月と遊戯にやり込められたばかりでもある。世間が健気と褒めそやす、磯良という女の姿を浮かべると、妙にやりきれなさが募った。

「それなのに昌太郎ときたら、よりにもよって遊女と駆落ちするとは！」

四方吉が、ふいに声を荒げる。忌々《いまいま》し気に、鼻から煙草《たばこ》の煙を盛大に吐き出した。

「お染は、遊女であったのか」

庭鐘も初耳だったらしく、意外そうな顔をする。

「ということは……昌太郎がお染を請《う》け出したのか？　さぞかし金がかかったろうに、よく当主が承知したな」

「承知などするものか！　お染を遊郭から出したのは、いわば磯良よ」

「まさか……！」

「いくら出来た妻でも、そこまでは……」

聞き手のふたりが一様に仰天し、四方吉は、今度は煙を大きなため息とともに口から吐いた。

「昌太郎が、妻をたばかったのだ。本当にあやつときたら、どうしようもない……」

結婚して半年ほどは、昌太郎も大人しくしていた。美しい妻を愛《め》で、睦まじくしていたのだが、もって生まれた移り気ばかりはどうしようもない。ふたたび色街に通うようになり、お染とねんごろになった。それでも磯良は文句ひとつこぼすことなく、以前と変わらず、夫と両親にかしずいていたという。

「勝手にもほどがあるが、そんな妻にほとほと嫌気がさしたと、昌太郎《あれ》はこぼしていてな。あろうことか、お染との駆落ちを企《たくら》んだ……しかも当の妻をたばかってな」

お染に抱いている気持ちは、男女の情というよりも憐《あわ》れみに近いものだと、昌太郎は妻に説いた。貧しく、ろくな身寄りもいない女だが、たったひとりの姉が京にいる。ひと目だけでも会いたいと泣かれるが、廓《くるわ》に囚われの身では如何《いかん》ともしがたい。お染を自由の身にして京へ送り出すことさえできれば、色街に何の未練もない。すっぱりと足を洗って、これからは真面目に家業に精を出すつもりだと、昌太郎は磯良にだけ打ち明けた。

『親父に知れれば、何を世迷言《よまいごと》をと叱られるばかりだ。私には、妻のおまえだけが頼りなのだ』

おそらくは、そんなふうに訴えたのだろう。夫の舌先三寸に、妻は見事に騙《だま》された。

婚家の両親には内緒で、お染の身請け料を自らかき集めた。京坂ほどではないにせよ、遊女の身請けとなれば、百や二百の小判は必要だろう。実家から運んできた調度着物のたぐいを売り払い、それでも足りず、果ては実家の母にまで嘘をついて金を借りた。

その金をもたせ、送り出した夫は、請け出した女と手に手をとって逃げた――。文句は言えまい。

「それはひどい……あまりに妻女が哀れではないか。たとえ百遍殺されても、文句は言えまい」と、秋成がにわかに憤慨する。

「夫に騙されたと知った磯良は、寝込んでしまいましてな……可哀相に、そのまま枕が上がることなく、ひと月ほど前に亡くなったそうな……」

お染が死んだその日に、備前から知らせが届いたと、四方吉が肩を落とす。すぐに返事を認《したた》めて、お染の死を書き添えたという。温厚な庭鐘も、さすがにむっつりと黙り込んだ。

「旅の路銀《ろぎん》も底を尽き、我が家を頼ってきたのだろうが、わしはあのふたりを匿《かくま》うつもりなぞなかった。女と別れて備前に帰るよう説いたが、昌太郎は頑《がん》として承知しない。それに倅がほだされてな」

それほど好き合《お》うているなら夫婦と認めて、ここでやり直しを図らせた方が良いと、ふたりと並んで父に頭を下げた。昌太郎は彦八のふたつ下になる。男兄弟がいない彦八には、弟ができたようで嬉しかったのだろう。

「お染とふたり、今度こそ真人間になってみせると、わしの前で誓ったのだが」

「ああいう男の今度こそほど、頼りにならぬものはないのだが」と、庭鐘が苦笑する。

「まったくよ。人の性根《しょうね》はそうそう変わらぬし、他人が変えることもできぬ。若い息子には、その辺がわかっておらんようでな……我が事のように親身になって庇《かば》い立《だ》てをする」

　ゆがんだ性根を叩き直して、実のある男にしてみせると、彦八は意気込んでいるそうだが、そんな考えは傲岸《ごうがん》以外の何物でもない――。歳を重ねれば自《おの》ずと察することだと、四方吉と庭鐘が互いにうなずき合った。

　若い彦八はそんな諦観とは程遠く、お染を亡くして弱ったいまこそ助けになってやらねばと、いっそう昌太郎にかまけている。

「あれでは彦八の方こそ、参ってしまうわい……」

　父親の呟いたぼやきは、杞憂には終わらなかった。


「まったく……どうして雨月さまや私までが、駆り出されねばならんのだ」

　札が貼られた小屋の前で、兎がぶうぶうと鼻を鳴らす。

「ひと晩くらい、良いではないか。話し相手がいれば、秋の夜長も早く過ぎよう。ほれ、このとおり酒もあるぞ。遠慮なくやってくれ」

　母屋から借りてきた茶碗に、秋成が酒を注《つ》ぐ。鼻先を茶碗に突っ込むと、兎もようやく大人しくなった。やりとりがきこえていたのだろう、小屋の内からぼそぼそと声がした。

「若先生には、ご迷惑をおかけします……」

「気にするな。彦八の代わりに、おれが張り番を引き受けたに過ぎぬ」

「あのう……彦八の具合は、いかがでしょうか？　おれの代わりに、お染ばかりか彦八までがやられるなんて……もしも彦八に万一のことがあれば、たとえ物忌みが無事に過ぎても、私は生きていけません……」

「案じるな、彦八はただの過労、つまりは働きすぎだ」

夜になると、昌太郎はひどく怯え、彦八は放ってはおけなかった。毎晩、小屋の外で張り番をして、壁越しに話し相手になってやった。彦八は頑健な男だが、昼は野良仕事、夜は張り番と無理を重ねた挙句《あげく》、十六日目の今日、とうとう倒れてしまった。

医者の庭鐘が呼ばれ、秋成も薬籠《やくろう》を抱えて井沢家に供をした。げっそりとした顔で、枕から頭も上がらないありさまなのに、それでも彦八は懸命に訴えた。

あとひと晩、今夜を凌《しの》げばお染の喪が明ける。昌太郎の物忌みも、明日の朝で終わりを迎える。這《は》ってでも張り番をすると言って、彦八はきかない。

「しかしな、医者としてさような無理はさせられぬ。ひとつ、代わりの張り番を立てるということで、折り合いをつけてもらえぬか、彦八」

「先生、代わりというと、誰が？」

「おまえしかおらんだろうが、秋成。まさか、わしや四方吉のような年寄りに、寝ずの番をさせるつもりか？」

「先生はまだ、五十半ばではありませんか。こういうときだけ、年寄りあつかいを乞うのは如何《いかが》なものかと……」

不満たらたらながら、憔悴《しょうすい》しきった彦八を前にしては断ることもできない。秋成は承知して、いったん家に帰ると、雨月と遊戯にも助力を乞うた。

「構わないよ、どのみちあの家には何の障りもないからね……ね、遊戯？」

「さようです、雨月さま。先に私どもが確かめに参ったときには、霊ひとつ妖し一匹おりませんでした。ましてや前の女房の幽霊など、気配すらありません」

単に気の迷い以外の何物でもないと、ふたりは断言した。

少しは安堵《あんど》の材になろうかと、小屋内の昌太郎にも、秋成は改めて伝えた。

「いま、おれのとなりにいる友は、陰陽師並みに勘が優《すぐ》れているからな。異形《いぎょう》が近づけばすぐに察する。枕を高くして眠っても構わぬぞ」

「はい……ありがとうございます……」

辛《かろ》うじて礼を述べたものの、声は不安げに掠《かす》れている。

「こうまで恐れるのは……それだけ、己の罪の深さに苛《さいな》まれているということだね」

雨月が小声で耳打ちした。さもありなんと、秋成もうなずく。

何の非の打ちどころもない妻を厭い、あろうことかその妻から金を騙しとり他の女と逃げたのだ。百のうち百が、昌太郎の罪である。

「それでもな、雨月……ほんのぽっちりだが、こやつに肩入れしてやりたい気持ちが、おれにはあるのだ。男の身勝手と言われれば、それまでなのだが」

磯良のような良妻を娶《めと》って、果たして幸せになれるだろうか？　そう自問してみると、すっきりとしたこたえが浮かばない。昌太郎もまた、同じではなかろうか。自堕落を旨としてきた倅の素行を改めようと、両親は磯良を迎えた。磯良はちょうど、金の箍《たが》を嵌《は》めた白木《しらき》の桶《おけ》のようだ。きっちりと隙間なく、輝く箍はひたすら昌太郎を締めつける。ただその箍を外したくて、なりふり構わずお染にすがったのではなかろうか。そんなふうにも思えてくる。

「少なくとも、おれは立派な妻など要《い》らぬ。おたまで良かったと、しみじみ思った」

「秋成が言うことも、わかるよ……磯良の話をきいて、私は宮木《みやぎ》を思い出した」

難波村で出会った宮木は、帰らぬ夫を二十一年も待ち続けた。貞淑《ていしゅく》な妻の立場を貫くために、己は身を売り、挙句に気を病んだ。それと同じ悲しさを、雨月は磯良にも感じているようだった。

「磯良自身も、望んで金の箍を嵌めたわけではない。世間が、親が、かざした箍をただ信じて懸命に磨き続け、果てに肝心の伴侶に疎まれたんだ。磯良が恨んでいるのは夫ではなく、己の来《こ》し方《かた》じゃないのかな……あの宮木と同じように」

雨月はそんなふうに語った。ふたりで月を仰ぐ。

中秋を過ぎた月は、女の胸のようなまろやかな形を成して、秋風にたゆたっていた。

そして、夜が明けた——。


いつの間にか、うつらうつらしていたようだ。鶏の声で、秋成は目を覚ました。念を入れて搔巻《かいまき》にくるまっていたものの、秋の早朝は肌寒い。ぶるりと身震いしたが、胸の辺りだけが温かい。いつのまにか兎が潜り込んで寝息を立てていた。

「おはよう、秋成。どうやら何事もなかったようだね」

すでに起きていた雨月が、晴れやかな顔で覗き込む。昨夜は晴れていたが、今朝は雲が多いようだ。日差しは届かぬまでも、すでに日が昇っていることは明るさでわかった。

「そのようだな、これでひと安心だ……おおい、昌太郎、起きているか？　夜が明けたぞ、おまえの物忌みも終わったのだぞ」

戸口を叩き、秋成が中に声をかける。窓を塞《ふさ》いでいるから、わからないのだろう。内からか細い声が返る。

「本当に……本当に明けたのですか？　お染の四十九日が、過ぎたのですか？」

何度も何度もしつこいほどに念を押し、ようやく中でゴトリと音がした。戸口にしっかりとつかえてあった、心張《しんば》り棒を外した音だ。立てつけの悪い板戸をガタガタさせて、一寸ほどの隙間があいた。内から目だけがおそるおそる覗く。

「もう怯えることはない。ほれ、このとおり、磯良の霊なぞどこにもおらんだろうが」

秋成が癇性《かんしょう》に、戸口を大きく開け放つ。とたんに強烈な異臭が鼻をついた。穴を掘ったとはいえ、小屋の中で用を足し、半月分の下《しも》のものを溜め込んでいたのだから無理もない。

昌太郎は、髪も髭《ひげ》も伸び放題で、彦八以上に衰えている。何とも人間離れした哀れな姿で、自身の方がよほど化け物じみていた。

「さ、昌太郎、小屋を出ろ。行水《ぎょうずい》でさっぱりして、それから飯だ。彦八に達者な顔を見せてやれば、何よりの薬になろう」

秋成が励ましても、相手は微動だにしない。その目が大きく見開かれ、秋成の背後を凝視《ぎょうし》している。

「い、磯良……！」

え、と秋成がふり返る。そこには女が立っていた。

青く見えるほどに透きとおった白い肌、黒目がちな大きな瞳、赤く咲いた唇——。

大きな色街ですら滅多に見かけぬほどの、美しい女だった。

「おまえさま……昌太郎さま……ようやく、ようやく会えた……」

女が口を開いた。その声は、秋成の耳にもはっきりと届く。声に押されるように、一歩、二歩と昌太郎が後退《あとずさ》った。

「磯良……頼む……許してくれ……許してくれぇ……」

「おまえさまに、どうしても言いたいことがあって、ここまで来ました……私がこれまで、どんな思いをしたか……辛《つら》い報《むく》いのほどを、おまえさまにも知っていただきたくて！」

女がずいと前に出て、昌太郎の喉から絶叫が迸《ほとばし》った。白目を剝《む》いて、ばったりと仰向けに倒れる。

なにせ幽霊を見たのは初めてだ。からだに氷でも詰められたように、秋成も身動きひとつできなかった。代わりに秋成を追い越して、女が小屋内に入り、昌太郎に駆け寄った。

「おまえさま！　どうなさいました、目を開けてくださいまし、おまえさま！」

ぼんやりとそのようすをながめる秋成の耳許で、雨月がささやいた。

「秋成、あの人は幽霊じゃないよ。磯良殿は、ちゃんと生きている」

「何だと！　それはまことか！」

夢から覚めたように秋成が怒鳴り返し、兎が呆れた顔をする。

「やれやれ、生き死にすら見分けられんとは、それでも医者か。それより、今度はあの男の方が死にかけておるぞ」

兎に言われ、慌てて倒れた男の前に跪《ひざまず》いた。手首をとってみると、脈がない。

「この半月の物忌みで、昌太郎は弱っていた。あまりの恐れと驚きに、心の臓がもたなかったのか……」

「そんな……！　お願いです、この人を助けてくださいまし！　私はもう一度この人とやり直すために、はるばる備前から参ったのです」

その訴えは鞴《ふいご》のように、秋成の中にあった火を、医者としての魂を、ひと息にかき立てた。

「わかった、精一杯やってみる！」

秋成はひとまず妻女を下がらせてから、両手を合わせて拳にした。それを頭上にふり上げて、昌太郎の胸を目がけて強くふり下ろす。一度、二度、三度――男の息は止まったままだ。それでも秋成は諦めなかった。この技を伝授してくれたのは庭鐘だ。

『病や深手では仕方がないが、人は驚いた拍子に心の臓が止まることがある。そんなときにはこうして、拳で殴る――わしも三度ほど試してみたが、ひとりは息を吹き返した』

庭鐘の手捌《てさば》きを思い返しながら、必死で拳を打ちつけた。強すぎると肋骨《ろっこつ》に障るのだが、この際構ってはいられない。

「昌太郎、死ぬな！　妻女を遺《のこ》して、勝手に逝《い》ってはならん！　おまえにはまだ先がある。待っている者がおるのだぞ！」

額に汗を浮かべ、大声で叱咤《しった》した。打った拳の数が、十を過ぎたころだろうか。

ごふっ、と昌太郎がえずき、呼吸が戻った。目は開けないが、胸が上下しはじめて、脈をとると、とくりとくりと打っている。

「よかった……もう大丈夫だ。ご妻女、昌太郎は戻ってきたぞ」

「まことにございますか？　ありがとうございます……ありがとうございます！」

わっ、と妻が泣き出して、大の胸にしがみついた。気づくと、戸口の陰から雨月が覗いていた。

「すごいよ、秋成。死んだ者を引き戻すなんて、私や遊戯にもできない芸当だ。ね、遊戯？」

「まあな、がさつもたまには……いや、初めて役に立ったようだな」

兎の憎まれ口すら気にならぬほど、清々《すがすが》しい気分だった。


「私が病に伏せっていた折に、こちらの井沢さまから夫の消息が知らされました。立腹したお舅《とう》さまは、私が死んだと書き送りました。旦那さまの行いが許せず、罪深さを思い知らせるためですが……」

決して嘘ではなく、そのころは磯良も、このまま儚《はかな》くなりたいと願い続けていた。快《かい》癒《ゆ》の兆《きざ》しは見えず、医者も諦めていた頃だ。やりきれない鬱憤《うっぷん》を、父は息子に向かって投げつけたのだ。

「けれど床の中で色々と考えるうち、違う思いがわいてきました。たしかに夫のしたことは許せません。ですが私も、夫に対して不正直であったと気がつきました」

「不正直だと？　だが磯良殿は妻としてのまことを尽くしたと、この家の当主からは伺《うかご》うておるが」

井沢家の客間で、秋成は磯良と向かい合っていた。事なきを得たと知ると、雨月と遊戯はさっさと引き上げてしまい、秋成は昌太郎を母屋に運び込み、念のため庭鐘に使いを送った。

昌太郎は未だ目を覚まさないが、駆けつけた庭鐘が奥の間で診てくれている。そのあいだ、秋成は磯良から、これまでの経緯《いきさつ》をきいていたのだった。

「私はただ、良妻を演じていただけにございます。嫁ぎ先の家を守り、夫を立て、舅姑に尽くす。世間の望む良き妻の形をひたすらなぞっていただけで、私のまことの胸の内は、決して見せませんでした」

「不正直とは、そういうことか」

「本当は、色街に行く夫を引き止めて、馴染みの女ができたことを思うさまなじり、騙されたと知った折には、存分に怒りたかった。たとえ悪妻と罵《ののし》られても、それが私の本音です。その一切を、私は封じ込めておりました」

夫とのあいだに垣根を作っていたのは、自分の方かもしれないと、遅まきながら磯良は気づいた。昌太郎の浮気性は生来のものだ。なじったところで無駄かもしれないが、それでも本心をぶつけ合わぬうちは、喧嘩のひとつもできぬようでは、夫婦とは言えない。

そんなふうに考えるようになってから、少しずつ病が癒《い》えてきた。そして床上《とこあ》げが叶った頃に届いたのが、お染の訃報《ふほう》だった。

「もしかしたら、夫ともう一度やり直せるかもしれない。それが叶わずとも、これまでの恨みつらみをせめてひと言でもぶつけることができれば、お互いに少しは楽になるかもしれない――。そう考えたら、矢も楯《たて》もたまらず、備前からここまで来てしまいました」

「なるほど……辛い報いのほどを知ってもらいたいとは、そういう意であったのか」

磯良が放ったのは、呪いでも怨《うら》みでもなく、ただ本心を打ち明けて、昌太郎と生き直したいとの願いであった。

「ですが……物の怪ほどに恐れられていては、望みは薄うございますね。私はこのまま備前に帰った方が、よいのかもしれません。私の顔を見て、また夫の心の臓が止まってしまっては、元も子もありませんし」

少しばかり冗談めかし、寂しそうに微笑んだ。なまじ過ぎるほどに整った顔立ちだけに、それまでどこか人形めいてもいたが、そのときだけは血が通った女に見えた。

「おれが諦めず、無理にあの世から引っ張ってきたのだぞ。妻のおまえが諦めてどうする」

「若先生……」

「相手が怯《ひる》もうと恐れようと、しっかりと首っ玉を摑《つか》んで今度こそ離すな。女房というものは、そのくらい図太く、図々しいくらいでちょうどいい」

「……そうですね。やってみます」

くすりと笑い、うなずいた。本心からの笑顔は、この上もなく艶《あで》やかで、秋成はしばし見惚《みと》れてしまった。ぽん、とおたまの不機嫌な顔が浮かび、慌てて浮気心の芽を己で摘みとる。どうやら首っ玉を摑まれているのは、秋成自身のようだ。

そこに庭鐘が福々しい顔で現れて、昌太郎が気づいたと知らせてくれた。

「四方吉から一切をきかされて、昌太郎は涙をこぼして悔いている。ご妻女に詫《わ》びたいと、申しておるぞ」

磯良の顔が、ぱっと輝いて、まるで花が咲いたように明るくなった。

急いで腰を上げ、駆けるように廊下を行く。

「昌太郎は、果報者だな。あのように美しい女子に大事にされて」

「さようですな。その幸運に、早《はよ》う気づけばよいのですが」

こたえながら、秋成も自身の運を嚙みしめていた。

この前会ったばかりの妻が、恋しくてならなかった。

邪性《じゃせい》の隠《いん》

嫌な雨だと、秋成《しゅうせい》は感じていた。

降りはじめは、しとしとと勢いはなく、そのくせ肌にまとわりつくような不快を伴って、晩春の田舎道を陰気に覆っていた。

二月下旬《すえつかた》。そろそろ桜の蕾《つぼみ》もほどけようかという頃合に、寒々しい日が続いている。空はどんよりと重くたれこめ、日の姿をしばらく見ていない。恨み言でもこぼすみたいに、時折、小糠雨《こぬかあめ》が落ちてきて、ただでさえ鬱々《うつうつ》とした気持ちにいっそう湿っぽさを与える。

秋成は、この正月で四十になった。

嶋屋《しまや》を失い、都賀庭鐘《つがていしょう》の許で医術を学びはじめて、二年が過ぎた。

医者修業は、順調と言えるだろう。師の大らかな人柄もあり、年が明けてからは今日のように、患者の往診を任されることもある。もちろん、秋成でも手に余ることのない、長患《ながわずら》いながらようすの安定した病人に限られるが、師の信頼は、弟子には何よりの薬となる。偏屈なわりには人好きする性質《たち》だけに、他の門人たちからも特に煙たがられることなく受け入れられている。

何の不足もないはずが、秋成の内には未だに今日のような雨が降っている。決して晴れることはなく、じめじめと続き、胸の中が黴臭《かびくさ》い。

「四十にして惑わず、か……。孔子《こうし》は不惑《ふわく》と説いたが、おれは惑うてばかりだ」

足を止め、傘の下でひとり言《ご》ちた。まるで天がきき咎《とが》めでもしたように、急に雨脚が強くなった。いくらも行かぬうちに、前すらろくに見通せぬほどの水の格子に塞《ふさ》がれた。

舌打ちをした秋成の目の端《はし》に、小屋らしきものが映った。この辺りには、人家などなかったはずだが、と訝《いぶか》しみながらも、周囲は森ばかりの慣れない道をこのまま行くよりはましだろう。軒を借りるつもりで、木々のあいだから辛《かろ》うじて見える屋根を目指した。

着いてみると小屋ではなく、こぢんまりとした祠《ほこら》だった。祀《まつ》られていた神は、他所《よそ》に移されたのだろうか。賽銭《さいせん》箱は足を一本失って大きく傾《かし》ぎ、正面の格子も板壁も破れがひどい。長の年月、打ち捨てられていたようだが、板葺《ぶ》きの屋根だけは辛うじて残っており軒も深い。走り込み、格子戸の前に達して、ようやく人心地ついた。借り物の傘を閉じ、雫《しずく》を払う。

都賀庭鐘の『繫《しげしげ》堂《どう》』は、天満《てんま》の北の外れにある。天満の西を流れる淀川《よどがわ》を渡ると、景色が一変する。この辺り一帯は東成《ひがしなり》と称されて、のどかな田畑が広がる。町中の喧《けん》噪《そう》を逃れて、寮や隠居家を構える物持ちもいて、今日往診に行った毛馬《けま》村の患家も、そのような寮のひとつだった。大店《おおだな》の息子だが、長く肺腑《はいふ》を患っている。いまの医術では完治には至らず、薬で症状をいくらか抑え、病の進みようを少しでも遅らせるしか方がない。若い患者だけに気の毒にも思えたが、それでも一年前にこの田舎地に来てからは、多少顔色がよくなった。悪化の兆しは見えず、滋養のあるものを食し無理をせぬよう言い含めて、庭鐘から預かった薬を置いてきた。

患者の枕元で暇《いとま》を乞《こ》うたころ、雨が降り出した。雨男を自認しているから、めずらしくはない。患家で傘を拝借し、帰路についた。雨が激しくなってきたのは、大きな雑木林にさしかかったころだ。右は拓《ひら》かれていたが、左手には鬱蒼《うっそう》とした林が佇《たたず》んでいる。

祠は、その林の中にあった。

毛馬村やとなりの友渕《ともぶち》村が開墾されたのは、江戸期に入ってからだときいている。おそらくはその折に祀っていた土地神を遷宮したか、あるいは大昔の祠が戦乱などで忘れ去られ、年月に埋没してしまったのかもしれない。

祠の来《こ》し方《かた》に思いを馳《は》せながら、ぼんやりと低い空をながめていた。

人の姿が映じたのは、ふいのことだった。

まるで水の格子をするりと抜けてきたように、その女は音もなく目の前に現れた。

「こちらの軒先を、しばしお貸しくださいませ」

雨よけに、頭から被《かぶ》っていた衣の下から、その顔《かんばせ》が見えた。

息を吞むほどに、見目麗《うるわ》しい女子《おなご》だった。

歳は二十歳くらいだろうが、女の正体がはっきりしない。身分は高そうだが、武家の装束《しょうぞく》ではない。髪は昔の宮中の女人のような、いわゆるおすべらかしで、首の後ろで結び、背中に長く垂らしている。京の御所に仕える女官だろうか？　そうも考えたが、いまは公家《くげ》でも日常は髷《まげ》を結う。葵髷《あおいづと》と呼ばれる、両に銀杏《いちょう》が広がったような髪形をしていて、垂髪《すべらかし》は宮中の式典などに限られるはずだ。

美しい姿に目を奪われながら、京できかじった雑学を頭の隅で思い返した。

着物もいかにも高価で、濡れてもなお水をはじくほどに、金襴《きんらん》が施されている。

「やはり、ご迷惑でしょうか？」

紅の鮮やかな唇が開き、困りきった眼差《まなざ》しがこちらを見詰める。

「い、いえ……どうぞお入りください。雨もすぐにやむでしょう」

自分のものではないような上ずった声で、秋成は軒に招じ入れた。

「しばらくのあいだ、お許しくださりませ」

楚々《そそ》とした風情《ふぜい》ながら、被っていた薄衣を外し、案外傍近《そば》くに並んで立つ。少しでも左腕を動かすと、相手の右肩にぶつかってしまいそうだ。香の匂いがふわりと立って、柄にもなく鼓動がやかましい。

「そのう……今日はどちらに？　この近くにお見知りでも、いらっしゃられるのですか？」

舌を嚙みそうなていねい口調が、自ずとこぼれ出す。雨月《うげつ》や遊戯《ゆうぎ》が傍にいたら、腹をよじって笑いこけていたに違いない。

「いいえ、逆にございます。ずっと館にこもりきりでおりましたが、久方ぶりに外に出て、清々《すがすが》しい気に触れることがかないました」

「清々しい、ですか……」

激しい篠突《しのつ》きようは、女の所感とはほど遠いようにも思えたが、ふっと女が微笑んだ気配がした。

「天の機嫌は、悪うはございませせぬ。これから芽吹くものたちへの、恵みの雨です。地上の万物は、天と繋《つな》ごうて生命《いのち》を得る。日を浴びて風に吹かれ、地に抱かれて雨に打たれる」

鉛色の空に向けられた女の横顔は、恍惚《こうこつ》すら感じさせる。言は僧侶の法話のごとく重厚なのに、うっとりとした眼差しとほころんだ口許《くちもと》は、それとは逆の色香を漂わせていた。男に直截《ちょくせつ》に訴えかける、淫靡《いんび》なまでの怪しさである。

慌てて目を逸《そ》らしたのは、精一杯の自戒だった。思想は深く、それでいて、女の性は生々しい。秋成が頭の内に描いていた、理想そのものの女性《にょしょう》の姿だった。

「そのあたりまえから、私はあまりに長く閉ざされておりました」

「もしや、おからだを壊されて、床についていらしたのですか？」

「決して大げさな病ではありませんが、たしかに臥《ふ》せっておりました……館からは一歩も出ず、うつらうつらとしたままで」

「では、ご快癒《かいゆ》召されたということですか。それは重畳《ちょうじょう》」

「はい。私はこうして自在な身となりましたが……ずっと私の傍にいた女の童《めわらわ》が、加減を悪くいたしまして」

「それはいけない。よろしければ、私がお見立ていたしましょうか？　こう見えても、私は医者の端《はし》くれでしてな」

片手に下げていた、薬籠《やくろう》を示した。

「まあ、あなたさまは、お医者さまでしたか」

「というても、未だ見習いの半人前ですが。重い病であれば私の手には負えませぬが、そのときは師に頼みましょう。都賀庭鐘という腕のよい医者です」

「かたじけのう存じます。ぜひとも、まろやをお願いいたします」

女の童とは古風な呼び方だが、おそらくはおつきの少女だろう。まろやという名を告げられて、互いの名を知らぬことに、遅ればせながら思い至った。

「申し遅れました。私は庭鐘が門人の、上田《うえだ》秋成と申します」

「私は、真砂《まなご》と申しまする。真の砂と書きます」

「真女児、とは、いとし子という意ですね。名付けられた方の、情が籠《こ》もっている」

「父は京の公家ですが、故あって、まろやとふたりきりでこの地に侘《わ》び住まいをしておりまする」

「ふたりきり、ですか……それは心細うございましょう」

「ええ……もう慣れましたが。まろやが床につき、何のおもてなしもできませぬが」

「いえ、どうぞお気遣いなく。あくまで医者として赴《おもむ》くのですから」

薬籠を掲げ、医者の語に力を籠めたのは、喜色を抑えるためだ。よけいな邪魔のいない館に、高貴な美女から誘いを受ける。男なら、誰もが夢想する幸甚《こうじん》だ。

館はこの祠の裏手にあり、さほど遠くはないと女が告げる。

「ですが、さすがにこの降りでは難儀ですな」

秋成は恨めしそうに空を見上げた。

「天はさように意地悪ではありませぬ。ほどなく小降りになりましょう」

まるで女の声がきこえたように、雨はまもなく勢いを失《な》くした。

最前のように、しょぼしょぼと細かな霧に姿を変える。

「さ、参りましょう」

これは本当に現実だろうか――? 心の隅で訝しみながら、秋成は美しい姿を追った。


遠くはないと女は言ったが、館に着いたときには、とっぷりと日が暮れていた。

秋成の見当よりも、館はよほど大きかった。しかも時代がかっている。

蔀《しとみ》を下ろし、簾《すだれ》を一面にたらし、何とも奥ゆかしい。蔀とは、格子の裏に板を張り、上げ下げする戸のことで、簾と相まって古《いにしえ》の御殿を思わせる。

畳敷きの座敷はなく、板間に床畳《とこだたみ》が置かれている。布を垂れた間仕切りの几帳《きちょう》に、御厨子《みずし》や壁代《かべしろ》。御厨子は両開きの扉のついた箱型の戸棚で、壁代は名のとおり、壁の代わりに懸けたらした絹や綾のとばりである。雅《みやび》な絵が描かれ、縫いとりまでが施されている。知識としては知っていたが、直《じか》にながめるのは初めてだ。まるで『源氏物語』に出てきそうな館の様相だった。

「お疲れになりましたでしょう。まずは雨を拭《ぬぐ》われて、一服なさってくださいまし」

「ああ、いえ……足許よりほかは、さほど濡れてはおりませぬ」

「ですが、祠から館まで、傘をお貸しいただきました。そのぶんあなたさまが、濡れておしまいになられましたね」

ふわりと、やわらかな布が秋成の頭にかけられる。女のからだか、あるいはその布か、かぐわしい匂いが濃くなった。女の顔を、初めて間近で捉えた。胴震いが起きるほどに、壮絶なまでの美貌だった。

我ながら、表現がおかしい。壮絶とは、きわめて勇ましく激しいことで、戦場《いくさば》などに用いられる。この女には、猛々《たけだけ》しいところなぞ微塵《みじん》もない。なのにどうしてだか、その言葉が浮かんだ。

美しい女なら、これまでにも見てきた。姑《はは》のお菊によって守られたお袖は、儚《はかな》い美をたたえていたし、浅時《あさじ》が宿《やど》の宮木《みやぎ》は、まさに時を超越した若さを保っていた。半年前に会った磯良《いそら》は、人形のように整った顔立ちだった。けれども真砂のもつ美貌は、どこか凄みを帯びている。

裏付けているのは、たぶん強烈な女の性だ。婬《いん》と呼んで差し支えないほどの、男の性に、本性に、切り込んでくる女そのものが、隠しようもなく匂い立つのだ。

人が長い時をかけて、道徳の中に封印した。生を司《つかさど》る尊《とうと》さを葬り、邪念と称して遠ざけたのは、その欲が根源にあるからだ。獣と何ら相違ない、人の野蛮を思い起こさせる。男をたちまちのうちに雄《おす》に変える。だからこそこの女は、たとえようもなく美しい。

最前から、何度もおたまの顔を浮かべようとした。妻への思いは変わらないはずなのに、まるで煙で描いた絵のように、たやすく霧散してしまう。涙が出るほどに、それが怖くてならなかった。なけなしの理性をかき集め、喉の奥から掠《かす》れた声が絞られた。

「まずは、おつきの者の見立てをせねば……」

「さようでございますね。どうぞこちらに」

打掛《うちかけ》を羽織った女は、長い裾を引いて、足音もなく廊下を行く。薬籠を手に、後ろに従いながら、ようやく気づいた。脇の下に、じっとりと汗をかいていた。

少し離れた座敷に寝かされていたのは、十歳になる少女だった。小柄で前髪を切りそろえているためか、告げられた歳より幼く見える。

少し苦しそうに浅い息を吐いているが、額に手を当てると、ひやりとするほど冷たかった。

「熱はないようですな……吐いたり、無闇に厠《かわや》が近かったり、あるいは胸のむかつきなどは……それもありませんか……」

主人に仔細《しさい》を確かめながら、手首をつかんで脈をとる。指から伝わる鼓動はひどく遅く、常人の半分ほどか。このくらいの歳なら、大人よりむしろ速いはずだ。

「心の臓が、弱っているのだろうか……？　私では判じかねます。やはり一度、庭鐘先生に見せた方がよろしいかと……何とも不甲斐ない見立てで、申し訳ありませぬが」

「いいえ。こうしてお運びくださっただけでも、心強うございます。おそらくは、疲れがいちどきに出たのやもしれませぬ。ずっと私の傍に、かしずいてくれましたから」

いわば主人の看病疲れで、具合を悪くしたのだろうと説かれ、そうかもしれないと安直にうなずいた。

額だけではなく、とり上げた小さな手も、真冬に水にさらしたように冷たかった。尋常でないほどの脈の遅さ、さらに燭台《しょくだい》の灯りのもとでは青みがかって見えるほどに肌が白い。もっとも色白だけは主人も同様で、日に一度も当たっていないような肌の白さで、暗がりですら姿が際立って映る。

なのにどうしてだか、闇はひどくこの女に馴染む。同じ白でも、日をはじく衣のような眩しさではなく、山奥の苔《こけ》むした木の根方に、ひっそりと咲く白い花を思わせた。

「すみません、お姫《ひい》さま……このような情けないありさまで……」

浅い息のあいだから詫言《わびごと》がこぼれ、少女が涙ぐむ。

「いいえ、まろや。謝らねばならないのは私です。ごめんなさいね、私のために無理をさせて……もう少し、堪《こら》えてちょうだいね。かの地に着けば、おまえもきっとよくなりますからね」

主人はそっと手を伸ばし、白い頬をやさしく撫《な》でた。

かの地とは、京の都だろうか？　たずねるより前に、女はすいと立ち上がった。

病人の間を出ると、廊下を戻ることなく主人はさらに奥へと誘《いざな》う。華やかな壁代に彩られたことさら雅な一室に招かれて、床畳の上には、まるで客の到来を知っていたかのように、すでに酒と膳が仕度されていた。

「何のおもてなしもできませんが、せめて一献《いっこん》」

朱塗りの銚子《ちょうし》から、真砂が手ずから酒を注ぐ。いわゆる徳利《とっくり》ではなく急須に似た形で、赤漆《あかうるし》に金の花が散った酒器だった。

銚子と揃えの盃を渡されたが、秋成は慌てて断りを入れた。

「いや、私は不調法者《ぶちょうほうもの》で、酒はたしなみません。盃一杯でも、顔に出るほどで……」

「ご案じなさいますな。ことさらに甘《あま》う酒にございますから。騙《だま》されたと思うて、ひと口だけでも」

清酒ではなく、真っ白な濁り酒である。女の肌は、この白にも似ているなと思いながら、惹かれるように口をつけた。

「これは驚いた！　何と甘い酒だ。まるで菓子を擂《す》ったような」

「お口に合《お》うて、嬉しゅうございます。どうぞご遠慮なく、ごゆるりと」

下戸《げこ》であるだけに、甘いものは大好きだ。ついつい杯を重ね、そういえば、と要《い》らぬ雑学が頭をよぎった。酒造りの技術が培《つちか》われていない時代には、酒はひどく甘いもので、そんな甘い酒を常に呑んでいたために、昔の貴族は丸々と肥えていた。絵巻物に描かれた直衣《のうし》に烏帽子《えぼし》の姿を浮かべながら、ちらと頭の隅でそんなことを思い出した。甘くとも、酒には変わりない。三杯ほど干したところで、急激に酔いがまわった。

頼りなくふやけた頭で、懸命に考える。

やはりこの女人は、今生《こんじょう》の者ではないのだろうか？

古の亡者《もうじゃ》か、あるいは物《もの》の怪《け》のたぐいか？

いやいや、その手のものには縁がないはずだ。見ようにも見えぬし、触れたくとも触れられない。遊戯が居着いてからというもの、不思議譚《たん》が増え、あれの見せた幻も目《ま》のあたりにした。とはいえ、秋成自身は変わらない。

異界のものに触れ、交わることができるのは、雨月だけだ――。

「私は、ここにおりまするよ」

知らぬ間に、女の顔が正面にあった。先ほどの比ではない。呼気すら感じるほどに近い。

目の際に入った赤い化粧は、遠い昔のたしなみか。濡れて誘う赤い唇だけが生々しい。

顔立ちばかりは、ふっくらとした下ぶくれではなく細面《ほそおもて》の今様だった。

「こうして、あなたさまが触れてくださるのを、待ち望んでおりまする……」

赤い唇から、赤い舌が覗《のぞ》く。唇よりさらに、舌は緋色《ひいろ》がかっており、まるで血のようだ。

さっきの酒を霧にして吹きかけられたような。甘い吐息がまとわりつき、からだを縛りつけ指一本すら動かせない。抜けるように白い手が、秋成の腿《もも》をゆっくりと這《は》いまわる。

腰に強いしびれが走り、股間《こかん》が獰猛《どうもう》に脈打った。

その衝撃が、辛うじて糸一本でしがみついていた理性を呼び覚ます。

片手で突いて、相手のからだを引き剝《は》がした。決して強い力ではなかったはずが、軽い女の身は、思いのほかにのけぞって畳に打ち伏せる。

こちらに背を向けた、女の肩が震えている。泣いているのではなく、くつくつと喉からこぼれたのは笑いだった。

「妾《わらわ》が、怖いのかえ？　異な者を寄せるのは、気味が悪いか？」

ふり向いた女は、最前より凄みを増して、やはり美しい。

「おまえは……人ではないのか？　この世に未練を残した死霊《しにだま》か？　獣が人を象《かたど》った妖《あやか》しなのか？」

「たしかに妾は、人ではない。だが、主《ぬし》にとってはどうでもよかろう。おまえが恐れているのは、異界に潜む妾ではないのだからな」

「言うてることが、わからんぞ」

「妾を拒むのは、矜持《きょうじ》でも理《ことわり》でもなく、ましてや妻女への罪深さでもない。おまえはただ、怖いのだ。我を忘れて欲に溺れることが、獣に堕《お》ちるようで怖いのだ。頭でっかちなだけに、目の前にさし出された享楽よりも、その後の悔やみの方が先んじる……それればかりではないぞ。自身の弱さと頼りなさが、主には何よりも怖いのだ」

「黙れ！　妖怪ごときに、何がわかる！」

「わからいでか……ほれ、いまも、そこここにこぼれておる。幼きころに疱瘡《いもかさ》を患った故の容姿のまずさ、貧相なからだつき。商いの才なく、恩ある父の身代を潰し、一家を寄食の身とした負い目。おまえの身は、悔やみを継《つ》ぎ接《は》ぎしたかのごとく、臍《ほぞ》を噛むほどの悔いばかりでできておろう？　そんな男に、見目麗しい女子が近寄うてくるなど、あるはずがない……その懸念が、どうにもふり払えぬ故に、妾を厭うのであろう？」

呪詛《じゅそ》のようにもきこえるが、すべて真実だった。

不惑の歳を迎えても、未だに自己への嫌悪で凝り固まっている。肝心なのは中身で、姿形なぞどうでもいいとほざきながら、その実、美男でも逞《たくま》しい男でもないことにがっかりしている。秋成が頼みにできるのは、多少の文才だけだが、それすらもっと上の者が世間にはごまんといて、俳句にしても物語にしても、中途半端なままでうろうろしている。

「おまえの、言うとおりだ……気骨のなさが、おれには染みついている……」

悄然《しょうぜん》とうつむいた姿が滑稽《こっけい》だったのか、赤い口の端で女が笑った。

「そうさな……主には色よりも、よほど効き目のある欲があろう？　もしも妾が筆を操り、稀代《きたい》の傑作を書かせてやるというたら、どうだ？」

「馬鹿にするな！　それこそご免こうむる。中身の伴わない誉《ほまれ》や評判なぞ、馬の糞《くそ》にも劣るわ」

「つまりは、中身のある誉は、欲しているということだな？　名を上げて、人から敬《うやま》われたいと、切に望んでおるのが本性か」

返す言葉もない。地位や名声など、くだらぬものだ。金も権威も、執着に値するものではない。常々うそぶきながら、ざっくばらんな風来を装いながらも、本心では強烈に欲していた。

この女が、異界の者でよかった――。人に暴かれていたら、とても居たたまれなかった。それとも身近にいる、おたまは、雨月は、庭鐘は、見抜いていたのだろうか？　嘘が不得手なだけに、女が言ったとおり、あちこちにだらしなくこぼしていたかもしれない――。いっそう、やりきれなさが募った。

秋成の沈黙を、思いがけない言葉が埋めた。

「いつまでも屈託を引きずっている故に、ものを書くのだろう？」

「……え？」

「物書きなぞという酔狂《すいきょう》にいつまでもこだわるのは、人が忘れ、置いてきた屈託を、後生大事に抱えておる証《あか》しぞ。しつこいにも程があろう」

「なるほど……しつこいとは言い得て妙だな……」

時間《とき》は流れ続け、現在《いま》は摑《つか》む傍から後ろにとび去っていく。そこに身を置く限り、過去や後悔に囚《とら》われていては、置いてきぼりにされる。だからこそ人は、幼いころの心配事や若いうちの後悔を、ときには忘れ、あるいは糧《かて》としながら先に進む。

「書くよりほかに、道を行く術《すべ》がない。筆よりほかに、杖となる旅道具がない……それが物書きか」

抱え続けたものは、すでに腐敗して元の形すら留めていない。傍《はた》から見れば、目を背《そむ》けたくなるほどに異様で、鼻をつまみたくなるほどの異臭を放つ。それでも、いや、だからこそ捨てられない。

「おれが抱えているものは、化け物なぞよりよほど醜い代物なのだな……」

女の獣じみた気配が消えて、ちらりとこちらを見遣《みや》る。

「皮肉にも、我らの在《あ》りようを示すのも、いまや物語の中だけだがな」

慰めだろうか。すいと立ち、簾を上げた。小糠雨は、未だに降り止《や》んではいないのに、雲が切れたのか、月明りがさして真砂の姿を浮かび上がらせた。その横顔には、長の年月を経た寂寥《せきりょう》だけが滲《にじ》んでいた。

「かの地とは、どこです？」

ふいの問いには、相手のみならず発した秋成も驚いていた。それでも重ねて問いかける。

「先ほど、かの地へ着けばよくなると、まろや殿に告げられた……。これからそこへ旅立たれるおつもりか？　かの地とあなた方には、どのような宿縁があるのです？」

「矢継ぎ早だな……無粋《ぶすい》な男よ」

「それが物書きというものです。よければ、話してはくれまいか？　拙《つたな》いながらも、私も筆は手放せない。そなたの生きた証しを、墨に変えて紙に留められるやもしれん」

熱心に乞うと、女がその場に腰を下ろした。

「かの地とは、紀《き》の国《くに》の三輪《みわ》が崎《さき》ぞ」

横顔を向けたまま、真砂は語り出した。


紀の国とは、いまの紀州、紀伊国《きいのくに》である。

三輪が崎の地名は初めて耳にしたが、新宮《しんぐう》に近い場所だという。紀州には、熊野三山《くまのさんざん》が鎮座している。熊野本宮と那智《なち》、速玉《はやたま》の三山で、新宮は速玉権現《ごんげん》を擁《よう》する土地であった。

「私はかの地で、あの方にめぐり会《お》うた……古い古い昔の話よ」

「あの方とは？」

てみたかった。

「ただの頼りない、人の男よ」

皮肉めいてはいたが、愛惜に満ちていた。真砂は本気で情をかけたに違いない。しかし妖《あやか》しが人を恋《こ》うても、結果は目に見えている。それでも秋成は、真砂の過去世《かこぜ》をきいてみたかった。

「相手の名は？」

「大宅豊彦《おおやのとよひこ》」

愛しむかのように、ほのかな熱を帯びていた。

大宅の家は漁師《すなどり》を束ねていたというから、いまでいう網元だろう。豊彦はその末息子で、上にしっかり者の長兄が、姉はすでに大和国《やまとのくに》に嫁いでいた。

「豊彦殿は少々変わり者でな、家業にはまったく頓着せず、ひたすら都風《みやび》を愛《め》でていらした。お人柄だけは、ことさらに優しいお方でな……雨の日に出会うて、傘をお貸ししいただいた」

「出会いといい人となりといい、おれと大差がないようにも思えるが……真砂殿が惚れたのだから、きっとよほどの美男であったのだろうな」

「茶化すでないわ」

赤に縁取られた目が、ちらと睨《にら》む。これほどの美女ならば誰しもが夢中になろうし、若い豊彦ならひとたまりもない。都風の雅を好む男なら、なおさらだ。傘を貸したのは、次の約束のためだろう。傘を引き取りに、真砂の館を訪ねてきた。まろやは当時から真砂につき従っており、酒や果物で歓待し、当のふたりは互いの気持ちを確かめ合った。

「私がよけいなことをしたばかりに、逢瀬《おうせ》はその一度きりになってしもうたが……帰りしな、私は豊彦殿に、ひとふりの刀を土産にもたせた」

金銀の錺《かざり》で彩られた、ひときわ美々《びび》しい太刀《たち》だったが、大宅の長兄がこれを見つけて大騒ぎになった。熊野大社があるとはいえ、いわば片田舎の漁村である。目がくらむほどの太刀が、水底《みなぞこ》からわいてくるはずもない。父に知らせ、どこで手に入れたのかと問いただし、さる恐ろしい噂と結びつけた。

かつて都の大臣《おおい》が祈願成就の礼として、多くの宝を熊野大社に奉納した。しかし数年前にこの宝が蔵から盗まれて、大宮司《だいぐうじ》から国守《こくしゅ》に訴えが出されていた。もしや弟の話にあった女は、盗賊の一味ではないかと、父と長男は、豊彦を大宮司のもとに引き立てた。

「身内だというのに、何とも薄情な」

「豊彦殿は、いわば厄介者であったからな。分家や養子の算段をつけても、どのみち家を潰してしまう。好きにさせておこうと父親は大目に見ていたようだが……そんな弟を、長兄はかねがね憎く思うていたのだろう。家業には寄りつかず、漁《あさ》るのは魚ではなく難《むつか》しい唐言《からごと》の書物ばかり。穀潰《ごくつぶ》しとはおまえのことだと、散々になじられたときいておる」

「それは何とも、耳が痛い……」

自分と似た者は、いつの世にもいるのだなと、秋成は顔をしかめた。

大宅親子の訴えにより、真砂の館に向けて捕方《とりかた》がさし向けられた。しかし雅な館などどこにもなく、荒れ果てた屋敷の内に女が端座していた。捕えようとしたところ、大地を引き裂くばかりの雷鳴が鳴り、女の姿は忽然《こつぜん》と消えていた。ただ、床の上に高麗錦《こまにしき》や呉《くれ》の綾《あや》、楯《たて》や槍《ほこ》などのきらびやかな宝物が残されていた。

「もしや本当に、宝を奪っていたのか？」

「人の宝など、我らには何の値もない。あれはな、盗賊の一団が奪い去り、荒れた屋敷に隠しておったのよ。当の盗人らは、仲間割れの末に殺し合いをはじめてな、宝だけが残された。妾はその屋敷に少々手を入れて、豊彦殿をお迎えした。お渡しした太刀にも、何の含みもない」

手を入れてとは、幻術のたぐいかもしれない。太刀についても、まったく謂《いわ》れを知らず、ただ豊彦に喜んでもらいたいとの気持ちから与えたが、そのために恋しい男は窮地に立たされた。

「妖しの仕業だとされたものの、豊彦殿は百日のあいだ牢に繋がれた。大宅の家から金品を贈って、どうにか赦免《しゃめん》が叶ったそうな」

昔話ならここで終わりだが、まだ続きがありそうだ。秋成は懐から、帳面と矢立《やたて》をとり出した。

「何をしておる？」

「いや、先が長そうだと思うてな。覚えを認《したた》めておかねばと」

「嘘か真《まこと》かも、わからぬ話だぞ。そうまで身を入れることもなかろう」

「作り話でも構わない。面白きことが何よりだからな。さ、語ってくれ」

目をきらきらさせながら、筆を構える秋成に、いくらか拍子抜けした顔をする。それでもここまでの話は、いわば一幕目に過ぎない。この題目は三幕あると告げられて、秋成は嬉しさのあまり武者震いした。

「牢を放たれてから、豊彦殿は大和に上った。大和の石榴市《つばいち》というところに、姉上が嫁いでいてな、長谷寺《はせでら》に近い。姉君の亭主は田辺金忠《たなべのかねただ》という商人で、灯明《とうみょう》の蠟燭《ろうそく》や燈心を商っていた」

姉夫婦は弟の成り行きに同情し、心から豊彦を労《いたわ》ってくれた。不幸のあった土地には戻らず、ずっとここに住むがよいと何くれとなく世話をした。

「私はまろやとともに、その田辺家を訪ねてみた」

「何と……なかなかの執念深さだな」

「好きに言うがよいわ。……あの太刀のために、豊彦殿に難儀をかけてしまったからな。ひと言だけでも詫びたいと思い詰めてな」

「で、相手の男は？」

「我らを見るなり、奥へと逃げようとなされた。妾の正体を知らされては無理もないが……」

驚いたことに、真砂は豊彦と姉夫婦に向かって、自分は物の怪でも何でもないと切々と訴えた。屋敷の変わりようは、急ぎ隣家の老人に頼んで仕立てたものであり、宝は盗賊の手によって運ばれた。捕方を払った雷も偶然に過ぎず、その隙《すき》に命からがら逃げ延びた——。筋道は立っており、豊彦と姉夫婦は、最初は大いに訝しみながらも、終《しま》いには真砂の話を信じてくれた。

「相手の殿方もまた、真砂殿を惜しんでいたのだろうな。気持ちが残っていたからこそ、あれほどひどい目を見せられたにもかかわらず、信じる気になったのだ」

「かもしれぬな……田辺の夫婦が勧めてくださり、妾は豊彦殿と祝言《しゅうげん》を挙げた」

「そうか、それは目出度《めでた》い」

「思えばあのころが、いちばん幸せであった……」

妖しには不似合いな、ふくよかな笑みがその面差しに立ち上った。さぞかし睦《むつ》まじい夫婦であったのだろうと、容易に想像できる。しかし幸せな時間《とき》は長くは続かなかった。

わずかひと月後、弥生を迎えたころだった。名高い吉野山の桜を愛でようと、夫婦はまろやを伴って遊山《ゆさん》の旅に出た。桜は思う以上に見事で、まるで天上のようだった。谷をめぐり、山鳥のさえずりに耳をかたむけ、岩を走る滝の瀬には小さな鮎《あゆ》が集っていた。弁当を広げたり笑いちらしたり、存分に山野を楽しみながらも、真砂の中には一抹の不安があった。

「我らは鼻がきくからな。その者の気配には気づいていた」

「その者とは？」

「見てくれは、たいそう歳をとった爺《じい》やだ。しかし真っ直ぐに、こちらを目指して下りてきてな、妾を見るなり正体を暴きおった」

老人は、大和《おおやまと》神社に仕える聖《ひじり》だった。何を言う暇もなく、礫《つぶて》のように放たれた。

『けしからぬ、邪神《あしきかみ》め！　なぜ人を惑わす！』

ふうっ、と女が長い息を吐く。何もない表情が、かえって哀れを誘った。

この妖しは、いや、この女は、ただ愛しい男を精一杯愛しただけだ。身内にも余計者あつかいされていた男に深い情をかけ、共にありたいと望んだだけだ。聖人からすれば邪神でも、その真心には一点の曇りもない。同じ妖しとはいえ、さまざまであるはずだ。少なくとも、秋成が出会った遊戯と真砂、そしてまろやは、直《ただ》ちに人を害する者とは思えない。

これでは差別と、何ら変わりない。他所者《よそもの》を忌避《きひ》し、害虫のごとく駆除《くじょ》する。

大本にあるのは不安だ。正体が摑めぬ者を傍に寄せれば、何らかの害を被《こうむ》るかもしれない――。その不安こそが、差別の根源にある。聖人といえど、その点はただ人と変わらないということか。

人間の弱さを、本性を、見せつけられた思いがした。

聖に正体をさらされて、真砂とまろやは滝壺にとび込んで、逃げるより他になかった。

「それが、二幕目というわけか……」

「つまらない、話であろう？」

「いや……」

「どんなに恋い慕《しと》うても、豊彦殿はいつもいつも向こう岸に戻される。最初は身内に、次には通りがかっただけの聖に、理を説かれては、あっさりと妾を捨てる。人の世の窮屈をあれほど嫌《きろ》うていたのに、だからこそ妾も惹かれたというに……いざとなれば怖気《おじけ》が先に立ち、厭うていたはずの場所に隠れてしまう。なんと甲斐のない男子《おのこ》であることか」

「それでも真砂殿は、変わらぬ気持ちを抱き続けていたのだな？」

「ああ……豊彦殿が、別の女子と添うてもな……」

両親や姉夫婦は、この顚末《てんまつ》をきかされて仰天した。ただただ物の怪のしつこさを怖がり、果ては独り者にしておくのがよくないと、新たな妻《めあ》を迎えさせたのだ。当人が風雅を好むことから、宮中で采女《うねめ》を務めていたという娘と妻わせた。

きけばきくほど、豊彦という男は薄情で頼りない。

新妻の立ち居振る舞いの優美さや、華やかな容姿に満足し、周囲に唯々《いい》諾々《だくだく》と従って何らの後悔もない。だからこそなおいっそう、真砂の純粋な恋慕が愛おしく思えてくる。

「さぞかし、辛かったろうな……」

気の利いた慰め文句も浮かばない。それでも深い同情は、察せられたのかもしれない。

「あのときは、さすがに我を忘れてな……」

「どうしたのだ？」

「相手の女子にとり憑《つ》いた。祝言から、二日目の晩にな」

凄まじいほどの執念だ。これほどに思われては、たしかに相手の男も大変だろう。しかしすべてを引き寄せているのは、豊彦自身だ。最初に会った折に傘を貸したのも、次に家を訪ねたのも男の方だ。それでも美しい女子に化身しているというだけで、男を惑わす妖し物だと一方的に非難を浴びる。人の側の下心や好き心は、棚上げにされている。

その理不尽には腹が立つほどだが、そんなことは真砂にはどうでもよかったのだろう。ただ、愛しい男会いたさに、新婚の閨《ねや》にまで訪れた。いわば恋敵に等しい新妻にとり憑くとは、誇り高いこの妖しにはどれほどの屈辱であったか、想像に難《かた》くない。しかしそれほどまでに切羽詰まっていたのだろう。

「妻女の口を通して、妾の思いを豊彦殿に訴えた……しかし、夜通しかけても甲斐はなかった。豊彦殿はひと晩中、きつく目を瞑《つむ》り寝床に伏せたまま、顔さえ上げてはくださらなかった」

思い人の完膚《かんぷ》なきまでの拒否は、真砂をいたく傷つけた。自暴自棄になり、知らせを受けて駆けつけた法師を焼き殺した。真砂はここで、紛《まご》うことなく邪神としての烙印《らくいん》を押された。

わずかな救いは、法師の死により、豊彦がはじめて正面から真砂を受けとめようとしたことだ。正体を現した姿は醜悪であり、このような非道は許しがたい——。そう非難しながらも、いわば自らを人身御供《ひとみごくう》にさし出すから、新妻や他の者たちは助けてほしいと乞うた。

「あの折に、豊彦殿は言うてくだすった。妾が豊彦殿を恋い慕う気持ちばかりは、人と何ら変わりはない、とな」

微笑んだ口許と眼差しは、それまででいちばん綺麗に見えた。

その美しい姿が、ぼんやりと月明りに烟ってゆく。月の霞《かすみ》が頭の内にまで忍び寄ってきて、そこから先は覚えていない。

朝日の眩しさに、秋成は目を開けた。

そこは、最初に雨を宿った、小さな祠の前だった。

「すべて、夢だったのか……？」

起き上がった拍子に、懐からかさりと音がした。

帳面いっぱいに書き散らされた物語に、秋成は安堵《あんど》の笑みを広げた。


「まろや殿が快癒なされて、何よりでした。道中、どうぞお気をつけて」

雨月は、前髪を切りそろえた少女の頭をやさしく撫でた。まろやがうなずいて、にっこりする。となりに立つ美しい女は、さらに艶《あで》やかな微笑でこたえた。

「主らには、たいそう世話になったの。改めて、礼を述べる」

「勿体《もったい》のうございます、真女児《まなご》さま。私どもこそ、あなたさまのようなお方とお近づきになれて、どれほど誉高いか」

雨月の傍らに控えた遊戯は、ひたすらへりくだる。常の小兎《こうさぎ》の姿ではなく、口は耳まで裂け、丈もまろやと変わらない大きな白兎だ。妖しとしての、遊戯本来の姿だった。

「こちらこそ、真女児さまには礼を申さねば……無理な頼みをお引き受けいただいて、ありがとうございました」

雨月が丁寧に腰を折る。

「あれで、よかったかの？」

「はい、申し分ございません。秋成には、何よりの気付けになったかと」

「あのような朴念仁《ぼくねんじん》には、過分の計《はか》らいでございましょう。神にも劣らぬ真女児さまより直々に、来し方を賜《たまわ》るとは」

　遊戯はにわかに鼻息を荒げたが、女人の妖しはうっすらと目だけで笑った。

「結局、三幕目の結末は、明かさず仕舞いとなったがな」

　この奇譚《きたん》には、秋成が知らされていない終章があった。

　豊彦の決心にもかかわらず、真女児とまろやは退治される。安珍清姫《あんちんきよひめ》の伝説で有名な道成寺《どうじょうじ》の和尚《おしょう》が、話をききつけてはるばるやって来て、芥子《けし》の香を焚《た》きしめた袈裟《けさ》を被せて鉄鉢に封じ込め、深く地中に埋めて封印した。

　何百年も前のことだ。紀州の地から、どのようにしてここに運ばれてきたのかは定かではない。秋成が真砂と出会った、あの打ち捨てられた祠の下で、真女児とまろやは深い眠りに就《つ》いていた。掘り出して、封印を解いたのは、雨月であった。

「並々ならぬ霊力をおもちだと、この遊戯からきかされて、あなた方を起こしてしまいましたが……安らかな眠りを妨《さまた》げて、かえってお辛い思いをさせたのではないかと、それればかりは気が咎めます」

　悲しい過去を思い出すくらいなら、ずっと眠りの中にいた方が幸せかもしれない。すまなそうにする雨月に、真女児は晴れやかな顔でこたえた。

「ただ眠っているのなら、死んだと同じ。辛くとも、妾にはかけがえのない思い出だ……すでに豊彦殿は、遠い昔に土に還《かえ》っておろうが、それでもいま一度、かの地を訪ねてみとうてな」

添い遂げたふたりの姿は、秋成の中にだけ息づいている。それが真女児の願いかと、雨月にも察せられた。遊戯はその辺りにはさほど執心せず、ひたすらふたりの身を案じる。

「紀州までの道程は、どのように？　なにせ昔にくらべると、人がうじゃうじゃと増え過ぎて、我らには住み辛い世になりました。写し身《うつみ》を象り続けるのも難儀でございましょうし、さりとて本来のお姿では、たちまち目に立ちましょう」

「案ずるにはおよばぬ。我らを何と心得る」

「川を下り、海に出て、紀の国の川を遡《さかのぼ》りまする。川の匂いは、覚えております故」

可愛らしい声で、同じ背丈の兎に向かって、まろやが説いた。

「ではな、今生で会うこともなかろうが、達者で暮らせ」

ふたりは化身を解いて、するりと淀川に身を浸した。

大小の白蛇《はくじゃ》の姿は、淀川の流れに沈み、たちまち見えなくなった。

紺頭巾《あおずきん》

繁堂《しげしげどう》の門を出ると、見事な夕焼けが広がっていた。

景色も家々も等しく染め上げられて、頭《こうべ》を垂れる稲穂だけが金の濃さを増していた。

昼と夜の境目にあたるこのひと時が、秋成《しゅうせい》は好きだった。夕暮れは、どうしてだか郷愁を誘う。一日の中で、唯一ひとりになれるためだろうか。大方の者は、仕事を終えて家路につく。ほっとひと息ついて、隙ができる。逢魔《おうま》が時《どき》と呼ばれる所以《ゆえん》か。

夕日を追いながら歩くと、道はやがて加島《かしま》村へ入り、常盤木《ときわぎ》家の母屋の屋根が見えた。

赤とんぼが、すいと前を横切った。つい目で追うと、人の姿にぶつかった。

道端に、石造りの道祖神がある。石の背中を借りるようにして、その後ろに、男がひとり腰を下ろしていた。墨染《すみぞめ》の衣は、雲水と思われた。

所を定めず遍歴修行する禅僧を、行雲流水《こううんりゅうすい》にたとえて呼ぶが、その自由きままさが、うらやましく思えたのかもしれない。秋成は、道祖神の手前で足を止めた。まるで縁の糸でも結ぶように、赤とんぼは雲水のところへまっすぐにとび、顔の前で方向を変える。僧がこちらをふり向いて、秋成を認めた。

秋成が会釈をすると、ゆっくりと雲水は立ち上がった。

雲水といえば網代笠《あじろがさ》だが、変わった被《かぶ》り物をしている。紺染《あおぞめ》の頭巾を頭に巻いていた。行者がつける白頭巾を、宝冠《ほうかん》と呼ぶ。長い布で頭を覆い、両端を顔の横で垂らすのだが、紺の宝冠とはめずらしい。

「お勤め、ご苦労さまにございます。どちらに、参られるのですか？」

声をかけると、何故だか少し戸惑った素振りを見せる。歳の頃は、秋成と同じくらいだろうか。四十前後と思われた。

「いや、特に決めてはおらなんだが……西へ向こうております」

「風の吹くまま気の向くままとは、うらやましい。さぞかし方々を回られたのでしょうな」

「そうですな……東国《とうごく》は大方。関八州《かんはっしゅう》からみちのく、北陸を経て上方《かみがた》に至りもうした」

「さすれば尼崎《あまがさき》から西宮《にしのみや》へ抜けて、山陽道へ入るおつもりか？」

しかとは定めていなかったのか、僧はあいまいにうなずいた。今宵の宿をたずねると、やはり当てはないようだ。旅の僧が泊まるのは、寺か物持ちの家と相場が決まっている。

「よろしければ、常盤木家にお出《い》でなされ。この村の庄屋ですから、御坊を迎えるにふさわしい。私もいまは、その家の離れに厄介になっておる。ぜひ、旅の話などたまわりたい」

「しかし……私のような者がお邪魔しては、ご迷惑になるのでは？」

と、みすぼらしい僧衣に目を落とす。衣の墨色は褪《あ》せ、脚絆《きゃはん》も汚れが目立つ。旅に費やした長い年月を、如実に物語っていた。ただ、紺頭巾だけは、鮮やかな色を残している。

「庵《いおり》の主《あるじ》たる我が友は、身なりになぞこだわりませぬ。あまり丈夫ではない故に、家に籠《こ》もりきりでしてな。旅の話は、よい慰めになりましょう」

秋成が熱心に誘うと、雲水も勧めに従った。

「では、お言葉に甘えて、ご厄介になりまする。申し遅れました、拙僧は戒安《かいあん》と申します」

「上田《うえだ》秋成と申します。見てのとおり医者ですが、まだ見習いの分際です」

手にしている薬籠《やくろう》を掲げた。僧を伴って常盤木家に帰り、いつものように母屋を通らず、離れに通じる枝折戸《しおりど》を開けた。縁に子兎《こうさぎ》と戯れる、友の姿があった。

「雨月《うげつ》、いま戻ったぞ。今日は客人をお連れしたのだ」

人見知りがひどく、客と知ればそそくさと逃げてしまうのだが、今日は違った。

雨月の目が大きく見開かれ、客を凝視している。

「どうした、雨月？　何をそんなに驚いておる？」

「そうか……ようやく……この日が来たか」

秋成にはこたえず、口の中で呟《つぶや》いた。

明日は中秋の名月。東に広がる群青に、形のよい月が静かに佇《たたず》んでいた。


「香具波志庵《かぐはしあん》とは、美しいお名ですな」

座敷に落ち着くと、旅の僧は雨月にそう微笑んだ。

対して雨月の表情は硬い。やはり初見の相手が億劫《おっくう》なのかとも思えたが、何かを警戒するように緊張を解いていない。こんなとき、座を和ませてくれるはずの子兎は、部屋にすら入ってこない。遊戯《ゆうぎ》は毛を逆立てたまま、縁から客を窺《うかが》っていた。

仕方なく秋成が、場のとりもち役を買って出た。

「見てのとおり、四十男ふたりと兎一匹の侘《わ》び住まいですから、気兼ねは要《い》りません。飯は女中に頼みましたから、そろそろ……ああ、具合よく膳が届いたようだ」

目方のある女中だけに、足音ですぐにわかる。ほどなく障子があいて、おたねが顔を見せた。座敷を見回して、戸惑い顔を向ける。

「あのう、お客さまと伺いましたが……」

「さよう、こちらが戒安殿だ。先ほども言うたが、見てのとおりお坊さまだからな、酒や生臭《なまぐさ》は抜いてくれたか？　飯の後で構わぬから、甘いものでもお出ししてくれ」

ずんぐりとした女中が、二度三度、目をしばたたく。どこか及び腰で座敷に入り、秋成の示す上座に、おそるおそる膳を置く。家人のふたり分の膳もしつらえ、それから逃げるように座敷を出ていった。

上座の膳は、客の真ん前ではなく、少しずれていた。

女中の無作法には顔をしかめたものの、膳の景色は申し分ない。椎茸の照り煮に、しめじご飯。汁は松茸と豆腐。里芋の田楽《でんがく》に柿なますと、秋の彩りにあふれていた。

「さ、戒安殿、どうぞご遠慮なく。殊《こと》にこの柿なますは、ぜひ味おうていただきたい」

大根と人参のなますに、細く切った柿をたっぷりと加えてある。甘党なだけに、秋成は好物としていた。

手を合わせ、短い経《きょう》を唱えてから、僧は箸《はし》をとった。勧められるまま柿なますの鉢をとり、ひと口食べて目を細める。

「これは旨《うま》い。秋の恵みを感じまするな」

「そうでしょう！　いや、御坊は味のわかるお方だ」

「僧たるもの、味にとやこう言うべきではありませぬが、旨いものは旨いですな」

秋成と客人は、和気あいあいと話に興じているが、雨月はにこりともしない。膳にも手をつけようとせず、逆に食い気に負けたのか、兎だけは用心深く近づいてきて、ぴょん、と飼い主の膝に乗った。手はじめになますの鉢に、鼻先を突っ込む。

「戒安殿は、どちらのお生まれか？」

「私は下野《しもつけ》の出です」

「お見受けしたところ、確かなお家柄の出ではありますまいか？」

面立《おもだ》ちや所作に、どことなく品の良さが感じられた。殊に食事には、どうしても育ちが出るものだ。箸の動きよう、汁のすすり方などが、しごく上品だった。

「たしかに、生まれは武家ですが……若くして仏門に入り、富田《とんだ》という田舎地の小さな寺で住職をしておりました。故あってその寺を退きまして、以来、旅に任せる身の上です」

なるほど、と得心がいった。おそらくは位の高い武家の一族であったのだろうが、若い身空で寺に入ったとなれば、権力の中枢から追いやられたのかもしれない。跡目《あとめ》相続のいざこざなどで、武家にはよくある話だ。賢く、人品に秀《ひい》でている者こそが、遠ざけられる。

仏教談議なども交わしてみたが、戒安の学問は深く、徳の高い僧侶であることが察せられた。

「富田の寺を退かれたのは、何故《なにゆえ》か？」

和やかな談笑に、ふいに楔《くさび》が打たれた。声を放ったのは、雨月であった。

「その理由《わけ》とやらを、おきかせ願いたい」

「おい、雨月、どうした？　不躾《ぶしつけ》であろう」

日頃の優しい友とは相容《あいい》れない。不穏な上に、刺すような棘《とげ》がある。秋成のとりなしにも耳を貸さず、追及の手も緩《ゆる》めない。

「もっとはっきりと、申しましょうか。その紺頭巾の下にあるものの、謂《いわ》れを承《うけたまわ》りたい」

「……気づいておられたか」

ため息は、諦めの色を帯びていた。僧がゆっくりと頭巾を解《ほど》く。布がとり払われた坊主頭を見て、あっ！　と秋成は声を上げた。

「戒安殿……それは……」

「さよう……角《つの》でござる」

髪があれば、生え際のあたりか。額の上に、二本の角が生えていた。

獣の牙を生やしたように、白い角はゆるく弧を描き、三、四寸はあろうか。白木の箸を半分に折って、額に突き刺したようにも見える。

角に匂いでもあるのだろうか。すん、と兎が鼻を鳴らした。

「なるほどな、人の身で鬼に落ちたか。さぞかし大仰《おおぎょう》な罪を犯したのであろうな」

茶の子兎がしゃべり出したが、秋成は驚きが過ぎて、とり繕うことさえ忘れていた。僧もまた、特に刮目《かつもく》せず、兎の正体に気づいているようだ。

「住職を追われたのは、その角と関わりが？」

「そのとおりです。僧侶でありながら、私は人の道を外れてしまった……」

異界の姿に、それまで怖気《おじけ》ばかりが先立っていたが、うつむいた顔は物憂げで、人ならざる者の表情ではなかった。深い憐《あわ》れみの情が、怖《おそ》れを払った。

「戒安殿、おきかせくだされ。御坊ほど徳の高いお方が、何故その姿に至ったのか」

秋成の求めに、戒安はしばしの間を置いてうなずいた。


「私は下野国の、さる領主の甥《おい》にあたります」

「あの辺りの領主というと……」

「徳川の御世になるより前、ずっと古い話ですから、いまは城の主《あるじ》も代わっております」

秋成の臆測を、静かにさえぎる。跡目相続の争いに巻き込まれ、二十歳に満たぬうちに寺に送られたことだけは、推測した通りだった。

「山中の寂しい寺でした。せめて心安らかに暮らそうと、学問と勤行《ごんぎょう》だけに明け暮れしていた。年月を経るごとに、麓《ふもと》の里の者たちが寺に参ってくれるようになりましてな、二十年ほどが過ぎました」

権力の座にさしたる執着はなく、何に煩わされることもなく仏学と行に勤《いそ》しめる。素朴な里人は、そんな戒安を敬《うやま》ってくれた。

「生涯を仏に捧げて悔いなしと、この歳になるまで信じていた。知らず知らず身の内に、大きな洞《ほら》があき、恐ろしい獣が住み着いていたとは、夢にも思いませなんだ」

「獣、とは？」

「人を恋うる情……いいえ、物狂おしいほどの劣情です」

こくりと、秋成が唾《つば》を呑《の》む。

長の寂寥《せきりょう》か、あるいは生ある者の本能か。四十に近い歳になって、戒安はその濁流に飲み込まれた。寵《ちょう》を受けたのは、越《こし》の国から連れてきた寺童《じどう》であった。灌頂《かんじょう》の儀式のために越後へ出向き、その少年に年甲斐もなく心を奪われた。

「それが、人の道に外れた行いだと？」

中年男が美童に迷うとは、たしかにおぞましさは感ずるものの、決してめずらしい話ではない。僧は女色が禁じられているだけに、十五に届かぬ少年を愛《め》でることはままあって、僧侶が足繁く通う色子茶屋があるほどだ。ある意味、いまの世の慣習とも言える。

秋成は腑《ふ》に落ちぬ素振りをしたが、戒安は苦しそうに眉間にしわを刻んだ。

「私の執着《しゅうじゃく》は、彼《か》の者が死んでからも続きました。ふいの病で、呆気なく逝ってしまった……どうにも耐えられず、受け入れることができなかった」

「執着を捨てられず、戒安殿はどうなされた？」

雨月が問うた。先刻までの詰問調ではなく、労《いたわ》るような響きがあった。それでも戒安は、避けるように瞑目《めいもく》して押し黙る。

薄い雲をまとわせた十四夜の月が、その姿を見下ろしていた。

「私は、彼の者を食らいました」

長い沈黙の後で、噛《か》みしめるように呟いた。

「食らう、とは、どういう？　何かの喩《たと》えか？」

秋成に顔を向け、ゆっくりと首を横にふる。

「喩えではござらん。私はあれの血肉を食ろうたのです」

一瞬、息が止まった気がした。恐怖に支配され、からだが動かない。目の前にいるこの男は、紛《まご》うかたなき鬼なのだ。

「魂魄《こんぱく》が抜けてもなお離れがたく、骸《むくろ》を焼くことも土に葬《ほうむ》ることもできませなんだ。そのうち肉が腐れてくると、それすら惜しみ、肉を吸い骨を舐《な》めて、とうとう食い尽くしてしまった……」
愛しい者を失って、狂気に憑《つ》かれたか。述懐はただ気味が悪く、怖気が止まらぬほどにおどろおどろしい。一方でその表情は、非道の者とは程遠く、悲哀に満ちていた。

　紅月照《こうげつてらし》　松風吹《しょうふうふく》　永夜清宵《えいやせいしょう》　何所為《なんのしょいぞ》——。

戒安は目を瞑《つむ》り、祈るように唱えた。経かと思えたが、違うようだ。詩のような二句を、ただくり返す。
「それは？」
「私にとっては、護符《ごふ》に等しき呪文《まじない》でござる。噂をききつけて、さる法師が訪ねてきましてな。鬼と化した私を、救わんとしてくださった。紺染の頭巾を脱いで、拙僧の頭にかぶらせ、証道《しょうどう》の歌の中の二句を授けられた」

　入江に月は照り輝き、松風は清々《すがすが》しく吹きわたる。
　永遠とも思《おぼ》しきこの夜、清浄に満ちた宵は、何故《なにゆえ》であろうか。

「この寺を去ることなく、じっくりと二句の真意《こころ》を求めよと、法師は申された。意が解けた時こそ、自ずと本来の仏心をとり戻すであろうと」

句は疑問の形で終わっている。つまりはその答えこそが、歌の主題なのである。

証道歌は唐《とう》の僧、玄覚《げんかく》による詩編であり、禅の本質を歌っている。禅宗では、修行始めの者への説法に使われるという。

越後で列したという灌頂の儀式は、真言宗《しんごん》のものだ。一方で紺頭巾は、曹洞宗《そうとう》の僧の被り物である。何やら改宗の儀のようにも思えて、証道歌を与えたのも、相手を下に見た証《あか》しではあるまいか。秋成はそこに反感のようなものを覚えた。

浮かんだのは、半年前に出会った見目麗しい異界の者——真砂《まなご》だった。

ただ、恋しい男の傍にいたいと真砂は望んだ。なのに妖《あやか》しというだけで、何を言う暇《いとま》もなく、通りすがりの聖《ひじり》によって引き裂かれた。聖には他意はない。妖しに惑わされた男を助けんとしただけだ。しかし他意がないからこそ、そこには傲慢が存在する。

神仏に仕《つか》える者としての当然は、世上への教化を含んでいる。人としてこうあるべきだ、こうでなければならないと、残酷を戒め、人道を説く。苦や迷いから人々を救うためであろうが、容易にとり除けるほど易《やす》くはない。

人肉を食し鬼と化した戒安が、人外《じんがい》の真砂と重なって見えたのだ。

道を外れた者は、悪として成敗される。頭巾を授けてくれた法師に深い感謝の念があるからこそ、証道歌を唱え続けているのだろうが、真砂を払った聖と同じ傲慢なにおいを、秋成の鼻は嗅《か》ぎ当てた。

噂をききつけて、と戒安は語った。法師がわざわざ山寺に足を運んだのは、戒安の悲しみを癒すためではなく、里人に不安を訴えられて、いわば成敗するためではなかろうか。

「この寺を去ることなく」との戒めは、里には下りてくるなとの意味ではないか。里人の不安を除くために、体《てい》よく山寺に籠められたのだ。

成敗した法師は大いに名を上げただろうが、退治された戒安は、鬼の姿のまま何百年も彷徨《さまよ》っている。真砂のときに感じた理不尽が、沸々とわき上がった。

紅月照松風吹　永夜清宵何所為――。

詩歌は未だ続いている。一心に唱えるその姿が、哀れを誘う。あれほど恐ろしかった鬼は、人の世から排斥された、寂しく悲しい人間の末路だった。常軌を逸した執着は、それまでの人生の孤独を物語る。僧の身で妻も子ももてず、二十年ものあいだ情愛は封印されてきた。それが彼《か》の者《もの》に向かって、ひと息に噴き出した。戒安はただ愛しただけで、やはり真砂と同じに、咎《とが》め立てなどできようはずもなかった。

真砂の思い人であった豊彦《とよひこ》も、そして戒安の彼の者も、その情を受け入れたのだから

——。異端とみなし騒ぎ立てたのは、周囲の者たちだ。自身の安息のために払い、隔離したのは、神仏を後ろ楯《だて》として倫理の枠に嵌《は》めようとする世上である。

「もう、やめよ、戒安殿」

思考が口からとび出して、戒安の唱を止めさせた。

「その詩が問う、こたえはおわかりか？」

「紅月も松風も、ただあるがまま。天然自然《じねん》としてあり、それこそが仏である……そのようなこたえになりましょうか」

「では、あなたのその角は？　自然に、仏の意に、背《そむ》いたためか？」

鋭く問われて、戒安の眼に怯《おび》えの色が浮かんだ。

「そのとおりであろう……私は人として、恥ずべきことをした。情欲に溺れ、浅ましき餓鬼地獄に堕《お》ちた。この角が、その証しと……」

「情に身を任せるのも、同族の肉を食らうのも、やはり自然のうちではないのか？　現に獣は、春になれば盛りを迎え、死んだ仲間の肉も食らう」

「獣じみた行いなればこそ、人は禁忌としそれを戒めているのであろう」

「さよう。自然から外れておるのは、我ら人の方なのだ」

水でも浴びせられたように、戒安の目が大きく見開かれた。

「その法師とやらは、自然に還《かえ》った戒安殿に、自然こそが仏だと説いた。その矛盾に、あなた自身もどこかで気づいておられたのではないか？　だからこそ、護符のように唱えながらも悲しみは癒えず、何百年も迷うていた。違いますか、戒安殿？」

「私は……」

「あなたのその角は、犯した罪のためではない。自身の行いを誰よりも深く恥じた。その罪深さを嘆いた果てに、自らに科した戒めではないのか？」

徳の高い僧であっただけに、人道の枷《かせ》をきつく嵌めていた。自ら壊してしまったことを、人の道から逸《そ》れてしまったことを戒安自身が羞恥し、死んで後に人外の姿をとったのではないか。

「もう、その紺頭巾も脱ぎなされ。人には鬼に見えようが、自然は隔《へだ》てなく受け入れてくれましょう」

「こんな私を、受け入れてくれると？　仏たる自然は、許してくださると？」

秋成がうなずくと、別の声が後をさらう。

「許すも許さぬもないわ。もとより自然には、法も善悪もないからな。何もかも一切合切呑み込んでしまうものよ」

両耳を倒した子兎が、もっともらしく説教口調で語る。

「角を生やすなぞ、よほど恐ろしき悪徳かと思えば、情の果ての始末とは。何やら拍子抜けがしたわ」

鼻を鳴らす兎は、怖がって損をしたと言わんばかりだ。

「戒安殿、ひとつおきかせ願えるか。彼の者と出会《でお》うたことを、心の底から愛し抜いたことを、悔いておられるか？」

遊戯の傍らから、雨月がたずねた。先刻とは違う、やさしく慈愛に満ちた声音だった。

戒安の目許《めもと》が、ゆっくりと笑んだ。

「いいえ……そればかりは、少しも。共に過ごした短い年月だけが、私にとっては光であり全てでもありました。あれのいない生涯なぞ、とても考えられませぬ」

「それがあなたの、唯一無二のこたえでありましょう？」

雨月に微笑まれ、戒安は静かに頭を下げた。

「あなたはただ、認めてほしかったのだね。彼の者との幸せな日々を、真実《まこと》の愛を貫いたさまを……」

あ、と秋成が声をあげる。額から突き出した角が、先の方から崩れてゆく。まるで象牙が白い砂に返るように、はらはらと畳にこぼれ吸い込まれるように消えていった。

「ありがとうございました。長い長い物思いから解き放たれて、頭が軽くなりました」

礼を述べ、僧は暇《いとま》を告げた。ふたりと一匹が、枝折戸の外に出て見送る。

闇に溶けていく後ろ姿に、月だけが寄り添っていた。

「おたね、昨晩の客のことだがな」

翌日、女中はいつものように朝食の膳を運んできた。母屋に戻るおたねを呼びとめて、離れの外で秋成はたずねた。

「もしや……おまえには客の姿が、見えておらなんだか？」

日頃はずけずけと遠慮のない女だが、申し訳なさそうに逞《たくま》しい肩を落とす。

「はあ、実を言えば、まったく……」

「それは、すまなかったな。さぞかし怖い思いをしたろう。言うておくが、決して気がふれたわけではないぞ。何というか、霊のたぐいがたまたま見えたようでな。まったくこの歳になって、信じがたいことだが……」

「大丈夫ですよ、もう慣れっこですからね。仙次郎《せんじろう》さまが、そういう勘に恵まれてなさるのは、昔からじゃありませんか」

「おれが……？　まさか。おれは昔から、霊だの妖しだのには縁遠い男だ」

「ですが……正太郎《しょうたろう》坊ちゃまは……」

「ああ、そうだ。その手の勘に達者なのは、雨月の方だ。人ならざる者と臆することなく馴染《なじ》み、木とすら話ができるのだから恐れ入る。おれにはとても真似できんわ。鈍だの間《ま》が悪いだの、さんざんからかわれて……」

いつもは不愛想な女中が、複雑な笑みを浮かべる。

「そうですか……仙次郎さまには、本当に坊ちゃまの姿が見えるんですねえ」

ついたため息には、哀惜《あいせき》と懐古が入り混じっていた。

「何の話だ、おたね？　雨月の姿が見えるのは、あたりまえであろうが」

「さようですね。お八百《やお》さまと仙次郎さまの目には、ちゃんと映っておられますよね
……すみません、いまさら……ただ、あたしには判じられないもので」

「だから、何を言っている！　雨月が見えるとか見えないとか、わけのわからぬことを申すな！」

思わず叱りつけたのは、得体の知れない不安に衝《つ》き動かされたからだ。

おたねは身をすくませて、慌てて詫びを並べ立てる。

「すみません、すみません。坊ちゃまがいまも、ちゃんとこの離れにいらっしゃることは、重々承知しています。ただ、あたしには、おふたりと違ってお姿が捉えられないので、つい……」

おたねは、何を言っているのだろう？　見えないだの姿が判じられないだの、どうして雨月が、昨日の客と同等に語られるのか。

「あたしには、幼いころの正太郎坊ちゃましか思い出せなくて。四十になったお姿なぞ、とても浮かびません。あれからもう、三十五年ですか……早いものですね」

三十五年前というと、秋成と雨月が五歳の時分だ。あのころ、何があった？

そうだ、あの年は、夏のはじめに育ての母が亡くなった。

姉のおわきの実の母で、お鹿《しか》が父の後妻に入る前の話だ。妻を亡くして、途方に暮れていたのだろう。子供たちはしばらくのあいだ、別々に他所《よそ》に預けられた。姉は母方の祖父母のもとに、そして秋成はこの常盤木家に。

秋成は養子に来て、まだ一年も経っていなかった。また見知らぬ家に移されるより、遊び仲間がいれば、少しは気が紛れるだろうとの計らいか。里子という形で親に捨てられたとの思いは、幼いなりにわだかまっていて、養父母や気の強い姉とも馴染もうとしなかった。そんな仙次郎が、唯一子供らしい顔を見せるのは、正太郎の前だけだった。

おっとりとした正太郎と、癇《かん》の強い仙次郎。性質が逆であったために、かえって馬が合ったのかもしれない。養子の挨拶に常盤木家を訪れて以来、大の仲良しになり、父は仙次郎にせがまれて、三度ほど通った。だからこそ父の茂助《もすけ》は、倅《せがれ》をこの家に託したのだ。

あんなに楽しい夏はなかった。朝から晩まで、何をするにも一緒だった。野山を走りまわり、川で水遊びをし、晩には布団を並べて眠った。虫が嫌いな正太郎を無理やり蝉《せみ》取りにつき合わせ、捕まえた蝉を頭に乗せて大泣きされた。西瓜《すいか》の早食いくらべをして腹を壊し、おたねにうんと叱られた。布団の中で、互いに怖い怪談話を語り合い、厠《かわや》に行けなくなって、ふたりそろって布団にやらかしたこともある。

あれほど楽しかった夏が、ある日ふいに途切れた。

どうして、だろう――？　ぐらりと、からだが揺れた。

離れの壁に手をついて支えた。左手の短い人差し指が、目にとび込んできた。次いで、中指の先がない右手に目を落とす。

慌てふためく大人たちの顔。それまで母屋が寝所だったのに、仙次郎の床だけがこの離れに移された。

「ああ、そうか……疱瘡《もがさ》、か……」

当時、大坂の街で流行の兆しを見せていて、加島村にもぽつぽつと患者が増えていた。

あのときのことは、よく覚えていない。重いまぶたを開けるたびに、正太郎の母の八百の顔があり、心配そうに覗《のぞ》き込んでいた。

「おばさんが、ずっと傍にいて、おれを看《み》てくれた……」

「ええ、ええ。お八百さまは、手ずからお世話をなさると言ってきかなくて。半月以上もこの離れに詰め切りでした。おふたりを生かすためなら、己の身などどうでもいいと……」

「ふたり……？　ふたり、とは……」

「仙次郎さまは大事な預り子でしたし、正太郎坊ちゃまは、命よりも大切な一粒種でした。そりゃあもう必死で……」

「正太郎も、疱瘡に……？」

「覚えておられませんか？　あんなにお小さかったのですから、無理もありませんが。仙次郎さまが熱を出された二日後に、坊ちゃまも同じ病を発せられて。この離れに布団を並べて寝かされていたのですよ」

「そういえば……となりに……」

熱にうなされながら、枕の上で頭を倒したとき、横に子供が寝ていた。顔を真っ赤に腫《は》らし、苦しそうな息をしていたが、面相がまったく変わっていたために気づかなかった。あれは、正太郎だったのか……。

「なのに、お世話の甲斐もなく、坊ちゃまは……」

おたねは前掛けを顔に当て、堪《こら》えきれぬように肩をふるわせる。

「まだ五つでしたのに、お可哀そうでならなくて……おかみさまは、魂が抜けたようなありさまでした。ものも言わず、何も食べず、坊ちゃまのお葬式すらお出になられず」

葬式……？　では、正太郎は、死んだというのか？　それなら、いまの雨月は？

おたねは見えないと言っていたが、雨月は正太郎の死霊《しにだま》だとでも？

そんなはずはない。そんなはずは……。

雨月はずっと、秋成とともに成長してきた。香具波志庵を訪ねるたびに、喜んで迎えてくれた。十年と少し前から容姿が変わらなくなったが、歳のとりようは人によって差が出るものだ。そういう体質《たち》なのだろうと、気にも留めずにいたが……。

「おたね……おまえには本当に、雨月が見えぬのか？」

声が上ずって、喉がひくひくする。

「ええ、悔しいですが、あたしには……」

「だが、おまえは、毎度おれたちに飯を運んでくれて……」

「坊ちゃまの分は、陰膳《かげぜん》のようなものです。現に、箸がつけられていたためしがありませんし。昨日のお客さまの膳と同じです。もっとも、あの兎が来てからは、ずいぶんと食い散らかしているようですが」

「しかし、話は？　離れに来るたびに、雨月と話していたではないか」

おたねは困ったように、上目遣いで見返した。

「あたしは、坊ちゃまと言葉を交わしたことはありません。やりとりはもっぱら、仙次郎さまとだけですよ」

そんなはずは……。また、同じ繰り言が頭をめぐる。

八百とおたねを交えて、楽しく語らった思い出は、無数にある。

遊戯を初めて、香具波志庵に迎えた晩もそうだった。

兎がしゃべることをふたりに訴えて、けれども遊戯は意地悪くだんまりを通す。

『秋成はさっき、猪口《ちょこ》の酒を舐《な》めただけで、酔ってしまったみたいで』

雨月がそんな助け船を出して、当然ふたりにもきこえていたはずだ。

だが、本当にそうか？　あのときも、いや、いつも、雨月の声にこたえるのは秋成だった。それが女たちの笑いを誘う――。

そこまで考えて、ぞくりと肌が粟立《あわだ》った。

雨月が見えていないのは、おたねだけなのだろうか？

客が来るたびに奥に引っ込んでしまう、極端な人見知りは？　繁堂にも妻の実家にも、決して顔を出さないのは？

そんなはずは……そんなはずは……そんなはずは……。

呪文のようにくり返す。遊戯が来てからは、出不精の雨月も外に出る機会が増えた。出会った者たちと、話をして――だが、本当に言葉を交わしていたのだろうか？

懸命に記憶を探るが、混乱した頭では、ただ断片がとびかうだけだ。

「もしも正太郎坊ちゃまと話ができたら、あたしはまず、お礼を言いとうございます」

「……礼？」

「坊ちゃまが成仏せずに、この世に留まってくださるおかげで、おかみさまは生きていけるのですから……。あのとき、坊ちゃまを亡くした悲しみで、お八百さまは寝付いてしまわれて。生きる心持ちがなければどうにもならないと、お医者ですら匙《さじ》を投げました。命を長らえたのは、坊ちゃまと仙次郎さまのおかげです」

「そうだ！　八百おばさんだ！　おばさんは、いまどこに？」

「たぶん、奥の座敷で花を活《い》けていらっしゃると……」

女中をその場に残して、一目散に母屋へと急いだ。

八百なら、雨月の存在を証してくれる。常盤木正太郎は生きていると言ってくれる。

その期待だけが、辛うじて薄氷《うすごおり》に似た不安を抑えつけていた。


正面の入口ではなく、真っ直ぐに奥座敷の方角に向かった。

奥座敷の辺りは、八百好みの風雅な庭がしつらえられていて、秋草がとりどりに花をつけている。縁の向こうの人影に向かって、秋成は声を放った。

「おばさん、八百おばさん！」

「あらあら、騒々しいこと。どうなされたの、仙次郎さん？」

八百は花器の前に端座して、趣向を凝らしていたようだ。傍らには、庭に咲く花々が置かれている。そのひとつが、目に留まった。

気づいたように、八百はそのひと茎を、大事そうに手にとった。

「これはね、私がいっとう好きな花。正太郎が、初めて私のために摘んでくれた花ですもの」

筒の根元から弾《はじ》けたように、五枚の花弁が広がっていて、丸くふくらんだ蕾《つぼみ》が愛らしい。中が空洞で、ぺこんと潰れるのが面白くて、ついつい蕾を苛《いじ》めていたが、花が可哀想だと正太郎に止められた。

白い、桔梗《ききょう》の花だった。

「仙次郎さんは、覚えていて？　私は床に就いていて、その枕元に、あなたと正太郎が、この白い桔梗を届けてくれたのですよ」

それまで一度も思い出すことのなかった記憶が、可憐な白い花に招かれて、ふわりと立ち上る。

恐ろしい病を経て、初めて外遊びが許された。存分にはねまわり、帰りがけに母のために花を摘んでいくと言い出したのは正太郎だ――。

間違いない、たしかにあのときも、正太郎と一緒だった。

ふたりで桔梗に決めて、仙次郎は紫の花を摘もうとした。白い方が母に似合うと、正太郎が言ったのだ。だから白い桔梗を摘んで、八百の枕元へと運んだ。

「昨日のことのように覚えているわ。『この花は、正太郎がおばさんのために摘んだんだ』って、嬉しそうに渡してくれて……」

正確に浮かべたはずの思い出が、急に頼りなくなった。ふたりで花を摘んだのに、肝心の枕元に、正太郎の姿が見えない。

「それからも毎日、毎日、あなたは私の許に顔を出しては、その日の出来事をあれこれと話してくれた。今日は沢に下りたけれど、水が冷たくて正太郎が泣き言をこぼしたとか、薄《すすき》の原でかくれんぼをしていたら、互いに迷子になって探すのに苦労したとか……」

八百が語るたびに、思い出の片《ひら》は落ちてくるのに、足許に届かぬうちに消えてしまう。一緒に遊んだ正太郎は、いつもいつも母屋に着いたころには姿がない。おそらく最初のうちは、奇妙に思えたはずだ。けれど毎日続くうちに、そういうものなのだと、不審を覚えなくなった。

病みやつれていた八百が、仙次郎が語る正太郎の話だけは、楽しそうにきいてくれる。一滴ずつ花の露でも含むように、本当に少しずつ回復していくのが、単純に嬉しかった。

「おばさん、正太郎は、おれと同じ病に……？」

八百はこたえず、手にあった桔梗を花活けに差した。寄り添いでもするように、白い花は活けた者へと頭をたれる。

「私はね、罰《ばち》が当たったと思ったのよ。正太郎は、私の罪を受けて先立ってしまった」

苦汁を嚙みしめてでもいるようだ。その横顔で、はっきりとわかった。

正太郎は、死んだのだ――。

一緒に遊び、笑い、同じ病に罹《かか》り、片方は死に、片方だけが生き延びた……。

「仙次郎さんの方が、二日早かった。半月ほどで峠を越えたのに、正太郎は悪くなるばかりで。そのときね、私、祈ったの……奪うならどうか、仙次郎さんの命を、って。代わりに正太郎はお救いくださいって」

「おばさん……」

「祈りではないわ、あれは呪いね。だから、罰が当たったの……何より人事な掌中《しょうちゅう》の玉を奪うことで、私の罪を贖《あがな》わせた……」

八百に罪などない。母親なら、あたりまえだ。

からだの丈夫でない八百は、これ以上、子供を望めなかった。そう、おたねからきいている。妄執に近い愛着も、無理からぬことだ。

ふと、昨夜の戒安を思い出した。母子と男色を同列にあつかうことに難を示す者もあろうが、思いはまったく同じなのだ。無償の愛を注ぎ、失ってもなお執着は消えない。

哀れであり、尊くもあった。

「ごめんなさいね、仙次郎さん。ずっと、謝りたかったの」

「謝ることなぞ、何もありません。母のいないおれを、おばさんが懸命に介抱してくれた。そのおかげで、おれは助かったんです……心から、礼を言います」

縁から座敷に上がり、姿勢を正して辞儀をする。

「やさしいわね、仙次郎さんは。昔から変わらないわ」

「そんなこと、他人から言われたことがありません」

ふふ、と八百が笑う。笑顔はやはり、雨月によく似ていた。

「やさしいのは、雨月です。いつも穏やかで恥ずかしがりで、たまに悪戯《いたずら》なところもあって、冗談が好きで……」

語りながら、奇妙な感じがした。これではまるで、故人を懐かしんでいるかのようだ。離れに戻れば、遊戯を膝に乗せた雨月の姿があるはずだ。変わらぬ佇まいで、そこにいてくれる――。

先刻と同じように、ざわりと寒気を覚える。

「おばさん……おばさんには、雨月の姿は……」

怖くて、先が続かない。八百はもう一本、白い桔梗を手にとった。丸くふくらんだ蕾を、慈しむようにそっと撫《な》でた。花に目を落としたまま、かすかに、首を横にふる。

「そんな……雨月はおれが見ていた、幻だとでも？　おばさんもおたねも、おれの戯言《ざれごと》に、ただつき合《お》うていただけだと？」

思い起こした現実が、皮肉にもその真実を裏付ける。どうして八百とおたねの他は、誰も離れを訪れないのか。どうして雨月の従兄《いとこ》を養子に迎え、常盤木家を継がせたか。

たまに母屋に出向き、雨月の話をすると、どうして困り顔を向けられたのか――。

「仙次郎さん、そうではないわ。あなたは私のために、正太郎を生き返らせてくれた。私とあの子を、もう一度繋《つな》いでくれた」

「違う！　雨月はたしかに、おれの隣にいて……」

人の世とは、なんと不確かなものか。確固たるものであった友の存在が、言葉ひとつで急速に色を失う。秋成がいくら言い張っても、他の万人がいないと言えば、妄言にしかなり得ない。

「ただね、この歳になって思うのよ。私の勝手で、あの子をいつまでもこの世に留めておいていいのかしらって。私が悲しむばかりでは、あの子は成仏もままならないでしょ」

いつか言わねばならないとずっと考えていたのだが、切り出す機会がなかったと八百が言い訳する。

「仙次郎さん、あの子に伝えてちょうだい。私のことなら、もう大丈夫だから……あの子がそれを望むなら、彼岸に渡っても構わないって」

文のように、白い桔梗をさし出した。たった一本の桔梗が、ずっしりと重い。

母屋を出たが、足は離れに向かなかった。

雨月に、何と言えばいいのだろう？　おまえは幽霊なのか、と？　これまで生者のふりを続けてきたのか、あるいは全てが秋成の創り出した妄想なのか。

八百の言伝《ことづて》を明かせば、成仏して、霞のように消えてしまうのか。

いや、何よりも、雨月はいまも香具波志庵にいてくれるのか?

もしも、誰もいなかったら——。友の姿もなく、小生意気な兎もおらず、自分だけがとり残されていたら——。確かめるのが、どうにも怖かった。

香具波志庵に背を向けて、繁堂にも行かなかった。

一日中、ただ歩きまわり、気がつくと神崎《かんざき》川に出ていた。土手に腰を下ろし、ぼんやりと水面をながめる。昨日と同じに夕焼け色が立ち込めて、その赤が西に沈んでも、根が生えたように動けなかった。

やがて東の空から、満月が上った。

「そうか、今日は十五夜か……今宵は月見だと、雨月が言っていたな。兎は団子を楽しみにしていて……」

どうして月には、何事か語りたくなるのか。日は眩し過ぎて、常に活気に満ちあふれていて、弱音を吐いてもはね返されそうだ。対して月は、何も主張しない。黙って耳をかたむけてくれる。

欠けのない丸みが、ぼんやりと霞《かす》む。泣いているのだと、秋成は気づいた。

月が滲《にじ》むのは、そればかりではないようだ。霧を吹いたように、しだいに輪郭がおぼろに霞んでゆく。

まるでそれが雨月のようで、違う怖さに襲われた。

「雨月、行くな……おれを置いて、行かないでくれ」

はねるように、我に返った。土手を蹴り、あぜ道を走り、ただ香具波志庵を目指した。

握りしめた桔梗は、とうにくたりと萎《しお》れていた。


「雨月！　雨月、いるか！」

庵にとび込むなり、大声で呼ばわった。

座敷には、誰もいない。空っぽの空間が、妙に寒々しい。

思わずがっくりと、廊下に膝をついた。

「そんな……雨月……」

胸が痛い。締めつけられるように、きりきりと絞られて、着物の前を握った。

「おかえり、秋成」

その声が、沈みそうな秋成をすくい上げた。

縁に立つ、雨月の姿があった。肩越しにこちらを見詰め、足許には兎もいる。

安堵のあまり、腰が抜けそうになった。

「雨月、いたのか……そうか、いてくれたのか……」

幻であろうと、たとえ己の気がふれていようと構わない。雨月がここにいてくれるなら、それでいい。心底、そう思った。

「駄目だよ、秋成。それでは、何も変わらない。扉はいつまでも開かれない」

胸中を正確に見抜いていてでもいるようだ。人を和ませる微笑は口許にあるのに、眼差しだけが妙に怜悧《れいり》だった。

「わかったのだろう？　私が人ではないと」

「雨月、おまえの正体などどうでもいい。ただおれの身近に、いてくれさえすれば……」

「いるとは、どこに？　秋成以外の誰も、私を認めてはいないのに？」

「そんなことはない。そこにいる兎も……他にも、おまえと関わった者がいるではないか」

土手でぼんやりしながら、改めて記憶を辿《たど》った。殊に、この二年半のことだ。家を焼け出されてここで厄介になり、さらに小生意気な兎が加わって、それからだ。

庵から滅多に出ようとしなかった雨月が、外に行くようになった。ごく限られた数ながら、他人とも交わった。

「それは、母さんやおたねと同じだよ。私の声に応えたわけではなく、あくまで秋成と話していただけに過ぎない」

ふたたび雨月が、秋成の心を読むように告げる。けれどもいまは些細なことだった。大事なのは、雨月の存在を明確にすることだ。

「そんなことはない！　現におまえと相見《あいまみ》えた者も、おるではないか」

雨月が言ったとおり、何人かは同じ理屈が通る。

祖父の妄執から幼い諭吉《ゆきち》を守るために、白峯《しらみね》屋の主人を殺《あや》めたお実《さね》。浅時《あさじ》が宿《やど》の宮木《みやぎ》を訪ねてきた若い商人の勝治《かつじ》も、夢応《むおう》の金鯉《きんり》を手に入れんとした平間助近《ひらますけちか》の弟、十郎《じゅうろう》も、元の鞘《さや》に収まった昌太郎《しょうたろう》と磯良《いそら》の夫婦も。思い返せばその視線はいつも、雨月を素通りしていた。

ただ、雨月と直に言葉を交わした者も、中にはいる。

「夢応殿は、すでに彼岸の者であった故、数には入らぬが、浅時が宿の宮木と、金鯉をめぐっておまえと対峙した平間助近には、たしかにおまえの声がきこえていた。姿を捉えていた。そうであろう？」

「あのふたりには、通ずるものがある。秋成も、わかるだろう？」

しばし考えて、思いついた。秋成より前に、雨月がこたえを口にする。

「どちらも、狂に憑かれていた。狂とはいわば狭間《はざま》だ。この世と異界の狭間を漂うているからこそ、私の声が届いたのだ」

返す言葉を失って、うなだれた。秋成が必死で裏付けようとする存在を、雨月自身が打ち消していく。それがどうしようもなく、悲しかった。

「おまえは死んでしまって、ここにはいないのか？　おれが頭で拵《こしら》えた、まやかしのようなものなのか？」

「やれやれ、勘違いも甚《はなは》だしい。おまえの鈍重は筋金入りだな」

ぶふーっと不服そうなため息を、兎がこぼす。

「勘違いとは、何だ、遊戯？」

兎の代わりに、雨月がこたえた。

「私は、常盤木正太郎ではないよ、秋成」

「……え？」

間抜け面に、うっすらと笑みを返す。それまでからだを庭に向けていた雨月が、秋成の正面に向き直る。顔が陰になり、表情が読めなかった。

「正太郎ではないなら……いったい、誰なのだ？」

「私は、おまえだ」

「おれ、だと……？」

喉が干上がって、声にならない。掠《かす》れた問いを塗り潰すように重ねた。

「私はおまえ……上田秋成だ」

幸福論《こうふくろん》

「雨月《うげつ》が……おれだと？」

唐突な上、意味すらつかめない。

長の年月親しんでいた友が、三十五年も前に死んでいたときかされて、では、友の魂《こん》魄《ぱく》かと問えば、私はおまえだと返された。

果ての見えない禅問答でもしているようで、秋成《しゅうせい》の心はしだいにすり減ってくる。

それを愉しむかのように、雨月がうっすらと笑う気配がする。

「辛《つら》いのかい、秋成？　でもね、これまで見て見ぬふりをしてきた、つけのようなものだ」

「見て、見ぬふり……？」

「そう、愚鈍なふりで、己に嘘をついてきた。そのしっぺ返しだと、思いなよ」

「ふりでも嘘でもない。おれは目に見えるものしか判じられない。理《ことわり》を解くことでしか、身の内に収められない……はずだ」

思考はますます混濁する。思考こそが、秋成の身上だった。自身に唯一与えられ、駆使できる得物《えもの》だった。対極にあるのは感覚、いわば無意識だ。目には映らない人の情を嗅《か》ぎ分けるのも、相手の心持ちを推《お》し量《はか》るのも、そして、異界のものを見分ける才も、思考に偏《かたよ》るぶん自分には不得手なものだと遠ざけてきた。

秋成の頭の中が、手にとるようにわかるのか、雨月がこたえた。

「そのとおりだよ、秋成。そこまで達すれば、あともう少しだ」

「もう少し、とは？」

「あともう一歩で、私の正体に辿《たど》り着く」

どうしてだろう？　自《おの》ずとからだが引けた。雨月の言う正体とやらを知ってしまえば、この不思議をひもといてしまえば、すべてが終わる——。とり返しのつかないことになる。何故だか、そんな気がしてならない。

「立ち話もなんだから、ここへお座りよ。ほら、今日は極上の月が出ているよ」

従ってはいけない、絡《から》めとられてはならないと、からだは拒んでいる。しかしその底にある深い意識は、白い手が示す場所へと素直に誘《いざな》われる。白い光がさす縁に、腰を下ろした。

見事な満月だが、霞《かすみ》がかかっている。白光は闇との境をあいまいにし、涙を溜めているように潤んでいた。

並んで腰を下ろした雨月と、しばし空を仰いでいたが、秋成が口を開くと、するりと逃げるように、雨月は兎《うさぎ》を抱いたまま庭に下りた。

「私が生まれたのも、こんな宵だった。月は露を含み、淡く滲《にじ》んでいた」

「生まれた、とは？」

秋成の問いにはこたえず、一人語りのように続けた。

「私はこうして庭にいて、座敷には秋成がいた」

いつの話だろう？　記憶を手繰《たぐ》っていると、あたりまえのように雨月がこたえる。

「病が癒えて、初めてお父さんと呼んだあの日だよ。覚えているだろう？」

「あのときか……」

座敷には、秋成と父の茂助《もすけ》だけだった。八百《やお》はおらず、となりに寝ていたはずの子供もいない。正太郎《しょうたろう》は、すでに歿《なくな》っていたのだろう。

父はほぼ毎日のように、堂島《どうじま》と加島《かしま》村を行き来して、倅《せがれ》を見舞いに来た。そしてそのたびに加島明神に詣《もう》で、一心に倅の快癒を祈った。

「よかった、仙次郎《せんじろう》……本当によかった……！　これも香具波志《かぐはし》さまの思《おぼ》し召しだ。父さんは、夢告げを得たのだ。子に六十八年の齢《よわい》を与えんと、たしかに香具波志さまは仰った。こうしておまえを失わずにすんで、どんなに有難いか……」

父は泣きながら、幼い息子を抱きしめた。

血の繋《つな》がらない、なさぬ仲の親子だというのに、この人は本気で案じてくれていた。手許《てもと》に留めたいと、おまえが必要だと、言ってくれた。父の胸の温かさが、直《じか》に訴えかけてきて、頑《かたくな》な心がひと息に溶けた。

「お父ちゃん……お父ちゃん……お父ちゃん……」

それまではずっと、不貞腐《ふてくさ》れたように「おじさん」と呼んでいた。初めて口にするその呼び名を、何度も何度も確かめるようにくり返した。

「ああ、そうだよ、秋成。私が生まれたのは、まさにそのときだ」

「……え？」

過去に浸っていた秋成が、顔を上げた。

「そのとき……？　生まれた……？」

「秋成はあのとき、上田の倅になろう、嶋屋《しまや》の跡継ぎになろうと、幼いながらに覚悟を決めたろう？」

「まあ、言われてみれば、たしかに……」

「五歳の子供にしてはたいそうな覚悟だがね……その道は、秋成自身の望みとは大きくかけ離れていた」

「そのころのおれには、望みなど……」

わずか五歳だ。己の行末《ゆくすえ》など、未だ淡い夢に過ぎず、何をしたいなどと語る自我さえあやふやだった。

「それでも、ひとつだけあったはずだ。決して口には出さなかった、望みがね。わかるだろう？」

「……母か」

呟《つぶや》くと、口中に苦味が広がった。あのころの秋成は、ただ生き別れた母を恋《こ》うていた。新しい母に馴染《なじ》めず、その人も一年も経ずに秋成の元から去った。それもまた応えた。

母を求める思慕をもてあまし、何かにぶつけるたびに自分が傷ついた。その屈託ごと父は受けとめて、抱きしめてくれた。小さくこじれ、彷徨《さまよ》っていた幼い心に、居場所を与えてくれたのだ。茂助と、本当の親子になれたように思えたのは、あのときだ。

「違うよ、秋成。秋成はただ、すがったんだ。それより他にすがるものがない、幼い自身を守るために、目の前に差し出された手にしがみついた」

「わかっている。だが、それの何が悪い」

「悪いとは言ってない。親子の情を楯《たて》に、肝心のことから目を逸《そ》らそうとするからさ」

「さっきから、何を言っている？　おれに何を言わせたい？」

「真実さ」

「嘘なぞ、言ってはおらん！」

「そうだね、人は自ずと嘘を避ける。代わりに、どうすると思う？　都合の悪いことは忘れ去り、真実を捻《ね》じ曲げる……私が、良いたとえだ」

と、唐突に雨月の顔が、間近にあった。庭に立っていたはずが、呼気がかかりそうなほどに近い。

「秋成、私に触れてみろ」

「……い、いやだ」

縁に落とした尻が嫌がって、のけぞるように身を引いた。目の前の顔が、無邪気に笑った。

「ふふ、ほらね。秋成はちゃんと知っていたんだ、私に実がないことを」

兎を片手に抱いたままの、友を見上げる。幼い記憶の欠片《かけら》が、ひらりと落ちてきた。

正太郎とは、野を転げまわって遊んだ。同じように雨月にとびついて、しかし温かな重みが受けとめてくれることはなく、つかまえたはずの姿は手をすり抜けていった。何べん試しても、同じだった。

「正ちゃん、どうして？」

「ふふ、すごいでしょ。神通力《じんつうりき》だよ」

そんなやりとりも、耳が思い出した。へええ、と感心しながら、どうやって授かったのか、自分も真似ができるのかとはきかなかった。頭のどこかで、警鐘が鳴ったからだ。それ以上、つき詰めてはいけない。見て見ぬふりで凌《しの》いでいる真実と、向き合う羽目になると——。

「常盤木《ときわぎ》正太郎は生きている……おれが勝手に、そう思い込んでいたというわけか」

「先に申したであろうが。幻とは、絵空事を現《うつつ》に示したわけではなく、頭にあるものを映しておるに過ぎないと」

茶色の子兎が、事もなげに言った。

首のない武者たちを、目の当たりにした。あれはこの兎、遊戯《ゆうぎ》の妖力《ちから》によるものだ。それも人の中にある想と畏《おそ》れが相まってこそだと、遊戯は説いた。

同じ病に罹《かか》り、この家で共に看病され、生き残ったのは自分だった。罪の意識は、八百の比ではない。五歳の子供にはとうてい受けとめきれず、挙句《あげく》に居《い》もしない友の姿を形造った……。

「ほらほら、またずれているよ。私はおまえだと、言ったはずだ」

「それればかりは、わけがわからん。どうしておまえが、おれなんだ！」

「さっきの場に戻ってごらんよ。父親にしがみつき、倅になろうと決めた。実の母への思いを捨ててね」

「もしや……おまえはおれの母か？　いや、おれが捨てた母への情か？」

とたんに弾けるように、雨月が笑い出す。兎は逆に、不満げに後ろ足で地団太《じだんだ》を踏んだ。

「がさつもここに極まれりだな。どこまでずれておるのだ！」

「まったく、秋成ときたら……これだから飽きないよ」

「そこまで笑わんでもよかろう。おれとて、おまえが母では不本意だ」

腹を抱えて笑うさまは、いつもの雨月だった。秋成はほっとしたが、笑いを収めると、雨月は冷たい表情で本題に戻る。

「けれども、近いところまでは来たね。私の正体に辿り着くのも、もうすぐだ」

思わず顔をしかめ、そして気づいた。自分は、怖《おそ》れているのだ。雨月の正体を、それを知ることで失う何かを。秋成の思いなどお見通しなのだろうが、それでも雨月は追及をゆるめない。

「秋成が捨てた思慕の中には、何があった？　どんな気持ちが、含まれていた？」

「それは……子供が母を恋う、それだけであろうが」

母から離されたのは、四歳だった。物心がつくかつかぬかの頃であり、どんなに泣いて訴えても母は戻らない。やがて怒りと憎しみに転化して、怨《うら》む気持ちが強くなった。

その裏にぺったりと張りついていたのは、絶対の孤独だった。

「そうか、おれは寂しかったのだな……」

「秋成が捨てたその思いが、何を含んでいたか、わかるかい？」

「いや……」

「では、こう問おう。孤独とは、何ぞや？」

「孤独とは、みなし子と、老いて子なき者……たしか、太平記にあった。もともとは鰥《かん》寡《か》孤独、子供や年寄りばかりでなく、伴侶を失《な》くした者も含まれる。よるべない独り者や、世に頼りない身分の者をさす」

「そう、どこかに書いてあった。それだけかい？」

挑発にむっとして、改めて腕を組む。

「孤独とは、人のもつ定めだ。生まれいずるも死するも、所詮はひとり。だからこそ人を求め繋がらんとする。しかしどんなに深く契《ちぎ》ろうとも、孤独からは逃れられぬ。人には我《が》があるからだ。我は唯一無二。近しい仲間をいかに集めても、違いを見出し孤独を深める。我がある限り、孤独とは縁が切れぬ」

「つまり、我の強い者は、そのぶん孤独も深まると」

秋成のように、と言われた気がした。同時に、雨月はどうなのだろうとの思いがかすめた。以前、そんな話をした。兼葭堂《けんかどう》が訪ねてきたときだ。

――ずっとずっと長いこと、寂しいままでいたものだから、かえってわからなくなっていた……寂しいがあたりまえ過ぎて、嘆くことも感じることもせずにいた。

──ここに置き去りにされたあの日から、私が生まれたあの時から、私はずっと独りだったのだから。

「置き去りにされ、生まれた……。まさか、おれの捨てた孤独が、おまえの正体とでもいうのではなかろうな？」

「そのとおりだよ、秋成」

「馬鹿な……冗談もたいがいに……」

笑いは唇の片端で止まった。雨月はじっと、秋成を見詰めている。

「私はおまえが置き去りにした、おまえの一部だ」


大きな月は、露を含んだまま、ふたりに朧《おぼろ》な光をさしかける。

「私を捨てることで、おまえは嶋屋仙次郎として生きようとした。そういうことだよ、秋成」

「わけが、わからん」

「そうやって、また逃げるつもりかい？　世の常と人の識《しき》を楯にして、その陰に隠れるのだね？」

「……仮に、おまえがおれの孤独だとして……おれに、どうしろと？　恨み言でも言いたいのか？」

「そうだねえ……たしかに、恨み言なら尽きぬほどに積もっているかな」

雨月の目が底光りし、気配が変わった。嗅ぎとったように、遊戯が黒い鼻をひくりとさせる。代官屋敷で見た、この世ならざる友の姿が頭をよぎった。抜刀した平間助近《ひらますけちか》を相手に、鮮やかに刀をかわした。人とは思えぬ動きよう以上に、やさしい友が豹変したさまが怖かった。

「どう、詫びればいい？　どうしたら……おまえの気が済む？」

「詫びなど、いまさら……そうだな、たとえば、そのからだを私に明け渡してくれたら、少しは溜飲《りゅういん》が下がるかな」

「おれと、入れ替わるとでもいうのか？」

「私は秋成の半身なのだから。無理な相談ではないだろう？」

「本気か、雨月？」

「長の年月、私を追い出して独り占めしてきたんだ。すげ替えても罰は当たらない」

「おれは、どうなる？」

「むろん、いまの私と同じだよ。この庵《いおり》で、ひとり静かに暮らす……誰の日にも留まらぬままにね」

その境遇が、己の行末に重なったとき、初めて雨月の身の上を理解した。身近な者たちの視線が、自分を素通りする。罵倒《ばとう》されるよりも辛い仕打ちだ。人に疎まれ謗《そし》られても、無視よりはましなのだ。悪行を犯してでも、人は存在を明かそうとする。自分という我はここにいると、大声で訴える。

「大丈夫、しばらくは遊戯も留まってくれようし」

「かようながさつとふたりぎりなど、私はご免こうむりますぞ」

兎は黒く湿った鼻を鳴らし、不満を訴える。

「おたまは、どうなる？　母さんや姉さんは……」

「もちろん、大事にするよ。おたまは、私の妻でもあるのだからね。言ったろう？　私たちは、ふたりでひとりなのだから」

おたまは、気づくだろうか？　夫が、異な者にすり替わっていることに。もとの夫とは別者だと嘆くだろうか？　いやむしろ、ねんごろな気遣いを好ましく思うのか――。

雨月に笑顔を向けるおたまが浮かび、つい声になった。

「い、やだ……おたまは、おれの女房だ」

「嫉妬かい、秋成？　やっぱり悋気《りんき》は男の方が強いのだね」

愉しそうに、目を細める。失言を繕うように、思いつくままに並べた。

「女房だけではない。これまで成《な》した医者修業は？　俳句は、国学は？」

「もちろん、すべて私が引き継ぐよ。おまえが収めた事々は、私の身の内にもちゃんとある。無駄にはしないし……秋成がつまずいたものも、私なら成し遂げられる」

「つまずいたもの、とは？」

「読本《よみほん》だよ」

急所を突かれたように、一瞬、息が止まった。

「いまの秋成では、書けない。得心のいく出来には程遠い。秋成も、わかっているのだろう？　あれでは駄目だと」

無言より他に、応えるすべがない。気質物《かたぎもの》なら、すでに二冊、世に出している。しかし別の高みを、秋成は目指した。

書き上げたのは五年前――。惨憺《さんたん》たる出来だった。その無残な代物《しろもの》は、人の目につかぬよう仕舞い込まれたままだ。どう手を施してよいかもわからない。

「おまえなら……書けるというのか、雨月？」

見ないふりをしながら、どうして書けぬのかとずっと煩悶《はんもん》していた。だが雨月なら――。秋成の片割れなら、秋成が望むもっとも近い形に仕上げることができるかもしれない。

その物語を、読んでみたい――。純粋なまでの欲求がわいた。

「まったく、秋成ときたら……どこまでお人好《ひとよ》しなのか」

毒気を抜かれたように、らしくない長いため息をつく。それまでの怖い気配が霧散《むさん》して、この友のもうひとつの顔が現れた。気ままで悪戯《いたずら》好きな雨月が時折見せる、心から秋成を案じる顔だった。

「どうして秋成には書けないか、わかるかい？」

「おれに、才がないからだ」

「才とは、何だい？」

「才は、才だろう。人には生まれもった才がある。たとえ漢文に秀でた学者でも、読本を書く才はまた別だ」

「では、読本に欠かせぬ才とは？」

「そうさな……まずは『創《そう》』だ。絵空事を自在にふくらませ、あの世のものですらこの世の側に引っ張り込む。しかしそれだけでは、空を飛びまわる鬼火のごとく頼りない代物だからな、これに肉をつけるには『存《そん》』の力が要る。現《うつつ》の景色と人の模様。世相や情を織り込まねば、妄《もう》で終わってしまう」

「なるほど……絵空事を操る創と、実を肉付けする存か。それだけかい？」

「いや、最後に要《かなめ》となるのが、『考《こう》』だ。筋立てと大道具だけでは、芝居はままならない。役者に魂を吹き込み、戯作《げさく》に命を与えるものだ」

「考とは、考え続ける才だね。何を考えるのだい？」

「何でもだ。世人には、愚にも等しき価《あたい》のないことでも、ひたすらに考を重ねる。何故、この世に身分があり貧富があるのか、何故、人は生きそして死ぬのか。何故、戦《いくさ》や悪行は古今より尽きぬのか……」

世の人々は、そんなことをいちいち考えない。考えても仕方がないからだ。我が身と生活《たっき》に関わることなら、大げさなまでに騒ぎ立てるが、それ以外には見事なまでに無関心を通す。日々の暮らしに精一杯で、暇《いとま》がとれぬ理由もあろうが、貧しい水呑《みずのみ》百姓から身を起こす者もいる。そういう者たちはおしなべて、考に優れている。考えても仕方のないことを飽きることなく考える力こそが、個に留まらず大局を、現《うつつ》に固執せず未来《ゆくすえ》を、見通す目となり得る。

読本にもまた、同じ才が要る。考こそが章を繋ぎ、主題を打ち出し、物語に命を与える。

「いくら知恵を絞ったところで、真理《まこと》になぞ行き着きようがない。真理とはいわば、人の数だけ存するに等しいからね」

「いや、それでも、己の真理には辿り着けよう。己が何者であり、どんな光と闇を抱えているのか。何をよすがに何を大事に生きればよいか、そのこたえを……」

持論を打っていた声が、唐突に止まった。

ゆっくりと庭に下りる。月を背景に、正面に友の顔があった。

「おれは……それを捨てたのか？　考の大本《おおもと》にあたる、己《おれ》の真理……雨月、それがおまえか？」

雨月は月のように、何もこたえない。代わりに、両手に抱かれた兎が文句を垂れた。主《あるじ》の手を離れ、ぴょん、と地面に下り立つ。

「遅きに過ぎるわ。まどろっこしいにも程がある」

「そうか、雨月……そうだったのか……」

深い安堵が、秋成の身の内に満ちた。解を得られたためではない。昔失くした大事なものが、未だこの場所に留まってくれていた。見つけた喜びには、感謝の念が伴っていた。

「あの日おれは、本心をここに置いていったのだな。親父には決して見せられぬ、明かしてはならない気持ちや望みをここに捨て、置き去りにした。それが、雨月《おまえ》であったのか……」

実の母を乞《こ》う思いを捨てて、義父のために良き倅になろうと、幼いながらに決心した。ある意味、幼い自分には、それより他に生き抜く術《すべ》がなかったのだろう。

しかし母への思慕には、自身の核となるべき大切な思いもまた詰まっていた。その一切を自らちぎって捨てたために、秋成の『考』は中途半端なまま深みを増すことがなかった。

自身と向き合わぬ限り、自分は越えられない。弱く卑小な自分を受け入れてはじめて、その先に踏み出すことができるのだ。

「まともな読本《もの》を書けぬのも、あたりまえだ。おれはおれ自身から、目を逸らしていたに等しいのだな」

「考だけじゃない、秋成はもともと、あの世や異界へも自在に行き来できた。その扉も、自ら閉めてしまった」

「おれが……？　おまえのように、死霊《しにだま》が見えたり妖《あやか》しと語ったりできたというのか？」

そんな器用な真似ができただろうか。首を捻《ひね》ると、ふふ、と雨月は笑った。

「私の妖力《ちから》は、肉体《からだ》を解き放たれたために宿ったものだ。秋成は少し違う。念じるままに、いつでも好きなだけ異界を覗《のぞ》き見ることができる。そんなところかな」

「あまり長居をすると、戻れなくなることもあるがな」

遊戯が意地悪な横やりを入れた。

「創の扉を開け放ち、考の大本を身に収める。いわば秋成自身をとり戻すんだ」

「とり戻すというても、どうやって……」

「秋成、私を受け入れろ」

雨月は両手を広げた。無意識に、一歩後退《あとずさ》る。膝裏に、縁の角が当たり、それ以上逃げ場がない。

「怖いのか？」

「あたりまえだ……もともとひとつだったにせよ、いまは別の者だ。我がぶつかり合えば、どうなる？」

「それは、私にもわからないよ」と、雨月がはぐらかす。

「雨月、おまえは……おまえはどうなるのだ？」

何よりも、それが怖かった。ひとつになるということは、他者であったもうひとつを失うことだ。

「秋成は、寂しがりだからね。ただ、他に道はないんだ。こうしていても、遠からず私は消える」

「消える……？　どうして？」

「齢を経るごとに、人は創を失い実を得る。秋成とて同じこと。大人になれば、異な者とは縁遠くなる。私を映し、言葉を交わしながら、どこかでおかしいと感じていた。私が何者なのか疑う気持ちがわいた。私が歳をとらなくなったのも、そのためだ」

雨月の存在をあたりまえだと思っていたからこそ、共に歳をとった。しかし三十路《みそじ》間近になると、身についた常識がそれを阻《はば》んだ。以来、雨月は若い姿のまま取り残された。四十に達したいまとなっては、分別の鎧《よろい》はますます堅固になった。

この世でたったひとり、雨月を認め、繋ぎ止めている楔《くさび》は秋成だ。まやかしだと悟ったとたん、楔は抜けて宙にちぎれる。

「この身の内に戻れば、おまえは消えずに済むのか？」

「そうだ」

「また、おまえとこうして語り合うこともできるのか？」

「たぶんね」

「たぶんでは心許ない……」

「融通《ゆずう》がきかないなあ、秋成は」

「おまえを生かす道は、他にはないのだな？」

「ああ、他にはない」

ぴくり、と兎の耳の先が震えたが、秋成は気づかなかった。

「わかった。煮るなり焼くなり、おまえの好きにすればいい」

「別にとって食うわけではないよ。秋成はそこに立っているだけでいい」

「そ、そうか……」

「仁王像でもあるまいし、そうしゃちこばられても。それと、目は瞑《つむ》ってもらえないかな。ちょっと怖いよ」

「色々と、注文が多いな」

「雨月さま……」

兎の黒い目から、ほろほろと涙がこぼれる。別れの挨拶は、すでに済ませてある。それでも切なさは、黒い目と鼻からこぼれ出て止まらぬようだ。雨月は兎の前にしゃがみ、そっと頭を撫《な》でた。

「ありがとう、遊戯。おまえのおかげで望みが叶う。何より、遊戯がいてくれて楽しかった」

「それは私とて……蛙《かわず》が去《い》んでから、数百年ぶりに心はずむ日々でした。お別れは、あまりに辛《つろ》うございます」

「別れではないよ。おまえには、大事な役目を託したのだから。姿を変えた私を、見届けておくれ」

「心得ておりますが……やはり悲しゅうてなりません……」

兎を抱き上げて、涙と鼻水まみれの毛皮にほおずりする。別れの抱擁を済ませると、雨月は遊戯を地面に下ろし、ふたたび秋成の前に立った。

「何か、呪文《まじない》なぞを唱えるのか？」

「何もないよ。秋成は目を閉じてじっとしていればいい」

素直にまぶたを閉じる。ふっ、と雨月の気配が濃くなった。雨月に抱きしめられているように、秋成は感じた。耳許で雨月の声がする。

「忘れるな、秋成。おまえの大望こそが、私の望み。私は常に、おまえと共に在る」

胸のあたりから、身の内に何かが入った。温かな気《き》に似ている。春の大気を胸いっぱいに吸い込んだかのようだ。

　一瞬、光が満ちた。月が日にすげ替わったごとく、それまで闇に隠れていたものたちが浮かび上がる。虹色の空が広がっていた。虹のように縞《しま》をなしているわけではなく、さまざまな色が重なり合い、ぎやまんをまき散らしたごとく、多様な光を乱反射する。その空を縫うように、青白い海月《くらげ》のごとき代物がいくつも飛びまわり、発光する綿毛が地を覆う。天と地のあいだにもみっしりと、ふよふよと形のないものが無数に行き交い、時折、人面の鳥や巨大な八つ目のトカゲが、目の前を過ぎる。

「雨月が拵《こしら》えた世界か……あるいは陰陽の狭間にあるという異界か……」

　いずれも不気味な姿であるのに、白日の下にさらされているせいか、どこか間抜けて安穏として見える。その豊饒《ほうじょう》が、無性に嬉しかった。

「そうか……このような場にいたのなら、寂しゅうなる暇もないいな」

　しかし安堵の息をついたとき、豊饒な世界は消えていた。

　空に月はなく、友の姿もない。ひとりきりで、庭に立ち尽くしている。

　どこからが夢で、どこまでが現《うつつ》なのか。人はひとりでは、時の流れさえも摑《つか》みとれない。

　足許からすすり泣きがきこえ、我に返った。

「雨月さま……どうして行ってしまわれたのか……雨月さま……」

　ふるふると泣き続ける兎を、胸に抱きとった。遊戯の毛皮ですら、胸の中の寒々しさを温めてはくれない。

ここにとり残された雨月の抱えていたものか、あるいは幼少で親と離されたときの感覚か。友を永遠に失った、その落胆か――。

「そうか……これが……」

秋成はただ、孤独を嚙みしめていた。

＊

「いつまでぐうたらしているつもりだ。さっさとはじめんか！」

手枕で横になった秋成の脛《すね》を、兎がポカスカと殴りつける。

「ぐうたらではない、想を練っているのだ」

「そうやっていつも、寝こけてしまうではないか」

「ひと寝入りすると、調子が出るからな。目覚めたときに面白いほど想が浮かぶのだ。あるいは妙ちくりんな夢も見る。これが材としてはまたとなく、不思議なことに、夜、夜具の中で見る夢よりもよほど長く鮮やかなのだ」

「夢なぞちんたら見る暇があるのなら、ひと筆でも認《したた》めんか！」

「このところの遊戯ときたら、まるで腕扱《こ》きの版元のようだの。せっつきがうるさい上に容赦がない」

「いいから、さっさと書かんか！」

遊戯が怒るのも無理はない。なにせこの半年のあいだ、秋成の読物は一行も進んでいない。それが主の大望と心得ている従者にとっては、気が気ではなかろう。

秋成自身もまた、あまりの歩みの遅さに我ながら呆れていた。医者稼業の合間を縫ってとの言い訳は、成り立たない。師の都賀庭鐘《つがていしょう》もまた同じ身でありながら、執筆に励んでいる。見習いの秋成よりよほど忙しかろうが、いまは字典の補正に精を出していた。

『康熙字典《こうきじてん》』は清国で著され、約五万語を網羅する。これを翻訳したものが『日本翻刻《ほんこく》康熙字典』だが、このほど安永《あんえい》版が出されることになり、さらに校正をかけるという地道な作業に庭鐘は没頭していた。

読本の大家なだけに、もちろん秋成は、この先達《せんだつ》にさまざまなことをたずねた。

「なにせ病も傷もふいですからな、医者も存外慌ただしい。よう日々のやりくりがつけられますな」

「まあ、好きでやっていることだからな。それこそちょんの間《ま》でも、頭がそちらに向く」

「私ももとは商家におりましたから、仕事とは次から次へと片付けるものだと思うておりましたが、こと書き物だけは易々《やすやす》とは参りませぬ。己が急に怠け者になったがごとく、何とも進みが捗々《はかばか》しくなく」

　愚痴めいた弟子のぼやきにも、人の好い師匠は笑いながらつき合ってくれる。

「これればかりは、人それぞれであろうな。ほれ、人気の戯作者の中には、次々と新作を出す者がおろうが。早書きもまた、才のひとつと言えような。うらやましい限りだが、幸い書き物には、頂上も決まった道もないからな。道なき道を鉈《なた》一本で切り拓《ひら》くに等しい。時には途方に暮れて座り込むこともあろうし、深い沼にはまれば身動きすらままならぬ。ただ、無駄と思しきその一切が、いずれどこかで役に立つ。人の生もまた然《しか》りだ」

　と、なかなかにうがった話にもなる。ただ、肝心要のことはこたえず、秋成もまたきかなかった。何をどう書くか、物語の骨子についてである。

　想を得てこれを熟成させ、醸《かも》すために知識を蓄え、手間暇をかけて雑味をとる。酒の仕込みにも似て、しくじればたちまち腐り出す。酒造と違うのは、飽きるほどに腐れをくり返すことだろうか。腐った酒も己《おの》が腕だと、腐臭を嗅ぎながら、じっと樽の中に目を凝《こ》らす。すると泡《あぶく》のように、一片二片、光る粒が水面に浮かび上がる。両手ですくい上げ、別の瓶《かめ》に移す。その十や二十、ときには百にひとつが、ある日突然輝き出す。

　思考と錯誤に疲れ果て、すべてを頭から打遣《うっちゃ》って、何もない空間にぼんやりと浮かんでいるときに、ふいに訪れたりするものだ。ある意味、運に近いが、それを研磨して

玉石《ぎょくせき》とするには、途方もない努力が要る。努力とは、止《や》めぬこと。師の庭鐘が言った

とおり、無駄の積み重ねである。

　秋成が見出した、たったひとつの原石は、真砂《まなご》の物語であった。

いまとなっては、一夜のうちに見た夢だったのかもしれない——。それほどの頼りな

さだが、しかし物語をいっぱいに書きなぐった、紙片ばかりは手許にある。

「あの妖しは、己が正体を最後まで明かさなんだが……白蛇の化身ではなかったかと、

おれは思うのだ」

　ほう、と遊戯は空とぼけながらも、白蛇がいかに高貴で類《たぐい》なき者か、そこのところは

力説した。

「白蛇さまに見初められたとあらば、向こう千年の一族安泰を得たに等しいというに、

ただ怖がり逃げるばかりとは。人とは何とちっぽけで、卑《いや》しいものか」

「かもしれぬな。しかし人は卑小であるが故に人なのだ。神に見出され、栄耀栄華《えいようえいが》を誇

るより、身内や近しい者たちとのあたりまえの営《いとな》みを望む。ささやかな幸せこそが、身

の丈に合《お》うているのだろうな」

　真砂もまた、そういう幸せを望んでいたのかもしれない。そうも思えた。

「終《しま》いはどうするのだ？　相手の男の情を得て、めでたしめでたしか？」

「そうさな……いや、それでは子供の昔話だ。読本は、大人のための物語だからな。世

な」

の頑なや理不尽を織り込まねば……たしか、唐《から》の白話《はくわ》の中にも、似たような話があった。

部屋の中にある書き物の山を、崩しにかかる。この半年で、その数だけは大いに増えた。いまや兎の小さな尻すら、落とす隙間がない有様だ。先人の筆による、古今東西の物語。戦記に伝承、字典や字引のたぐいから寺社の縁起まで。木村蒹葭堂をはじめ、多くが借り物であるために、頭に叩き込み、要所は書き写すという作業をくり返した。

「まあまあ、ご精が出ること。仙次郎さんの好きな、『杵屋《きねや》』のお饅頭《まんじゅう》をいただきましたから、一休みしてはどうです？」

「杵屋の饅頭ですか、それは有難い。さっそくいただきます」

茶と菓子を手に、八百とおたねが入ってきた。凄まじいまでの散らかりように、女中の眉がしかめられる。

「盆の置き場にも、事欠く始末ではありませんか。いい加減、掃除をさせてくださいまし。な。埃《ほこり》っぽいったらありゃしませんよ」

「掃除はいかん、頼むから動かさんでくれ。物の在処《ありか》がわからなくなるからな」

「これではおっつけ、仙次郎さまの姿すら見失ってしまいそうですがね。現に兎の姿が見当たりませんよ」

「大丈夫よ、おたね。ほら、いまかさこそと音がしたわ」

饅頭に釣られて紙の山から顔を出した兎を、八百がやさしく抱きとる。兎を挟んで談笑する姿に、内心で心から安堵した。

雨月が常盤木正太郎ではなかったとは、明かしていない。あなたの息子は無事に彼岸に渡ったと、八百には伝えてあった。

「そう……よかったわ。本当に、よかった……」

寂寥《せきりょう》を濃く漂わせながら八百は呟いた。おたねはその背中で、盛大に涙をこぼした。

今年はちょうど、正太郎の三十七回忌にあたる。

やがて夏の終わりを迎えると、法要が営まれた。親族が引き上げた後も、三人は墓の前でしばし故人を偲《しの》んだ。

「長く私の傍に留めてしまって、ごめんなさいね、正太郎。後はおまえの、好きにしてちょうだいね。母さんももうすぐそちらに行くけれど、待っていなくても大丈夫よ。おまえの好きなものに、生まれ変わってちょうだいね……鳥や花でもいいし、雨や雪でもいいわ。またどこかで、会えるかしらね、正太郎……」

自然に還《かえ》る正太郎の姿が、どうにも雨月に重なる。嗚咽《おえつ》を殺しながら、秋成は泣いていた。

雨月の喪失は、思う以上に大きかった。分かれた半身がもとに復するだけだと、雨月は言った。しかしふたりがひとりになると、やっぱりひとりだった。

どんなに声をかけても、語りかけても、こたえる声はない。秋成にはきこえない。どうしようもなく切なくて、心にぽっかりと穴があいた。妻ですら埋められず、ひと月以上も繁堂《しげしげどう》にも通えなかった。

遊戯がいなければ、そのまま気を病んでいたかもしれない。

「はあ？　雨月さまが、おまえの拵えたまやかしだと？　この大うつけが！　この私が、主と仰いだお方なのだぞ、その足跡は、燦然《さんぜん》と光り輝いておるわ！」

「そうか、遊戯、そうだよな……」

思わず抱きしめて頬ずりすると、兎は嫌そうに顔を背ける。しかしその耳が、にわかにぺたりと垂れ下がった。

「本当なら、別の道もあったというに……雨月さまが雨月さまのままでいられる、もうひとつの道が」

「別の道、だと。それはどんな？」

「おまえを捨てて、我ら異界の者どもと暮らすのだ。おまえが不甲斐ない故、妖力が弱まってしまわれたが、人の姿をやめて異界に生きれば、この先千年でも永らえたであろうに」

悔しそうに、短い髭《ひげ》を震わせる。残念でならないと言いたげだった。

「おまえは、すべて知っていたのか？　雨月がおれの片割れであることも、存念や望みもおまえはきかされていたのか？」

「同じ匂いがしたからな、おまえの身から出《い》でたお方であることは判じられた。とはいえ、あれほどの力をおもちだというのに、どうしていつまでもおまえごとき俗人にこだわるのか、そればかりは皆目わからなかった」

「もし、雨月がおれから離れていたとしたら、おれはどうなったのだ？」

「別に死ぬわけではない。俗人として安穏と過ごす、人の生きようとしては悪くはなかろう。しかし雨月さまは、おまえにその先を求められた」

「言われてみれば……俳句をはじめたのは雨月が先だった。国学に手を出したのも、物語を書く気になったのも、促したのはやはり雨月だ」

嶋屋の倅となるために、秋成が捨てた事々を、雨月は大事に拾い集めて差し出してくれた。遊戯が来るまで、たったひとりで、秋成の創の芽を慎重に育ててくれた。

「それでもな、いったんは諦めたそうだ。おまえなら、わかるだろう。己には才などないと、捨て鉢になったことがあろう？」

「あの読本を、初めて仕上げたときか……すでに、六年前になる」

それまでの気質物とは全く違うものをと、大いに気負った。しかし出来は散々だった。書き手としては未熟でも、読むことにかけては自信がある。読み物として稚拙《ちせつ》極まりなく、読むに値しないと直ちに断じた。あまりのみっともなさに、雨月にすら見せてはいない。

あれは応えた。読本など過ぎた夢であったと、気質物すら書く気が失せた。

やはり自分は、身の程をわきまえて商売に精を出すより他にはないと、改めて悟った。

秋成が諦めたと同時に、雨月の望みも絶えたかに見えた。

しかし三年後、風向きが変わった。堂島を襲った火事である。

文学を捨て、商いに打ち込もうとした矢先に、肝心の店を失ってしまった。秋成や嶋屋にとっては災難以外の何物でもなかったが、雨月にはひと筋の光明に思えたろう。ほどなく秋成は香具波志庵で暮らすようになり、やがて遊戯という大きな加勢を得た。

幽霊や妖怪は、人とは相容《あいい》れぬ化け物ではなく、執着《しゅうじゃく》や苦悩を引きずる弱い存在。いわば人の世を映す鏡に等しい。あさましくも美しい、異界を受け入れ身近に感じることで、捨てられた物語も醸されて豊饒《ほうじょう》を増す。一瞬、垣間見えた、虹色の景色のように——。

その水先案内人として、しゃべる兎たる遊戯は逸材だった。

「この機を逃さば後はないと、雨月さまは心を決められたのだ。おまえが打遣った不細工な物語を、ともに仕上げる。それこそが、雨月さまの悲願。我の生きた証しだと仰られた」

「雨月がそこまで、こだわっておったとは……」

秋成は立ち上がった。床の間脇の違い棚、その天袋に古びた文箱《ふばこ》が押し込んである。とり出して、うっすらと積もった埃を払う。二度と目にしたくない、恥で塗りかためられた自負の残骸だった。火事の折、どうして真っ先にこれをもち出したのか――。

蓋《ふた》をとると、火事の名残か、少し煙くさい。黄ばんだ紙の束をとり出し、一枚めくる。漢文で書かれた序文が、ひどく仰々《ぎょうぎょう》しい。当時の気負いが透けてみえていたが、終いの辺りで、胸を突かれた。


明和《めいわ》五年晩春三月、雨は晴れ月はおぼろな夜――。


「雨月……！」

思いがあふれてきて、どうしようもなかった。

その思いが雨月のものなのか自分のものなのかすらわからない。

ただ、握りしめた紙束を、秋成と雨月の物語を、今度こそ完成させねばならないと心に誓った。

「思えば、よく白話を引き合いに出しておったろう。あれはすべて、これらの元種《もとだね》となった話でな」

遊戯を前に、秋成が講釈する。いつだったか、『死生交《しせいのまじわり》』について、雨月と論じたことがあった。『古今小説《ここんしょうせつ》』にある物語だが、第二話はこれをもとに執筆した。原典から逸脱し過ぎては格式を失うと、よけいな存念が筆を鈍らせ、説教臭いだけのつまらぬ代物になってしまった。

「あのころに会《お》うた、支部左門《はせべさもん》を覚えておるか？」

「ああ、女房にひどい真似を強いた挙句に母親に殺された、あのしょうもない男か」

「『死生交』にも、よく似た男が出ていてな。どうも重なるのだ。かように酷《むご》い輩《やから》ではないものの、世の中からの浮き上がりよう、はみ出しようが同じでな」

その姿は、秋成や雨月とも通じるものがある。

「白話ということで、教訓めいたところにばかり目が行っていたのだが……いっそのこと、そういう外れた者ばかりを据えた方が、物語としては面白いかもしれん」

第三話は、『剪灯新話《せんとうしんわ》』にある『愛卿伝《あいけいでん》』。どこか茫洋としていた女の姿が、浅時《あさじ》が宿《やど》の宮木《みやぎ》と重なったとたん、はっきりとした輪郭を形作った。

物語とは、そういうものだ。まったく関わりのなさそうな断片が結びつくことで、創は万里にも伸びる。

「言うておくが、真女児《まなご》さまの話ばかりは、いっそうの気合を込めて認《したた》めるのだぞ」

「わかっておる。おれも手を抜くつもりはないわ。たしか『警世通言《けいせいつうげん》』に、娘と化した白蛇の話があった。しかし、それだけでは弱いな……」

──安珍《あんちん》・清姫《きよひめ》はどうだい？

ふっと、その声がして、思わず辺りに首をめぐらす。

「どうした？」

「いや、いま、雨月の声がしたような……兎には、きこえなんだか？」

「私にはきこえぬわ」

すねたように、ぷい、と遊戯は横を向いた。

「しかし……安珍・清姫、つまりは道成寺《どうじょうじ》縁起なら結びになるな。清姫もまた蛇であるからな……喜べ、兎。真砂の段は、面白き仕立てになるぞ」

当然だ、とばかりに遊戯は黒い鼻を鳴らす。秋成が猛然と筆を走らせ、「ああ、駄目だ」「これでは弱い」と呟きながら、書いては捨て、書いては捨てをくり返す。途中から兎が肩に乗り覗き込んだが、それすら気づかぬほどに没頭した。

日が暮れるまでひたすら紙に向き合い、ようやく仕上げたのはたった三枚だった。

「できた、できたぞ！　『蛇性《じゃせい》の婬《いん》』の序段だ」

短くとも、これほど手応えを感じたことはない。無上とも言うべき興奮の糸が切れ、秋成はぱったりと仰向けに倒れ込んだ。すぐにぐうぐうと寝息を立てる。

「やれやれ、まるで子供だな。先が思いやられるわ」

ぶつくさとこぼしながらも、遊戯は寝着をくわえて秋成のもとまで引きずっていった。


「やはり国学の識が、足りぬように思うのだ」

秋成がそんなことを言い出したのは、『蛇性の婬』の中盤を過ぎたあたりだった。

読本の師として都賀庭鐘を仰いでいるが、庭鐘の作品は漢文調で書かれている。対して秋成は、漢文と和文を織り交ぜながら、和文の美しさをより強めたいと考えた。

「坪吉《つぼきち》に相談したところ、加藤美樹《うまき》を勧められてな。入門するなら口を利いてくれるという。加藤先生は、かの賀茂真淵《かものまぶち》の直弟子にあたるのだぞ」

「ほお、賀茂の名は私でも知っておるわ。たしか国学の大家であったな」

「加藤先生は、幕府の大番与力《おおばんよりき》であってな。いまはちょうど大坂城に在番なされておる」

秋成は入門を許されて、加藤美樹のもとに熱心に通った。それまでも独学で学んでいたが、ちょうど坪吉、つまりは蒹葭堂の蒐集《しゅうしゅう》に似て、ひたすら詰め込むだけであった。美樹の教えは、ごっちゃになった古典の学識を体系立て、思想にいっそうの深みを与えた。

第一話、『白峯《しらみね》』の主人公を西行《さいぎょう》としたのも、その影響である。

「西行は、私も好きだよ」

思いついたとき、そんな声がした。声がきこえるのは、ごく稀《まれ》だった。本当に忘れたころに、ふっと耳に届く――。けれども気配なら、もっと頻々《ひんぴん》と感じる。物語にすっぽりととり込まれ、兎の髭一本すら入る隙間がないほどに、周囲《まわり》と隔絶されたとき――、そこにいるはずの自分自身でさえも、存在が不確かになったとき、ふと友の気配を感じる。これを書いているのは、この美しい和文を奏《かな》でているのは、雨月なのだと強く思える。

こちらがどんなに呼んでも求めても、雨月は現れない。

ただ、物語に呑み込まれ、筆を動かしているときにだけ、傍にいると感じられる。


またたく間に一年半が過ぎ去った。

九篇の物語は完成し、その年の四月に上梓《じょうし》された。

雨月が消えて二年と八ヶ月、反故《ほご》にした初稿から、実に八年の歳月が経っていた。

＊

「『白峯』から最後まで、夢中で読みふけりました。本当に面白き読み物でございました」

お疲れさまでした、と、おたまが労《ねぎら》う。

「女子《おなご》には少々難しかったろう。また怪談も苦手ではなかったか？」

「たしかに怖いお話が多いのですが、決して血なまぐさくはなく、怖さより哀れを感じます。姿は異形《いぎょう》の者ですが、心はただ人と同じ。故に迷い、嘆き、執着《しゅうじゃく》の中でもがき苦しむ。人の世の切なさと、何ら変わりはありませぬ」

「おたまは、どんな評者よりも、おれの存念をわかっておるな」

「それはもちろん、あなたさまの妻ですもの」

ふふ、と嬉しそうに、小作りの顔をほころばせる。

「ちなみに、どの話がいちばん気に入ったのだ？」

「いちばんと言われると、難しゅうございますね……『浅茅《あさじ》が宿』『吉備津《きびつ》の釜《かま》』『蛇性の婬』は、女子の哀れが際立っていて、とても心にしみましたが……やはり甲乙はつけがとうございます」

「さようか」

「ああ、でも、姉上さまは、最後の話がお気に入りだそうですよ」

「へえ、姉上が『貧福論《ひんぷくろん》』をな」

「小さな黄金《こがね》の精霊が出てきて、お金とは何ぞやと説く件《くだり》が実にうがっておられると、褒めてらっしゃいました」

『貧福論』の主人公は、岡左内《おかさない》という武士である。武勇にきこえた格の高い武士でありながら、何よりも金を尊《たっと》び倹約を旨とし、貯めた黄金を座敷に敷き詰めて飽きることとなくながめた。

武士にあるまじき下品なふるまいだと、世人はあからさまに蔑《さげす》んだが、左内は決して心なき吝嗇《りんしょく》家ではない。自身の下僕が小金を貯めていたことを褒め、十両もの金を与えた上、士分としてとりたてた。

ある夜、小さな老人姿の精霊が現れて、主《ぬし》は金の大事と使いようをよくわかっていると、褒めたたえる。富貴を求めるは卑しき心にあらず、むしろ武士として立派な心掛けだとの論を打つ。金とはいわば、日々働いて得た対価であり、まっとうに生きた証《あか》しでもある。生業《なりわい》が安定せねば、心も満たされない。金を疎み清貧を貫く者は、頭は賢くとも生きようは賢くない。

全篇を通じて、金や俗を遠ざける者ばかりが登場し、心が定まらぬ故に異界へと引きずり込まれる。その中で、この左内だけが毛色の変わった人物と言える。己が産を治《なり》め、恒産と恒心を得た者として安定している。

人の心の安寧と、ひいては幸福は、あたりまえの営みの中にこそ存在する――。

「『貧福論』ならぬ『幸福論』といったところか」

「あの仙が、そのあたりまえにようやく達したと、姉上さまは感無量のごようすでした」

「いつもながら、どうも褒められている気がせんな」

不機嫌に返しながらも、おたまの笑顔をながめるだけで、書き上げた喜びが改めて胸にわき上がる。

「それにしても……日付は、八年前のままなのですね」

一巻の表紙をめくり、おたまは少し不思議そうに小首をかしげる。

「それに、お名も、上田秋成ではありませんのね」

「おれひとりの力で、書き上げたわけではないからな」

序文には、剪枝畸人《せんしきじん》の名が記されている。

秋成らしい皮肉ともとれるが、欠けた指から良い匂いがすると遊戯は言った。

引け目に感じていた指こそが、親の情の証しであり、神仏の加護であったと感じた。

同様に、長くわだかまっていた迷いや鬱憤《うっぷん》、卑下《ひげ》や屈折もまた、己が宝であると知った。

生きる上では負でしかあり得ない、窮屈な感情こそが、ものを著す原動となり得る。

そういった意味を込めた上での筆名だった。

京と大坂、二軒の版元の合同で出版され、挿絵は都賀庭鐘の『繁野話《しげしげやわ》』に絵を入れた桂宗信《かつらむねのぶ》が引き受けてくれた。各篇に一枚ずつ、もっとも長い『蛇性の婬』だけは二枚の絵に彩られている。

全五巻五冊。九篇の物語は、安永五年四月に刊行された。


「しょぼしょぼとながら、売れてはおるようだな」

茶の子兎が、偉そうに髭をうごめかせる。まあな、と秋成が苦笑する。

始終、喧嘩ばかりしていたが、今日ばかりは言い返す気が起きない。

香具波志庵の庭で、ひとりと一匹は向かい合っていた。

「本当に、行ってしまうのか……？」

「もっと早《はよ》うに去ぬつもりでいたのが、三月も長居してしもうたわ。なにせここの飯は旨いからな」

「雨月に次いで、おまえまでいなくなっては寂しいであろうが」

「情けない顔をするでないわ。私が雨月さまから賜ったお役目は、見届け者であるからな」

「見届ける、とはおれが本を書き上げるまで、ということか？」

「そうではない。ほんの二、三年のあいだなぞ、私にすれば糸屑《いとくず》のごとき短き年月よ。

この先、何十年も何百年も、あの物語の行末を見届けるために私はいる」

「行末、だと？　おれの書いたものが、この先百年も読み継がれるなぞと本気で考えておるのか？」

売れ行きも世人の評も、ともに並といったところか。作者が一世一代と自負していても、世相と合致するかは采《さい》の目と同様、運次第だ。

秋成自身は満足していたから、世人がどうあつかおうと特に不服はない。しかし兎は違うようだ。

「馬鹿者が。雨月さまが我が身を賭《と》して、おまえに書かせたものなのだぞ。百年はおろか未来永劫《みらいえいごう》、賛の誉《ほまれ》とともに後の世にまで伝わるわ」

「おれにはどうも、信じがたいがな」

秋成は自信なさげに頭をかき、また秋成が生きているあいだは、そのような仕儀には至らなかった。稀代《きたい》の物語として高い人気と評価を得るのは、兎の予言どおり、ずっと後のことである。

「せっかくだから、土産としてもっていかぬか」

「さように重くて嵩張《かさば》るものなぞ、ご免こうむるわ。おまえが中身をぶつぶつ呟いておった故、すっかり諳《そら》んじておるしな」

秋成が差し出した五巻の書物に、兎は目もくれない。

「おまえもまた、この作の仕上げに力を尽くしてくれたからな。本当なら、名を連ねてやりたいところだが」

ふむ、と、それには納得のいく顔をする。少し考えて、兎は庭にあった赤い実を前足で潰し、表紙の左下にぺたりと押印した。

「これでよかろう。ではな、がさつもがさつなりに息災に暮らせ」

ふっと兎のからだから、薄い煙が立ち上ったように思えた。

一瞬、茶色の子兎のとなりに、人の子供ほどの大きな白兎が垣間見えた。白目の勝った赤目と、口は耳まで裂けている。

「遊戯……それがおまえの……！」

雨月が見せてくれた、幻だろうか。まばたきする間もなく、白兎の姿はかき消えて、声に驚いたように茶色の子兎は慌てて藪《やぶ》の中に消えた。

後には秋成だけが、ひとり遺された。

手の中の書物を、しばしながめる。朧な月の光に、紅色の兎の足跡と、題字が浮かんだ。


『雨月物語』

友の生きた証しを、秋成は胸に抱きしめた。

参考文献

『雨月物語（上・下）』上田秋成著／青木正次全訳注　講談社学術文庫
『雨月物語』上田秋成著／高田衛、稲田篤信校注　ちくま学芸文庫
『雨月物語の世界』長島弘明著　ちくま学芸文庫

解説

吉田伸子

物語は、一人の男が朧月《おぼろづき》を見上げる場面から始まる。月の風情《ふぜい》にうたれ、ひとりごちていると、思わぬ相槌が入る。横を向くと、大きな白い兎。相槌はその兎の口から出たものなのだが、男は動じることなく語りかける。「おまえは兎の妖《あやか》しかい？」と。

これが、雨月《うげつ》と遊戯《ゆうぎ》との出会いだ。「鳥獣戯画《ちょうじゅうぎが》」に描かれた兎に似ている、と指摘した雨月に、あの絵は自分たちを写しとったものだ、と応える遊戯。遊戯は、たいそうな大妖《だいよう》だったのだ。互いに名乗り合いながら、そぞろ歩いていた雨月と遊戯は、加島明神《かしまみょうじん》の外れ、万華寺《まんげじ》にある墓地のあたりから漂ってくる怨念を感じとる。その邪念のもとは、土左衛門《どざえもん》になって死んだ老人の幽霊で、その姿は凄惨なものだった。

身内に殺《あや》められた、許せぬ、呪うてやる、と老人の口から吐き出された呪詛《じゅそ》に、雨月と遊戯が飲み込まれそうな錯覚を覚えたその時、雨月の名を呼ぶ男の声が響き、雨月と遊戯は我に返る。男は雨月の幼馴染の秋成《あきなり》で、嶋屋《しまや》という店をもつ商人だったが、火災で大きな被害を受け、今は雨月が実家である常盤木《ときわぎ》家に結んだ庵《いおり》に居候中だ。

冒頭のここまで読んだ段階で、雨月？　秋成？　と立ち止まられた読者も多いだろう。そう、本書は、上田秋成による傑作怪異小説『雨月物語』と縁を深くする物語なのだ。章立てのタイトルも、本書→雨月物語の順で比較すると、「紅蓮白峯《ぐれんしらみね》」→「白峯」、「菊女《きくじょ》の約《ちぎり》」→「菊花の約」、「浅時《あさじ》が宿《やど》」→「浅茅が宿」、「夢応《むおう》の金《きん》鯉《り》」→「夢応の鯉魚」、「邪性《じゃせい》の隠《いん》」→「蛇性の婬」、「紺頭巾《あおずきん》」→「青頭巾」、「幸福論」→「貧福論」となっている。タイトルの呼応はないが、「修羅《しゅら》の時《とき》」→「仏法《ぶっぽう》僧《そう》」だし、「磯良《いそら》の来訪《らいほう》」→「吉備津《きびつ》の釜《かま》」である。

では、本書は『雨月物語』を換骨奪胎した物語なのか。答えは、応であり否である。確かに、本書は『雨月物語』をベースにしてはいるものの、本書の肝はそこではないからだ。そのことは、「紺頭巾」「幸福論」で明かされるのだが、それは後ほど述べる。とはいえ、『雨月物語』をモチーフにしていることは確かなので、本書の読み方のオプションとして、呼応する『雨月物語』と読み比べてみるのもお勧めです。

冒頭、雨月と出会った遊戯は、秋成とともに、雨月の庵・香具波志庵《かぐはしあん》にしばし居候をすることに。兎の妖しのままだと、秋成にその姿は見えないので、遊戯は子兎のからだを借りる。と、それまでは遊戯の話す言葉が聞こえていなかった秋成に、遊戯の言葉が聞こえるようになる。「兎がしゃべるなんて」と驚き、遊戯を「化け物兎」呼ばわりする秋成。

遊戯も遊戯で、妖しである自分を見出した雨月の霊力に一目置き、「雨月さま」と付き従うものの、秋成のことは「がさつ」と見下す。この、遊戯と秋成の掛け合いが、本書の中で、くすりと可笑《おか》しみのあるアクセントにもなっている。

そもそも、雨月が遊戯を香具波志庵に請《しょう》じ入《い》れたのにはわけがあった。雨月には「どうしても成し得たい本願」があり、それを遊戯に手伝って欲しかったからだ。遊戯は遊戯で、「人には稀《まれ》な者」である雨月の「お役に立てれば、本望にございます」と、その願いを受け入れる。かくして、雨月、秋成、そして外見は普通の子兎でありながら、その実は大妖である遊戯、の共同生活が始まる。

物語は、その二人と一匹（？）が遭遇する〝事件〟とその顛末が描かれていて、その〝事件〟の部分が『雨月物語』をモチーフとしているのだが、もちろん、『雨月物語』を未読でも問題なし（先に、読み方のオプションとして、と書いたのはそのためです）。

どの章にも共通しているのは、遊戯と出会った時に、雨月が口にした「生きる者の業《ごう》にくらべれば、死者なぞ可愛いものさ」という言葉だ。この言葉が、最終章でっている。

新たな角度から深く深く響いてくるのだが、西條さんの物語巧者ぶりの証左にもな

「紺頭巾」までの物語それぞれに軽く触れておくと、「紅蓮白峯」は、雨月と遊戯が目撃した老人の霊の正体と、その行く立てが描かれている。同時に、この章では、秋成が五歳の時に疱瘡《ほうそう》に罹《かか》り、その際に父親が加島明神に祈願し、(秋成を)六十八歳まで永らえさせるとの夢告げを得たことも書かれている。

「菊女の約」は、秋成が医術の教えを受けている師匠・都賀庭鐘《つがていしょう》の家「繁〻堂《しげしげどう》」の戸口に立っている二人の女の幽霊の正体について。

「浅時が宿」は、秋成の妻の実家に赴く途中で出会った、身につけているものは襤褸《ぼろ》でありながら、壮絶に美しい女・宮木《みやぎ》について。

「夢応の金鯉」は、雨月と遊戯が出会った、とある僧について。

「修羅の時」は、秋成の長年の友人であり、後の世に「浪速《なにわ》の知の巨人」と称された木村蒹葭堂《きむらけんかどう》の家に滞在している、元武家の男について。

「磯良の来訪」は、出来すぎた妻がいるにもかかわらず、別の女と駆け落ちをしたところ、その女が死んでしまい、女の死因を妻の呪いだと思い詰めている男について。

「邪性の隠」は、往診の帰り道で、秋成が出会った不思議な女について。

そして、いよいよ「紺頭巾」と「幸福論」である。ここまで読み進めるうちに、読者にはうっすらと、雨月という男の存在に対して、もしや雨月は……という疑惑が出ているはずだ。そもそも、秋成には見えない妖しとしての遊戯の姿が、どうして雨月には見えるのか。それは果たして遊戯の言う、「霊力」によるものだけなのか。

「そう、私たちの住まう、狭《はざま》……この世とあの世の境にあいた、狭いあわひの世だ」

これは「夢応の金鯉」に出てくる雨月の言葉で、ここで、読者は雨月の立ち位置を知るのだが、では、どうして雨月はそんな「狭いあわひの世」にいるのか。そして、そもそも遊戯に手伝って欲しいと願った、雨月の「本願」とは何なのか。

ここから先は、どのように書いても、読者の興を削《そ》いでしまうことになるので、敢《あ》えて書かない。ただ、「紺頭巾」のラストの一行に「えぇぇぇぇっ？」と驚き、そして、その驚いた分だけ、「幸福論」のラストの一行が、深く深く胸の奥に沁《し》みていく、とだけ。何より、「幸福論」という章タイトルに込められた西條さんの想いこそが、本書の肝でもある。

人はみな、思いのままに生きたいと願いつつ、でもそれは、叶わぬ夢だとも思っている。家や家族、大切な誰かを守るためならば、自分の意のままに生きることを諦めるのは当たり前なのだ、と。でも、本当にそうなのだろうか。自分を抑え込んで生きていくことを是《ぜ》としてもいいのだろうか。それは、自分の半分を喪《うしな》うことに通じはしまいか。本書で描かれる、秋成の、物語を書くことへの憧れと焦燥はそのまま、思うままに生きたいと願う心と、それは無理だと諦めそうになる心、だ。だから読み終わった時に胸に残るのは、自分へのそんな問いかけで、それはまた、作者である西條さんからの問いかけではないか、と思う。

同時に、本書が『雨月物語』をベースにしているだけではなく、『雨月物語』がどうやって誕生したのか、という西條さんの〝読み解き〟の物語でもあることが、この二つの章で明らかになる。その〝読み解き〟の、なんと鮮やかでしなやかであることか。そこにあるのは、『雨月物語』に対する、西條さんの深い敬愛だ。

本書のなかにちりばめられている、言葉もまたいい。

「嫉妬という字に女偏《へん》を当てたのは、男の浅はかさだね」

「世間のいう貞淑な妻というものは、要は嫁ぎ先や舅姑にとって、使い勝手がいいというだけの話よ。ひたすら夫に尽くし、その親に仕え、子を育てる。女子自身の一生は、どこにあるというのよ？　その上に、亭主が浮気をしても悋気《りんき》は表に出さず、騒ぎ立てることなく堪《こら》えろですって？　馬鹿にするのもいい加減にしてほしいわ。そんなの、お人形と同じじゃないの！」

とりわけ、この二つは、女性である私にはぐっときました。本書の主人公は、雨月も秋成も、そしておそらく遊戯も、性は男性なので、本書にはいわゆるヒロインはいないのだが、西條さんのこういう視点があればこそ、女性読者はより物語に心を寄せやすくなっていると思う。

本書が単行本で刊行されたのは、二〇一八年。それから三年後の今年、西條さんは第百六十四回直木賞の候補となり、受賞を果たした。直木賞作家となった西條さんが、これからどんな物語を紡いでいくのか、楽しみである。

（よしだ・のぶこ　書評家）

『雨上がり月霞む夜』二〇一八年一一月　中央公論新社刊

中公文庫

雨《あめ》上《あ》がり月霞《つきかす》む夜《よる》

2021年11月25日　初版発行
2022年 1 月25日　3刷発行

著　者　西《さい》條《じょう》 奈《な》加《か》

発行者　松 田 陽 三

発行所　中央公論新社
〒100-8152　東京都千代田区大手町1-7-1
電話　販売 03-5299-1730　編集 03-5299-1890
URL https://www.chuko.co.jp/

ＤＴＰ　平面惑星
印　刷　大日本印刷
製　本　大日本印刷

Published by CHUOKORON-SHINSHA, INC.
Printed in Japan　ISBN978-4-12-207138-4 C1193

中公文庫既刊より

各書目の下段の数字はISBNコードです。978-4-12が省略してあります。

キ-3-17
日本文学史 近世篇三
ドナルド・キーン
徳岡孝夫 訳
上田秋成、曲亭馬琴ら、散文や戯作に描かれた怪異の世界。そして鶴屋南北、河竹黙阿弥ら、幕末歌舞伎の舞台に咲いた悪の華たち。近世篇全三巻完結。
205487-5

S-14-28
マンガ日本の古典 28 雨月物語
木原敏江
情愛が昂じて怪奇を成す物語の数々——上田秋成の流麗な幻想美を繊細な筆致で描き出す。「菊花の約」「浅茅が宿」「吉備津の釜」「蛇性の婬」の四篇。
203861-5

あ-59-4
一路（上）
浅田次郎
父の死により江戸から国元に帰参した小野寺一路は、参勤道中御供頭のお役目を仰せつかる。家伝の行軍録を唯一の手がかりに、いざ江戸見参の道中へ！
206100-2

あ-59-5
一路（下）
浅田次郎
蒔坂左京大夫一行の前に、中山道の難所、御家乗っ取りの企てなど難題が降りかかる。果たして、行列は期日通りに江戸へ到着できるのか——。〈解説〉檀ふみ
206101-9

あ-59-7
新装版 お腹召しませ
浅田次郎
幕末期、変革の波に翻弄される武士の悲哀を描く傑作時代短編集。書き下ろしエッセイを特別収録。司馬遼太郎賞・中央公論文芸賞受賞作。〈解説〉橋本五郎
206916-9

あ-59-8
新装版 五郎治殿御始末
浅田次郎
武士という職業が消えた明治維新期、行き場を失った老武士が下した、己の身の始末とは。表題作ほか全六篇に書き下ろしエッセイを収録。〈解説〉磯田道史
207054-7

あ-83-1
闇医者おゑん秘録帖
あさのあつこ
「闇医者」おゑんが住む、竹林のしもた屋。江戸の女たちにとって、そこは最後の駆け込み寺だった——。女たちの再生の物語。〈解説〉吉田伸子
206202-3

あ-83-2
闇医者おゑん秘録帖 花冷えて
あさのあつこ
子堕ろしを請け負う「闇医者」おゑんのもとには、今日も事情を抱えた女たちがやってくる。「診察」は、やがて「事件」に発展し……。好評シリーズ第二弾。
206668-7

う-34-3
おらんだ忍者 医師了潤 秘めおくべし
浮穴みみ
了潤が主命により張り込んでいた男が、一心不乱に書き上げた手記には「秘めおくべし」の表書きが。謎が謎を呼び、了潤たち忍び組は蝦夷地へと誘われてゆく。
206609-0

お-82-4
江戸落語事始 たらふくつるてん
奥山景布子
口下手の甲斐性なしが江戸落語の始祖⁉ 殺人の濡れ衣や綱吉の圧制に抗いながら、決死で〝笑い〟を究めた咄家・鹿野武左衛門の一代記。〈解説〉松尾貴史
207014-1

お-82-5
圓朝
奥山景布子
「怪談牡丹灯籠」を生んだ近代落語の祖・三遊亭圓朝。師匠や弟子に裏切られる壮絶な芸道を歩み、人々に愛される怪物となった不屈の一代記。〈解説〉中江有里
207147-6

き-37-1
浮世女房洒落日記
木内昇
お江戸は神田の小間物屋、女房・お葛は二十七。あっけらかんと可笑しくて、しみじみ愛しい、市井の女房が本音でつづる日々の記録。〈解説〉堀江敏幸
205560-5

き-37-2
よこまち余話
木内昇
ここは、「この世」の境が溶け出す場所――ある秘密を抱えた路地を舞台に、お針子の齣江と長屋の住人たちが繰り広げる、追憶とはじまりの物語。
206734-9

さ-74-1
夢も定かに
澤田瞳子
翔べ、平城京のワーキングガール！ 聖武天皇の御世、後宮の同室に暮らす若子、笠女、春世の日常は恋と友情と政争に彩られ……。〈宮廷青春小説〉開幕！
206298-6

さ-74-2
落花
澤田瞳子
仁和寺僧・寛朝が東国で出会った、荒ぶる地の化身のようなもののふ。それはのちの謀反人・平将門だった。武士の世の胎動を描く傑作長篇！〈解説〉新井弘順
207153-7

各書目の下段の数字はＩＳＢＮコードです。978－4－12が省略してあります。

も-26-2
美女いくさ
諸田玲子
信長の気性をうけつぎ「女弾正忠」と称された小督は、愛する夫と引き裂かれながらも、将軍家御台所として、戦国の世を逞しく生き抜く。〈解説〉中江有里
205360-1

も-26-3
花見ぬひまの
諸田玲子
幕末の嵐の中で、赤穂浪士討ち入りの陰で、女たちは生命を燃やした。高杉晋作の愛人おうの、二人を匿った野村望東尼……儚くも激しく、時代の流れに咲いた七つの恋。
206190-3

も-26-4
元禄お犬姫
諸田玲子
「生類憐みの令」のもと、犬をめぐる悪事・怪異が相次ぐ江戸の町。野犬猛犬狂犬、なんでもござれの「お犬姫」が、難事件に立ち向かう。〈解説〉安藤優一郎
207071-4

も-26-5
恋ほおずき　完全版
諸田玲子
浅草田原町の女医者。恋の痛みを癒すため、御法度の子堕ろしを手がける彼女は、あろうことかそれを取り締まる同心と恋に落ちてしまう。最終章を書き下ろし。
207158-2

な-12-3
氷輪（上）
永井路子
波濤を越えて渡来した鑑真と権謀術策に生きた藤原仲麻呂、孝謙女帝、道鏡たち——奈良の都の政争渦巻く狂瀾の日々を綴る歴史大作。女流文学賞受賞作。
201159-5

な-12-4
氷輪（下）
永井路子
藤原仲麻呂と孝謙女帝の抗争が続くうち女帝は病に。その平癒に心魂かたむける道鏡の愛に溺れる女帝。奈良の都の狂瀾の日々を綴る。〈解説〉佐伯彰一
201160-1

な-12-5
波のかたみ　清盛の妻
永井路子
政争と陰謀の渦中に栄華をきわめ、西海に消えた平家一門を、頭領の妻を軸に綴る。公家・乳母制度の側面から捉え直す新平家物語。〈解説〉清原康正
201585-2

な-12-15
雲と風と　伝教大師最澄の生涯
永井路子
苦悩する帝王桓武との魂の交わり、唐への求法の旅、空海との疎隔——。最澄の思想と人間像に迫った歴史長篇。吉川英治文学賞受賞作。〈解説〉末木文美士
207114-8